中国专业作家作品典藏文库

中国专业作家作品典藏文库

王棵卷

队列图

DUI LIE TU

王棵／著

中国文史出版社

目录

队列图 1
守礁关键词 9
对鱼说话 31
海空情正常 43
码头俱乐部 54
海戒 73
飞鱼 88
暗自芬芳 103
无目标进行曲 116
代理公务员的除夕夜 130
美发史 144
潮伤 157
默诵 170
高原反应 184
营门望 206
长音 225

队 列 图

父亲退休后比退休前更忙了。每天早出晚归。

我总是觉得，父亲如果一无所长，他的晚年应该能活得更有姿彩些，至少比现在这样早出晚归要有姿彩。钓钓鱼、下下棋、养养花、玩玩奇石什么的，应该都是很有姿彩的事。许多辛劳了大半辈子的老人不都是这样安享晚年的吗？我的父亲，为什么就不懂得这个道理呢？他却不懂得。我家阳台上的吊兰已经长到几米长了，都挂到楼下人家的阳台上了，风一吹，经常会扫脏人家晾晒的衣服。他却从来想不到去剪一剪它。

说到底，父亲的忙碌还是因了他的一技之长。

父亲不是个一般的角色呢。父亲退休前一直在我们这座城市的一个师级部队干队列教员。他当了三十六年的兵，搞队列搞了三十五年，从当兵的第二年开始搞，一直搞到退休。到了最后，他把自己搞成了一个队列专家。一个“队列通”。我们这座城市，号称“兵城”。大大小小的兵营在城市的身躯里星棋罗布。经我父亲训过队列的一茬一茬的兵，许多现在都已经成了这些兵营里的首脑人物了。军长、师长、团长什么的，都有。这些人很久以前就领教过我父亲那自成一派的队列操训练法。他排的队列操太棒了！有一次我们单位的一位领导这样在我面前夸我父亲，一脸的敬佩。

我自然知道父亲排练的队列操是很棒的，我见过。他排起队列操来，既是个运筹帷幄的指挥官，又是个艺术家。难能可贵的是，他的排练是灵性的。通常是这样：我的父亲站在高高的阅兵台上，他底下的操场上，兵们纵横交错，像满天星辰，组成一个庞大的兵阵。这个兵阵通常是两色或比这更多的颜色。是兵们衣服颜色的不同。黄色与红色，甚至更多的颜色相互交夹、汇合、辉映。父亲高高在上地站在兵阵之外，手中举着一个扩音器或一个麦克，或者干脆什么也不举，用嗓子干喊。兵们依着他的指令来回走动，从东到西，从西到东，前进、后退、转体、穿插，队形在兵们的走动中不断变动。于是，队伍就会出现各种各样的文字或者各种各样的图案，比如“我爱军队”“欢迎首长莅临指导”，或者一艘军舰、一架歼击机、一朵紫荆花等等。有时候，父亲灵感大发，甚至会让兵们拿着马扎毛巾脸盆什么的，组成各式各样的文字或图案。那种结合着壮观的美，那种简洁而精到的美，那种粗犷却灵巧的美，那种既世俗又超脱的美，也只有父亲有本事排出来。父亲就这样把队列的文章做到了极致，把队列搞到出神入化。父亲精湛的队列操学问不仅使他在我们这个城市赢得了骄人的声望，而且使我家的客厅里摆满了他的各种奖状、奖杯、荣誉证书。在这个城市，说到队列操，上了点岁数的军人都会想到我的父亲。

父亲退休之前，他的队列操教学法是他们那个师引以为豪的专利。现在，他退休了。他的学问便不再属于他原来供职的那一个营院了，现在它可以撒落到我们这个城市四面八方的营院——几乎所有的营院都可以邀请他去给他们排队列了，哪怕就是当个只说不练的队列顾问也行。而我的父亲呢，他总是来者不拒，并且乐此不疲。他几乎每天都会接到邀请，今天是这个营院的一个庆祝活动，明天是那个营院要迎接检查，后天又是哪个部队为地方公司搞军训要结业。也不知道为什么大家越来越看重队列操了，什么活动之前或之后都得安排个队列操表演。而每个营院里的领导们，又都希望自己的队列操档次高一些，他们不相信别人，只相信我父亲，他们深信我的父亲是队列操的权威，所以一定要请他，这样他们心里有底。

其实我很希望父亲推掉一些邀请，让自己闲一些。我有许多的理由，但是我从来都不知道该怎么跟他说。直到有一天，我终于找到了机会。

有一天晚上，父亲回来后告诉我，说他在这天排操的时候看到一条巨大的蜈蚣。我知道父亲说的是什么意思。父亲在给一个方队排操的起初总喜欢随意喊些口令，让兵们任意地走来走去，好让他捕捉灵感。很多时候，一些出人意料的图案就是在兵们随意的走动中被他发现的。发现之后，父亲马上喊停，让这个偶然得来的图案定格，之后他开始用他独特的一套教练法排练这个图案。我想父亲说的是这天兵们在随意走动的时候走出了蜈蚣的图案。可出现什么图案都很正常啊，并没有什么值得奇怪的。父亲却慢慢地摇头，眼里充满疑惑。他沉浸在对那个突如其来的图案的回味里，摇着头。怎么会出现这么怪的图案呢？这可从来没遇到过。我是不是老了，眼花了？

他站在客厅里，低着头，问我他是不是老了。我听到客厅外阳台上的吊兰被风吹出的细小声音。我看着他。他仍然健硕，依旧伟岸，但显然已风华不再。我该乘机劝他安心在家待着。

阳台上的吊兰都已经垂到楼下人家的阳台上了，我对父亲说，也许你该去钓钓鱼、下下棋、养养花、玩玩奇石什么的。排了几十年，还没排够啊！该歇歇了。

父亲却凛然黑了脸，那怎么可以？

仿佛我叫他歇下来是在索他的命。

我无话了，不知道该怎么去阻拦他。我怎么能劝得了他不去搞他钟爱的队列呢？你可以劝一个人不要抽烟不要酗酒，因为那都是无关灵魂要旨的坏习惯，但是你怎么可以去劝一个人放弃信念呢。是的，父亲的队列操已经成了他的信念。很久以前，当父亲风华正茂的时候，父亲的生活和队列操出现了一个纽带，缠到了一起，那可能只是因为那是他的职责，或者说它可能只是他一种与众不同的喜好而已，然而，随着时光的流逝，随着他与它经年累月的纠缠、斯守，它已经深深地打动了他，他爱上它了，它成了他生活的必须，成了他追逐的方向，成了他生活下去的理由，成了他的信念。人总是这样，在偶然中触及世间万物，之后，偶然成为必然。父亲的队列操早已成为他的信念了。你或许对一个人拥有如此牢固的信念不解，就像我的母亲，她从来不理解我父亲的这个信念，她从来都对父亲握着笔在白纸上画队列草图的那个背影嗤之以鼻，她选择逃离，一旦父亲在家里津津乐道于他的队列操她就跑进厨房把碗刷得“咣咣”响，或者干脆坐到广场边去看这个城市里的男男女女跳舞——但是，你不解又有什么关系呢？这个世上你不能理解的东西多着呢。我的父亲，随着他与队列操的感情日渐滋长，他对它的感情已经坚不可摧了，谁也别痴心妄想让他离它一步。离开了它，他的灵魂会疼。我，又怎么能够用几句轻飘飘的话劝下他，使他放弃它，去玩那些平凡无奇的花花草草呢?

可是，尽管我明知道自己无法劝他停下来，我那个劝他停下来的想法仍日甚一日。我是还有别的理由的。我站在客厅里，看着父亲走进卧室，拿出纸笔，开始画他的队列操草图。我总是在看着他的背影的时候，想起一张脸。一张年轻的脸。这张脸就是我希冀他停下来的一个更大的理由。

我记得有一次，好像是去年的秋天，父亲应邀到我们单位排队列操。当时他也是像往常一样，在排操的起始让兵们随意走动。我在我父亲的队列里，和单位里这些年轻的干部战士一起听父亲的指挥。我身边是一个刚从地方大学入伍的学生官。据说他大学学的是计算机专业。我听到他突然嘀咕不已。他说，这老头到底在玩什么名堂啊?乱七八糟地走来走去，这不是浪费时间吗?现在都什么时代了，还需要用大半天的时间去找灵感呀?有本事的话，在计算机里设计一个程序，什么样的灵感找不到?真是浪费时间。

他不知道上面站着的是我父亲。他还小声把意见向我重复。这是我第一次听到有人在对父亲的学问提出异议。也许是有的异议我没办法听到。我很震惊，我父亲被众多军长师长团长级的人物推崇备至，然而现在，一个年轻的声音却向他发出了抗议。可是，我不得不承认，至少，我身边这个年轻的学员关于程序的说法有点道理。

我看着父亲高高站在那里，一副鞠躬尽瘁的样子。彼时，我忽然很想把父亲叫下来。

父亲当然不同意丢下他的队列操歇下来，我说过。那个他看到蜈蚣的日子之后，他一如既往地早出晚归。这之后，每天回来，他都会站在客厅里或坐在卧室的床沿上，跟我讲那天他又看到了什么奇怪的图案。

有一天，他说他看到了银河系。他坐在他的卧室的床上，看着雪白的墙壁，说，太奇怪了，他们走着走着，我看到底下的兵都变成了星，一颗一颗的，乱七八糟。四周静悄悄的，只有星一闪一闪。我当时就那么站着，突然觉得身体很轻，连头都沉了。迷迷糊糊地觉得自己也变成了一颗星。但是我这颗星怎么不和别的星在一块儿呢？好奇怪！好像我自己给什么人抛到银河系之外了。那种感觉，很不好！

他坐床沿上，低着头，苦思冥想。他的两手交缠。这次说话的时候，他的眼里除了疑惑之外还有大量的失落。

我倚在他卧室的门上，说，你劳累过度了吧，人太累了就容易产生幻觉。

父亲想了想，说，你说得有道理，应该是幻觉。可是，我怎么老是会产生幻觉呢？我是不是真的老了？老眼昏花的。

父亲再次问我这个问题。我看着他健硕依然但风华不再的样子，心里只有一个念头，让他再不要出去搞队列操了。我终于鼓起勇气，再次劝他。

父亲这次竟然听了我的劝告，推辞掉一些邀请。有一段时间，不再早出晚归了。他安安静静地待在家里。

然而，他的生活照样没有姿彩。我家阳台上的吊兰仍然茂盛得过分。他竟然开始写书了。他不到外面去搞队列，却在家里搞起队列来了。他说，我要把我毕生对队列操的研究整理成一本书，就算自费我也要把它出出来，然后免费赠送给各个部队。

我惊讶地看着他。我的眼前不合时宜地浮现起那个年轻学员不屑一顾的神色。就是这个学员，经常有惊人之举。有一次，我在操课的间隙和他在操场边谈天说地，他突然从兜里摸出一个红皮本子。他说他的本子里记录着他来军营后他所耳闻目睹的所有他看不惯的事。他说他看不惯所有的陈规陋习。他抖着他的红皮本子，说他早晚有一天要去找这个城市里的“最高长官”，向他陈述自己的“真知灼见”。我看他的记录。他的记录里不乏偏激与哗众取宠之词，但我得承认，那些记录里有许多东西能引起我这个年纪的人的共鸣。

所以我怀疑父亲关于出书的工作到底有无意义。我真的无法控制自己这么去想。反正，我自己，现在，是不会去翻那种书的。这样的书岂不是太枯燥了？远没有小说来得精彩。敬仰父亲的那辈人终究会被那个学员这样的人们取代，那么，他的学问，在未来还会像从前那样被人当作权威吗？

父亲却已经全身心投入到这个工作了。他把客厅里的电话移到了卧室里，让他从前训过的现在已经在社会上混出名堂来的兵帮他协调出书的事。不过是出一本书而已，这年头，出一本书委实不是件惊天动地的事，然而他却如此看重这事，几乎拉起了他一生所有的关系网。

很奇怪，父亲说他现在写书打电话的时候都会出现幻觉。那些稍纵即逝的幻觉随时随地都可能去偷袭他，叫他无所适从。我是不是太老了，都老朽了吧？他失落地问我。

我看着他的背影，不知道怎么回答他。总之我不能打消他的积极性。

父亲以很快的速度写完了他的书。他把手稿托付给了他的一个兵。然后他闲下来了。然而他怎么可能闲得住呢？他又想到他的操场了。有一天，他待不下去了。他又应邀到一座兵营去排他的队列操了。父亲像个年轻人一样说他在军营里待了大半辈子，他早已是军营这个身体里流动的一滴血了。血离开了身体不就干掉了吗？他一天见不到操场就浑身不自在。他又去了。有许多戎马一生的人就是这样的，离开了军营就是庄稼离开了土地，不知道该怎么活。

当晚父亲跟我讲起这天他的幻觉。这次父亲说话的时候，眼里已不仅仅是伤感和失落了。他的瞳孔里更多的是惊恐。他惊恐地告诉我说这次的幻觉太惊人了。他看到的不是一个，而是一组幻觉。首先是一束火炬，那火炬闪着，赤色的光芒向他扑来。接着他看到了流水，清澈透明的流水，许多银色小鱼逆流飞驰。他还看到了长城，事实上他很久以前就想去看看长城，却始终没有机会去，他从未见过长城，而竟在他的幻觉里看到了长城城墙上的砖缝。他的目光竟然还能越过操场旁高大的胡杨林，绕过这个城市的摩天大厦、歌厅、超市、红绿灯，直飞进我家的客厅，他在操场上遥遥地看到了那些迎门而立的他的红色荣誉证书。

这组幻觉像一个不祥的预兆刺痛了他的头。他简直要当场晕倒。幸亏被旁边的人扶住了。

这之后的一天，我的父亲真的在操场上晕倒了。急救车把他送进了急诊室。我赶过去的时候，医生对我说，你父亲脑袋里长了一个大瘤子，目前诊断结果还没出来，暂时不知道是良性还是恶性。

我站在急诊室的门外痛哭失声。我泪眼婆娑的，竟然也产生了幻觉。

守礁关键词

补 给 船

在负四层的船舱里，第一个和我说话的是个姓陈的新兵。小陈给我的第一印象是个小马屁精，但很快我发现我错了。当我告诉他一些情况，比如，我虽然也是从“上面”派下来的，但并不是他想象中的“上面来人”，我不过是一个到礁上去体验生活的写作者；我和他一样，将要在礁上待上三个月。他知道了这些，对我的马屁竟拍得更勤了。

小陈剥了一个香蕉塞进我嘴里，语速极快地说，我喜欢你！第一，你人特别好；第二，你肩上三颗星，我才一条小杠杠；第三嘛，我想到了再慢慢告诉你吧。接下来他简直没完没了：你是和我去守一个礁吗？不是啊！嗯！真扫兴。你多大了？我都十七了，你长得真帅！嘻嘻！做人嘛就是要多说好听的话嘛，你拆穿我干吗？我叫你王哥好不好？王哥你肯定也是第一次守礁吧？能和王哥你在船上住一起，我真是挺荣幸的，哈哈！

小陈所说的住在一起，首先指的是我们都住在甲板以下，负层的船舱；其次是我们的确住在一起，他就睡在我的床下。因为船上人太多了，一般人别说睡正层的船舱，就是床也不见得睡得到，部分人必须得睡地上，像小陈这样兵龄最嫩的小兵郎子当然只能睡在地上。对了！地上躺满了人。

现在要描述一下负四层的环境概貌。毫无疑问，这是一个船舱，甲板下四层的一个船舱。甲板下四层的船舱显然在水线以下，再加上舱内持续开着冷气，所以，舱里异常阴湿。因为阴湿，这个拥挤不堪的船舱在船离开码头不到半小时就开始散发出臭味。

小陈在闹哄哄的船舱里不时扬起头，他白里透红的小脸与这个混乱的船舱非常的不协调。小陈连声说，好臭啊！当他第三次发出这一感慨的时候，对面某个下铺仰出一个黑漆漆的头，看样子是个很老的兵。一个威严的声音穿破空气，砰地射过来，叫什么叫？想不臭他妈的你给我滚回家去。小陈冲我吐了吐舌头，嘀咕说，这么凶干吗？怎么滚回家去啊？现在都离陆地十万八千里了，飞啊？说着他一骨碌爬起来，两脚在横七竖八的身体间寻觅着空隙，接着人影在舱口一晃，不见了。

十几分钟后，他肉乎乎的脑袋和一大方便袋东西一起闪现在舱口。再次坐回我床下后，他迅速给我展示方便袋里的战利品，我揣摩它们必定也是靠“马屁”换来的：苹果、梨、葡萄，外加几瓶矿泉水。小陈说，反正这些东西补给到礁上几天就烂掉了——你不知道礁上那是什么地方！

他好像守过礁似的，搞得还挺老练。

这些水果是我找后勤的老兵要的。他窃笑着强调，专门要给你吃的。王哥你吃啊！吃嘛！吃完了我再给你去要。

这个活跃的小家伙，真是可爱到了极点。

接着，我发现一个可怕的问题。我没有带被子。在一个阴湿的船舱里没有被子会是个什么结果呢？我坐在床上想着对策。舱里的人开始打扑克，他们邀我同乐，我无心与他们打。我在想，听说这船要开三四天才能到我要去的第一个礁，我该怎么熬过去？船舱开着冷气。我出了舱，上了甲板。

甲板上到处都是走来走去的人。这船上除了补给的物品之外，就是这些换防上礁的人了。有一些校官靠在正三层和正四层的栏杆上，他们是随船去检查的。

天气其实很热，深蓝的海面被太阳照得泛着油光。船像一只大鸟一样在海面上向南滑翔。海面和天空都很静，使甲板上耳语声都能听到。空气黏糊糊的，栏杆上一摸一手盐。我在甲板上遛了一会儿，后来，我望着遥远的弧形海平线，猛地想到了我未来的守礁生活，深不可测的三个月。这时，我有了离开陆地后的第一次焦虑。

见鬼了！我快步离开甲板，扶着舷梯回到负四层。

我床下的小陈在混乱的空间里神情诡秘地冲我的床努努嘴。我一眼就发现白花花的一团东西。哦！被子！小陈说，可不是我给你找的哦！不要谢我，要谢就谢张海军。他再努一努嘴，我顺着他示意的方向在黑乎乎的一堆头之间，发现一个高个子的一级士官。小陈说，是张海军的被子。

叫张海军的一级士官这时转过身，一脸的不好意思。他冲我笑笑，说，你用吧，我把你床上的公用毛毯拿去了，加上我自己床上的一条，我盖两条毛毯。我说，这怎么行？张海军真心实意地说，两条毛毯也顶一条被子了，你就别客气了。我刚才看花名册了，我们以后还在一个礁上守礁呢。小陈在旁边嬉皮笑脸地说，王哥你客气干吗？你要不盖被子会冻死的哦。再说人家张海军拍你马屁你就配合他一下嘛。

张海军厉声说，谁拍马屁啦？新兵蛋子你再乱说我把你扔海里去。说着摇身变成一个摔跤冠军。小陈的身体刹那间被埋进张海军的身体下，只剩下两条被扭到背后的胳膊。张海军这个动作吓了我一跳，我冷不丁一激灵，暗想这可是个脾气暴躁的主儿，以后到了礁上我得看着他点。只听张海军开始审讯小陈。还敢不敢瞎说啦新兵蛋子？小陈说，班长我不说了还不行吗？疼死我了。张海军扔下小陈，嘿嘿一笑，说，这还差不多。

看来被子我是推辞不了了，再说，瞧眼下这情形，过分的客气就等于和自己过不去。我先记下一笔吧，这个叫张海军的战士，等以后回到陆地，我好好请他吃顿烧蚝。

嗯？回到陆地？我是不是太有远见了？在眼下，有远见可不见得是什么好事。我听到小陈和张海军并排躺到了地上开始扯皮。张海军问，“新兵蛋子”为什么想去守礁？小陈说，守礁是我的职责嘛。张海军说，少给我冒充大象！说点深层次的理由。小陈说，我就是想尝尝守礁的滋味呗，就是想见识见识，没别的理由。

嘿！看来，这个十七岁的男孩，他和所有处于懵懂时期的男孩一样，对“经历”这种东西充满渴望。他并不知道经历最终只会给男人带来无穷尽的苍茫感，还有，经历是需要付出代价的。

不久后，我开始和所有人一样晕船，直晕到三天后船抵达 A 礁。船只接走前批守礁人的同时，把我和一些人卸到 A 礁上。

站　岗

一上 A 礁，我就觉得有点不对劲儿。但很快我就释然了：在这样一个常人根本无法想象的地方，要是感觉惬意才是怪事。

A 礁是我体验生活的主站，当然也是第一站，我要在这里生活一个半月。之后，我将跟随指挥礁派下的巡礁船辗转于海上，去每个礁都走一遍。最后巡礁船再把我带到指挥礁，在那里度过最后将近一个月的生活。很显然，对我这个“下来”体验生活的家伙的行程安排，守礁部队的领导们是费了心的。A 礁的战士们都很羡慕我，他们说，你真牛！你这次守礁的过程挺丰富的嘛，不像我们，只能在这里待三个月。

真高兴他们会嫉妒我。他们的嫉妒真让我喜欢。既然他们愿意拿我和他们自己做这种对比，就说明大家都没拿我当外人看。对一个体验者而言，这无疑是桩好事。

他们的确不把我当外人，这从他们不给我任何礼遇可以看得出来。安排铺位的时候，礁长不容置疑地把我安排在门边的上铺。

你就睡这儿吧。这小子说话时面无表情，说完扭头便走。这个安排颇让我意外。我上礁后曾经在礁堡里转过一圈，我当时认为会给我安排一张靠里的铺位，怎么说我军衔最高兵龄也差不多算最老嘛。万没料到礁长同志会给我安排这个最差的铺位。

之所以说它最差，是由于，首先这是个上铺；其次，最最关键最最重要的是，这是与海面最接近的一个铺位。与床间隔不到一米，就是门，门外就是浩瀚无边的大海。与海面过于接近有何不妥？未来将近六十天的生活将会不断地告诉我不妥在哪里。

我当时站在门与我的床铺之间，下意识打了一个寒战。后来我才知道这种安排事出有因。据说，这礁上以往每次都有“上面来人”上礁代职，他们中的不少人热爱指点江山，于是，对于我这个“上面来人”，礁长给了我一个下马威。原来如此。可以理解，绝对可以理解。我再次在这个局促的空间里转头遥望海面，继而想到，礁上人与人之间关系的复杂程度远远超过了我的设想。这就是我一上来就感觉不对劲儿的地方吗？似乎不是。这件事和我那个不对劲儿的感觉没有联系。

礁长开始排岗。很快站岗的顺序排出来了。我过去看了一下。我和战士一样，被一视同仁地安排每天两班岗，白天一班，晚上一班。就在当天晚上，我第一次和张海军站夜岗时，张海军给我讲了一件事，我终于知道是什么让我感觉不对劲儿了。

张海军当时和我比肩站在夜晚的瞭望台上，夜空照得他的一半脸阴，一半脸阳。张海军对我说，我们这次一上来就不吉利，我们上来的前一天，有个渔民死在海上了。

我说，怎么死的？

张海军说，是下礁的弟兄们告诉我的。你没见刚上礁的时候，上礁的人和下礁的人在那儿交头接耳吗？

我心想，我当时跟这些下礁的人一个也不认识，当然没法和他们交头接耳。

张海军说，很奇怪的一件事，当时海面风平浪静，但是那船突然就翻了，是翻在靠近礁盘的地方。那船上两个渔民，其中一个使劲往礁盘游，没死掉，另一个连船带人不见了。很奇怪，当时海面风平浪静，整个过程大家站在礁堡里都看到了。

我得提醒你，这瀚海的夜晚本身就是让人恐怖的。如果抬头，就会看见天空像个簸箕一样罩在你头上，密密麻麻的星斗散落在苍穹里，看样子它们似乎正噼里啪啦地向你打过来，但你却知道它们永远在天宇的某处，它们只是在瞪着你，绝不真的掉到你身上。这就是最恐怖的地方。在这样一个恐怖的所在听到如此恐怖的一桩事情，我感觉身体分明燥热异常却又冒起了虚汗。在后来漫长的三个月里，这种燥热着但出虚汗的感觉，一直尾随着我，我怎么都摆脱不掉。就算我守完礁回到陆地后的前半年，我也常在这样的感觉里深夜惊醒。

现在回到站岗木身。事实上，站岗在我们的守礁生活中，成了最可怕的一件事。它的可怕之处主要不是夜晚给人带来的恐惧感，它真正可怕的地方在于它太累人了。一个人白天站一次岗，晚上站一次岗，这样下来，几乎没有一个晚上可以睡一次整觉。还有，白天的一切生活制度都完全照搬陆地上的连队生活，该出操的时候就出操，该战斗操演的时候必练得杀声震海，并没有因为这里远离陆地而让作息制度偷工减料，而这样一来，就是白天也无法补觉。

这时有人向礁长提出，把排岗方法改一改嘛！不要白天晚上分开排岗了，改成单一顺延的排岗法，排到谁就是谁，排到白天就白天，排到晚上就晚上。礁长冷笑说，以为以前没这么试过？告诉你们，那样排大家会更累。好好站你们的岗，来这里就是站岗放哨的，怕累？那还来守什么礁？

他可真是个霸道的小子。不过，在这礁上，他霸道也算不得大毛病，至少可以使这孤悬瀚海的礁堡有个中流砥柱，以防人心涣散。

有一点可以肯定，我在讨厌这伙计的同时，也在佩服这个“牛”人，他完全将我这个“上面来人”不放在眼里，完全不考虑我这个“上面来人”以后可能会给他小鞋穿，这说明他是个有魄力的家伙。在这远离大本营的瀚海之上，作为一个统领，魄力才是第一位的。从某种意义上说，这是个非常称职的礁长，如果打仗，他带的部队只会往前冲不会往后退。他显然是部队基层干部里的一种“牛”人。面对这种说一不二的“牛”人，我这个一辈子没像现在这样拼命站过岗的人也得兢兢业业站好我的岗了。

毫无疑问，一种无比劳累的生活就这样开始了。整整两个月，我总是在不停地站岗，总是在睡到半途的时候被前一班岗的战士叫醒，我强力控制着要睡过去的冲动，精神抖擞地爬上瞭望台，警惕地瞪着漆黑一团的海面和芜乱混杂的空中。那礁长每天都告诫我说：“记住枪要时刻握在胸前，要经常用望远镜观察海空，晚上看到海面上有灯火、天上有飞机，这些都是情况，一碰到这些情况，就赶紧下来把我叫醒。”

门

我想必跟你透露过这样的意思，在 A 礁的两个月，我所在的床铺不断给我带来烦恼。现在我要纠正一下，确切地说，烦恼的根源是门，我床边的这扇门。

事实上，就在第一个夜晚睡觉之前，我就意识到这扇门的意义重大。倒不是因为在夜晚这扇门旁边就是诡异的海空，这不是最主要的，再诡异的景象你盯着它超过两分钟它便不再令你恐惧，当然这是我当时获得的经验。我说这门意义重大，是因为我不知道在睡觉的时候是该把它关起来，还是开着。

这里已经接近赤道，终年酷夏，如果把门关着，势必把屋子搞成一个蒸笼。

那开着成不成呢？我下铺住着的是三期士官林嘉发，大家都叫他发哥。发哥守礁七次了，他对这里的一切了如指掌。发哥抬起戴满护腕护肘的胳膊向我指了指夜色中的海面说，你看我为啥把自己保护得这么严实？我告诉你，这里的风是很怪的，人睡着的时候身体又是多么娇气啊，你要开着门，管保几个晚上就吹出关节炎、偏头疼什么的，还有一些说不出来的怪毛病。要不，咱开着睡一晚上试试，让首长您看看效果？我虚张声势地说，那就开一晚上试试吧，不然汗都能把人给淌枯了，别说睡觉了。发哥嘿嘿一笑，你想试就试一晚吧，可别怪我没提醒你。说着连人带头钻进毛巾被。

门便开着，开了一夜。等早上醒来，果真觉得浑身像灌满了沙子。妈的，这风比 A 礁的礁长都要牛。只好佩服它。惹它不起便躲。第二天，再不敢开门。我对发哥说，这回就算热成了炼尸炉里的一堆灰，也不能开门了。就在这时，问题出现了。

我想必前面没说清楚，现在要啰唆一下。是的，这门是这堡楼进出的唯一出入口，即将出现的这个问题是人员频繁出入导致的。因为站岗、下岗或出门解手，事实上这门已是每一个人频繁出入的地方，于是，就算我和发哥睡前关了门，这门最后还是整晚开着。

开头几晚，发哥在夜里低声叱骂着，或者叹着气，不停地起来关门。白天的时候还不失时机地提醒大家进出的时候要注意关门。但门似乎不是那么容易关住的，这么高的进出频率，要保证一晚上门都关得无声无息，简直比登天还难。

于是，在接下来的一些夜里，这扇不能由我和发哥掌控的门使我们彻夜难眠，焦躁难当。

那是一种怎样的焦躁呢？现在我要翻出我的失败小说了。我对好多人说过，那是一部枯燥乏味的小说，它的枯燥在于，它压根儿就不像小说，倒更像一个守礁者的情绪报告。我一直羞于把它拿出来，但是说实话，时至今日，我已经忘却了彼时门后那个焦躁者的感觉，我要跟你说清我彼时的感觉，只好引用我的失败小说。

我在我的失败小说的某段这样写道：

> 每天夜里，我的眼睛半睁半闭，门里门外进出的人丝毫看不出我是睡着了还是没睡着，甚至，连我自己都不知自己什么时候是睡着的，什么时候又是不睡的。现在我整日整夜地似睡非睡。然而，睡着与不睡着都不影响我对门的密切观察。门的一切动向，我都看得细致入微。每当一个黑影子走到门边的时候，我就在那里猜测着他到底关不关门，在那里紧张地等待瞬间后就会揭晓的谜底。如果关了，我就大大松一口气；如果不关，陡然地，我就感到喘不过气来了，一股火焰迅速在心底燃烧了。我恨不得立即跳下床，揪住这个不关门的人，饱揍他一顿。我浑身直抖。我颤抖着看到了心里的两个正在大声辩论的自己：一个在尖叫着，冲出去冲出去，杀杀杀，我早就想大开杀戒了；另一个在平息着前面的那一个，对我说，不可以不可以绝对不可以，在礁上最忌讳人与人发生冲突，你冲撞了一个

人，以后还有漫长的时间要与他共同生活，你们怎么彼此面对？而且，一次冲突，必然会引发一系列的人与人之间的矛盾，这是很可怕的一件事啊，快别快别，消消火消消火。哗啦一声，这一个终于说服了那一个，那个杀气腾腾的自己消失无踪。我大汗淋漓地躺了下去，浑身虚脱，像经历了一场性命攸关的生死大战。

这段文字是否更像一个偏执狂的心理独白？但我得告诉你，这些恰恰正是我当时的心理反应。时至今日，我也很奇怪，为什么仅仅在 A 礁才待了不久，我就忘却了自己的体验者身份，完全没有了一个体验者该有的超然心态，成了一个彻底的生活者。这真的非常可怕。

现在让我们再来打开这扇阴险的门，看看到底发生了什么可怕的事情。

惊心动魄的事是在上礁二十多天后发生的。夜里，我正似睡非睡，发哥大喝一声，妈个巴子！我在他的叱喝中猛地睁开眼，只见发哥已经冲下床，在黑成一团的海空映衬下，发哥的手戳向一个黑乎乎的头。发哥说，你就不知道体谅别人啊？成天请你们关门关门你怎么又开了。黑乎乎的头似乎怔了怔，但很快怒声回应。是张海军的声音。骂什么骂？我不就是忘记了吗？你嘴巴干净点行不行？黑暗中的发哥咬牙切齿地说，老子实在憋不下去了，再这样下去老子就快死了。我骂的就是你。他话音未落，“哎呀”一声，头上的某个地方被重物击中。我飞速跳下床，捉住正扑上前去回击的发哥。我说干什么你俩？这时上面站岗的人也听见了动静，端着枪下来了。

里屋的人都醒了，都向外挤了出来。只听闻声而出的礁长高喊道，油机兵，去发电，一分钟内把灯给我弄亮。

一分钟后，“牛”人礁长神色冷峻地站在一堆穿裤衩的人中间，威严地瞪着发哥和张海军。后两者一个正用青紫的左眼瞪着另一个；另一个头低着，不住地往别处扭脖子。

你们就打架这点本事。礁长冷笑着说，啊？我说过多少遍了，大家都抛儿弃女的在这里守礁，时刻要记住的是什么？刘兵，你回答一下。

叫刘兵的兵扯着嗓子高喊，报告礁长！团结！

哼！团结！领导三令五申，我也成天跟你们在扯，团结团结！你们俩的脑子给猪吃了？明天给我把团结这两个字抄到一万遍，好好想想这两个字意思，想想在这里我们为什么要团结。

发哥低垂的脑袋里发出啜泣声。你根本无法想象一个老兵的哭声有多瘆人。发哥嘶着嗓子呜噜道，我他妈的憋得慌啊！与此同时，张海军抬起头，“啊——”地号叫一声。

礁长说，林嘉发你憋什么憋？这才不到一个月呢你就憋？谁他妈不憋？我不憋吗？刘兵不憋吗？陈武劲不憋吗？文执宏不憋吗？还有我们王干事不憋吗？（他们都叫我王干事）还哭？哭什么哭？张海军你以后少扯你那破驴嗓子。我们现在条件已经不错了，你看看以前人家是怎么守过来的。

他说着，手往外面的大海一指。就在杂乱无章的海面上，我们看得到一团黑乎乎的影子，那是第一代礁堡，是震惊于世的高脚屋的遗骸。很显然，现在我们这些住在堡楼里的人已无法想象从前那些在高脚屋里守礁的人是怎么活过来的。礁长最后冷笑一声，好了，都给我回床上睡觉去吧。

紧接着的第二天上午，礁长叫值班的战士吹哨集合。不一会儿，大家有的站在靠近海面的楼梯上，有的站在屋里，总之尽量在狭小的空间里挤得离门近一些。礁长开始说话了。

大家都在，我讲一下，以后夜里下岗、接岗、出去方便，都要注意把门关好。门不关好，有风，门旁边的人怎么睡？关门的动作要轻，一晚上都有人上岗下岗，都有人要方便，大家都住在一起，如果你不轻，把门弄得咣当咣当的，不是谁都被你吵醒了吗？都给我站近点，来！我讲讲开门关门的动作要领。

喏！这样开！先把门把手握紧了，这样！再轻轻地扭开。握、扭的时候力气往里收一点，这样门开的瞬间才不至于被风呼地吹开，动静才小。关门是这样，先一手握紧门把手，这样，同时转身，改退步姿势，这样，慢慢拉，在门快要闭合的瞬间，用最轻最稳的动作把门关牢。关完后，记住，要这样推一推，试试门到底有没有确实关牢。大家都听清楚没有？来！大家轮流上来，我要一个个看你们开关门的动作合不合格。

于是我们一个个迎着海风上去，在阔远的海空映照下接受礁长的检验，直到每个人对这个简单的开与关的动作得心应手之后，礁长宣布了一条纪律：无论是谁，忘关一次门，把门关响一次，我这里就记一次，累计五次以上，我就得跟他讨个说法了。

我过去拍拍礁长的肩，以表达一种无法用言语表述的情感。

在A礁后面的那些漫长的时日里，我似乎再未因门而焦躁过，有可能是不大好意思再埋怨这扇无辜的门了。

但即使排除了门的原因，焦躁仍然存在。事实上，焦躁像一张巨网，时刻笼罩着我们。

赶　海

毫无疑问，在守礁生活里，赶海就等于尖叫。第一个发出尖叫的是文执宏。这天清晨，天色微明时分，离起床时间还差半个小时，瞭望台上的文执宏按捺不住地喊了起来：退潮啦退潮啦！

我们在文执宏的尖叫中跳出堡楼。天将亮未亮，只能用霞光万丈来形容此时的天空，红日藏匿在海的远处，正呼之欲出。我只能说，这景致美得惊天地泣鬼神。凭良心说，在这瀚海，从早晨到黄昏的景致都可以用一个字概括：美。这些美有时却正是我们惊恐的原因。美竟会令人惊恐，这说起来有些不可思议。可的确如此。试想，天空和海每天都美得如此沉着和坚定，我们能不因此觉得自己在自然面前过于渺小和被动吗？是的，这些美轮美奂的海空总是令我们焦虑。

我们宁愿视野里多出现一些丑的事物。比如礁盘。很显然，露出水面的礁盘黑咕隆咚，坑坑洼洼，乱七八糟，从堡楼上望过去，它就是一片无数块牛屎铺就的大水田，简直丑得不堪入目，但我们朝思夜想的恰恰正是这厮。

现在，这个丑家伙突然横在我们面前。它来得真是太晚了，我在A礁待了快一个月的时候它才现身。只听发哥大嚷，快准备蛇皮袋！准备蛇皮袋！张海军喊道，快准备铲刀！准备铲刀！刘兵说，你们等等我，我还光着呢。看情形这些天大伙都快憋疯了，急于要跳到礁盘上踩一踩“牛屎”，感受一下人体着陆的滋味。很快一群糊着眼屎的人都行动起来，发哥去找蛇皮袋，张海军去找铲刀，刘兵手忙脚乱地穿迷彩服。这时礁长出现了。看你们一个个那没出息的样子，着什么急啊，这潮要退到中午呢，先操练，操练得好了，奖励你们去赶海。最后一句他是笑着说的，“奖励”两个字算是他少有的幽默了。

这个“牛”人，他自己就不想去赶一赶海吗？他又不是神人。

这“牛”人早晚有一天会被抓走当将军去。我听到身边的发哥在笑着低声咒骂他。

那么只好先操练。虽然天高地远，但这儿还是部队，部队就得有部队的样子。该操练就得练好了，练不好别去赶海，想去赶海就先好好操练。

吃完早饭后，分成两个批次下去赶海。礁长爬到瞭望台上代替文执宏站岗，他说，我在上面盯着你们，负责大家的安全，你们都去赶吧。我假惺惺地上去跟他说，不如我陪你一起在上面看着他们，让他们去赶吧。礁长说，你去吧，体验嘛，不能不去体验体验站到礁盘上是什么滋味。你体验的感觉对路了，才能把我们写得有点深度不是？哈哈！

我和张海军一道下去。张海军说他岸上的几个老乡跟他要珊瑚，他得去挖几棵带回去。于是张海军撇开我挖他的珊瑚去了。我听到礁长在堡顶冲那边提着蛇皮袋低头前行的文执宏喊话，文执宏，多捡点章鱼回来中午炒着吃。文执宏耳朵聋了一样没听见。

我一个人在礁盘上瞎走一气。海在我四周发出啸声，嘈杂而乱。礁盘上不好走，但让我有了着陆的踏实感。很久以后，当我回到陆地，我的朋友们经常用猎奇的语气询问我在那个南部海域赶海是不是特别有意思。说实在的，我基本上对赶海没有感觉。对我来说，在礁盘上走上一圈，无非只是让自己正日益昏乱的脑子暂时放松一点，以便在未来那些涨潮的日子里不那么焦虑，仅此而已。

我记得我们连续几天都可以赶海。有种外壳比石头还硬、味道却奇美的螃蟹成了我们那几日的夜宵。文执宏用菜刀把螃蟹的壳敲碎，每晚炒几脸盆螃蟹肉端到礁堡下，我们边吃边互相安慰：如果不来守礁，你能吃到这种人间少有的美味吗？

留　守

在 A 礁后面的那些日子，我已经忘了自己是怎么过来的了。事实上，后面那些除了海空就是海空的日子，因为毫无变化，根本无法提炼出任何故事。所以，我只能省略掉无数拖沓的时光，一步跳到巡礁船到来的那一天。

两个月后，巡礁船如期而至，这意味着我在 A 礁的生活结束，意味着我的守礁生活度过大半。

A 礁的弟兄们在礁堡下站成一列，我上前一一与他们抱别。发哥流了不少眼泪，他抱着我不放，对着空寂的海空说，少了一个人了，又少了一个人了。

后来他们跑到堡顶，向离去的巡礁船挥帽子，大喊“再见”。等我们远了，他们开始挥国旗，直到 A 礁的礁堡在海里瘦得比烟盒还小，我仍可以感觉到上面还有个飘飘的东西在动。

我随着巡礁船首先经过了 B 礁。就在 B 礁，我见到了一个神人。

B 礁的军医马积对巡礁人员的到来表现出极度的亢奋。我们上 B

礁不到十分钟，马积就要和我们谈“一些有意义的问题”，就是“人为什么要活着”之类的问题。“我要和你们好好聊聊。”他严肃地跟我们说。

我不无惊讶地望着此人。强烈的阳光照射下，我看到一个牛一样高壮的汉子，目光锐利，嘴唇干燥，满脸皮屑，发红的鼻尖仿佛随时都会滴出血来，而他的头顶却比这瀚海上的太阳还要亮。他解释说他理光头的目的并不是为了节约用水，而是如果有头发，深夜的时候他会情不自禁地去扯头发，这样会很疼。

他为什么要这样干？他怎么了？

B 礁的礁长在边上偷偷告诉我们，这马积是留守人员。他自己也没料到要留守。上三个月守完后按规定应该可以下礁了，不想上面突然找不到军医来替换他，他只好和我们这一批人再守三个月。

据说这个马积上礁前才新婚。又据说，临上礁前的某一个晚上，他的新婚妻子喜不自胜地告诉他，“你要当爸爸啦。”

定是因为很久没见到生面孔了，我们的到来令马积产生强烈的话语欲。很快马积就拿出几把马扎，兀自在礁堡前面排成一圈，边排边张罗我们说，快来坐啊。

我们见他激动得超乎常人想象，便不想去坐。

他便一一上来拉我们，说，难得在这种地方相聚一场，一生估计就这一回了，来来来！我们好好聊聊天。

我们只好坐下。海风扑面，阳光刺得头发昏。马积开始演讲。无须旁人的鼓动他便滔滔不绝大讲特讲。

马积的口才惊人地好，并且，他非常有见地。即便在我早已离开那段生活的今天，我也坚信，马积是我有限的人生中见到的少有的思辨天才。我不知道他天生就如此才思敏捷，还是已经过去的漫长的守礁生活使他患了思辨症。总之，他当真令我惊叹。但是，问题来了，他怎么跟我们做起演讲了呢？生活中的事情如果缺乏必要的过渡，那太唐突，会让人莫名其妙。

我们都有点尴尬，好在很快就开饭了。一个小战士喊我们吃饭，我们像得了大赦般提起马扎就走。马积当然要和我们一起吃饭。他的活跃劲头还在，甚至，由于他刚才的一通演讲，情绪更上来了，水涨船高，他的心脏已经被一只失控的手拽到脖子以上的高度，他说，“我要和你们好好喝一次酒。”

马积开始一次一次地给我们一个一个地敬酒，到最后谁也不想喝了他还在敬。他的劝酒词实在丰富，估计在陆地上肯定是酒场上的骨干力量。我们实在不想再喝了，因为吃完饭我们就要坐着巡礁船离开这里。那是条不大的拖船，在海上总是颠来颠去的，不喝酒它都能把人给整晕，如果我们现在再喝下去的话，那就是跟自己的性命过不去了。

后来马积再敬的时候，大家再不客套，都坚定地拒绝。第五次遭到拒绝的时候，马积生气了。马积轰地将自己杯里和近旁无论是谁杯里的酒一饮而尽，酒杯放回桌上后，他人影一闪，从堡里消失。我们迅速跟出去。马积步伐矫健，已跃至海边。我们大家还没想到他要干什么，他已纵身一跃，跳入海中。礁盘里的水不深，也不浅，到达马积的心脏部位。马积面朝远处的海空，连着发出数声长啸。

他没事吧？巡礁组带队的一个领导不安地问 B 礁的礁长。

礁长说，没事的，他经常自己往海里跳。

这时马积不再大喊，回身对大家说，放心好了，我只是到水里泡一泡，消消火，一会儿就好了。我是军医，我知道怎么调节自己。你们要不要也下来泡一泡，败败火？

短　路

在C礁，我见到了来时在船上遇见过的小陈。小陈当时正沿着堡楼边的楼梯往瞭望台上爬。重新看到这个小家伙，我有点激动，我对着小陈的背影大喊，小陈！小陈似乎压根儿没听到我喊他，上去了。他光着背，只穿一条军用裤衩，从脖子到大腿都被晒得黑里透红。这个小光背佬，他耳朵聋了不成？

我在下面的堡楼里待了一会儿，莫名其妙地心慌起来。我出了堡楼，爬上瞭望台，小陈正坐在瞭望台边上望着远处。海深蓝色，谁也不知道它有多深。我走到他的背后。小陈！这次我的声音大得惊人，足以吓死一群鱼。

小陈慢吞吞转过头，似乎思索了半天，才认出是我。王哥啊！他傻里傻气地冲我笑了起来。滞重的眼神，喉咙里仿佛堵着一条大坝，与来时船上那个活泼调皮说话噼里啪啦的男孩判若两人。

我暗自惊呼，短路短路！这小子短路了！这便是这个守礁部队的人常常挂在嘴里的短路了。他们说，守礁到了一定时日后，人的反应渐渐迟钝，严重的人会话都说不清楚。守礁几十天后的现在，这个小陈，严重短路了。

我上去，忧心忡忡地打量小陈。我说，你没事吧小陈。小陈脸上仍是滞重。我没事啊。我充满疑虑地说，你真的没事？我下意识伸出两个手指，在小陈眼前晃了晃。我说，这是几？小陈说，是二啊，你短路啦王哥？怎么说话这么怪啊？

谢天谢地，他还知道反问我“短路”，那他还算正常。我下了瞭望台，去和巡礁组的人一起去听 C 礁的礁长汇报礁上动态。半个小时后，只听一个战士神色慌张地跑来说，有人摔晕过去了。

摔晕过去的正是小陈。阳光亮得令人胆寒，小陈几近赤裸地倒在礁堡边上，无声无息，像一棵静止的植物。其实说他像个毫无生命迹象的器皿也未尝不可。

他刚才下楼梯的时候，脚没踩稳，一下子就摔倒了。边上 C 礁的一个士官惊慌失措地说。

他摔得很严重，牙关紧闭，脸色青紫，浑身抽搐不止。C 礁的军医跑上来吆喝着叫大家帮他掐捏小陈。过了一会儿他说，小陈是休克了。军医开始在小陈身上忙乎。不久后，小陈脸色开始转红，悠悠醒了过来。军医吆喝着叫大家把他抬到床上去，然后跟我们说，这兵大概在家里太过娇惯了，年纪又小，在礁上待了两个月，身体很虚弱，突然休克，可能就是这个缘故，没什么的，休息一下会好。你们放心吧。

一场虚惊。可是，它是否预示着什么？我抬眼向海空间望去。我看不到边际在哪里。鉴于我对这平静但深不可测的瀚海已有的了解，我心里不免泛起这样的疑虑。也许我太敏感了，但愿如此。

突如其来的人员晕厥使 C 礁的礁长紧张。这件事发生在巡礁组正在检查的当儿，令他感到失职。在接下来的汇报过程中，C 礁的礁长不停向巡礁的两位领导强调说，这是意外，其实礁上人员的士气还是非常不错的，虽然现在守礁已经到了中后期，许多人开始犯胃病，有的人关节炎的老毛病也犯了，但大家都在克服困难，他们这个礁一定能够像以往一样，胜利完成这次守礁任务的，请首长们放心。

“首长”并不放心，巡礁组的带队领导把C礁的礁长狠狠地训了一顿，警告C礁的礁长，如不把这礁守好，拿你是问。

离开C礁前，我去看了一眼躺在堡楼里的小陈。他已经恢复过来了。不过，他仍然短路得厉害。他还小，第一次守礁，假以时日，他成为发哥这样有守礁经验的老兵，也许就好了。

请原谅，我又要省略掉我后来那些守礁时光，而将镜头定格在小陈身上。我之所以这样做是因为，第一，我实在太想告诉大家小陈的事情了；第二，后面那些零碎的日子实在与故事扯不上边，那些日子无非是我坐在礁堡里发呆，或者坐到礁堡下望着海空发呆。

一个月后，我们这一批守礁人员的守礁生活结束，我们登上接我们回陆地的补给船。

船经过小陈所在的C礁，是傍晚。等C礁的人员登船完毕，船舱里开始传出一个消息。他们说，有个战士在登船时不小心被一箱重物砸到了海里。被大家拉上来时，那战士的腿已经粉碎性骨折。因为船在海上要航行好几天，让这战士登船，势必会耽误对他救治的最佳时间，只好把他留在礁上，由几个军医共同对他进行紧急治疗。这样的话，这个战士就留守了，他还要在C礁再待上三个月。

我有一个不好的预感，真奇怪我为什么总是会有那些奇怪的预感。

我在船舱里来回转悠。船开了八天，整个八天我都在上上下下地寻找。我瞪着每一张急切盼望见到陆地的脸，我说，你们看到小陈了吗？告诉我你们看到小陈了吗？

没有人回答我，海和天空一样平静。

（原载《解放军文艺》2006 年第 4 期）

对鱼说话

醒来时他觉得脑袋里像装着几吨海水，涨得他想死。昨晚和他们吵了一架，之后整夜在梦里和人打架，根本没睡好。他本不想跟他们吵架，他好歹也是个半老不老的兵，连着这次他也守了六次礁了，他知道吵架在礁上是最大的忌讳。但是昨晚他们实在是太烦人了，都到后半夜了，他们还在那里胡吹海侃个没完没了。他知道他们是睡不着才这样磨嘴皮子，但是你越磨不是越睡不着吗？不但你自己睡不着，全礁的人都跟着睡不着。他终于忍无可忍，咆哮起来，别扯了，睡觉！他的声音很大，连礁堡都晃了几晃。

现在他从床上坐起来，立即发现气氛不同往常。往常早晨起床他们会边叠被子边零零落落地说话，但今天礁堡里静得可怕，仿佛大战之前的养精蓄锐。他心里一凛，后悔自己昨晚犯了忌。他决定待会儿再叠被子，先说几句取悦他们的话。他嘴还没来得及张开，四期士官张虎季便用屁股对他说，哥们，睡得很好？张虎季的声音很大，挟裹出一股凌厉的嘲讽。他立即改变主意，决定在这个早晨当个彻底的哑巴。不要去吵架！他警告自己说，不要吵架！

他迅速叠完被子，从礁堡里走出来，拿着扫把站在码头上。他打算在他们整理完内务之前独自打扫完这个码头，以求得他们对他昨晚过激行为的宽恕。事实上码头很小，而且他们闲来无事就下来打扫一番，本来就很洁净，他不过用了五分钟，就打扫完毕。

他拖着扫把站在码头上，眺望大海。一群鱼排列成整齐的队形从他脚下滑过去，又滑过来，仿佛一辆巨大的过山车正沿着弧形轨道掠过山涧。他想它们是在逗他玩呢，它认识这群鱼里的大多数鱼，它们与他关系不错。他看着这群表演得正起劲的鱼，突然地，就伤感起来。他这次守礁心情一直不好，很容易就会伤感。他蹲下身，使自己与群鱼更接近一些。他望着它们，喃喃地说，我好想你啊。

每当心情烦躁的时候，他会比平常的任何时候都要想她。

他是个正被爱情灌醉的人。

并非他一个人有对鱼说话的习惯。守礁人与鱼说话完全是件再正常不过的事。在这单调的礁上，他们需要利用一切可以利用的事物来完成一些隐秘的对白。只不过他比别人更夸张一些。他不但会对鱼说话，而且会对海浪说话，对珊瑚说话，对头上大朵大朵的云说话，对黏湿的海风说话，对盐浓度过高的风说话。

他将扫把的尾部向水里伸去，群鱼立即扑散开去，待明白那不过是个友好的扫把之后，它们又幸福地向扫把拥来，争抢着去亲它咬它用身体拍它。他觉得这些鱼真是惹人爱怜。他心里充满温柔，他的嘴开始控制不住，他嘴里胡乱低语起来，宝贝，来！宝贝！

他正意乱情迷地低声叫着，只听后面传来张虎季的声音。哎！干吗呢？小心掉进海里被鱼吃了。他回头，看到张虎季正从礁堡上下来。又想你的盈妹啦？

嘲讽仍危险地埋伏在张虎季的嘴里，让他不安。他真后悔自己昨晚的冲动，使他们，尤其是这个脾气火爆的张虎季找到了嘲笑他的借口。他明白，与他们朝夕相处，无意中会向他们暴露自己爱情的秘密。现在张虎季要利用他的秘密来完成一次语言上的进攻。

你昨晚叫谁宝贝呢？张虎季继续嚷嚷着走到他的身后。他被张虎季弄得扫兴，但他还是努力冲张虎季笑笑。张虎季却来了劲儿，昨晚你可是一个劲儿地喊宝贝宝贝，可现在咱在这儿守礁，离探家还远着呢！

他被张虎季这一臊，脸色很难看。他瞥见张虎季两脚站在码头边上，脚下是饿急的鱼群。他真想跳起来，一掌将张虎季掴到海里，他倒要看看这个满嘴喷粪的张虎季，会不会被这些鱼当成天赐佳肴。但他不能干这事，这样就上了张虎季的当，犯了守礁大忌，他不能一错再错。他转身远离张虎季，蹲到码头另一边，望着另一群鱼发呆。

张虎季讨个没趣，转身走上礁堡，边走边扯着嗓子喊道，有人想他的情妹妹啦，咱还是别打搅人家啦。

礁堡里有几个人影晃了晃，他听到海空间一迭声传来数声应和张虎季的欢声笑语。

他有些恼怒。想一个人这很正常，本来没什么值得羞愧，问题出在他想得比较夸张。他本应该和别人一样只在心里偷偷地想，不应该在梦里情不自禁地喊起她的名字、他对她的那些爱称。在梦里，他对她的爱称五花八门：宝贝、宝宝、盈盈、盈妹、我的心上人……连他自己都感到惊恐，他为什么会喊出这么多花样。他知道守礁会守出一些反常，这显然就是反常之一，当爱情与孤独形成漫长而巨大的对峙，人会魔怔。

他回想梦里那些呼唤的感觉，心里掠过一丝暖意，不禁叫出了一点声音，盈盈！他看到鱼们似乎听懂了他的心思，一条鱼浮在水面，一动不动，与他对望着。他立即获得一种能力：将鱼的眼睛当成了她的眼睛。他心里一悸，涌起一股暖流。

他怀揣一些说不清是忧伤还是窃喜的感觉站了起来。他看到他们已经整理完内务，都三三两两向码头这边走来，一一蹲到码头上刷牙洗脸。他和他们一样洗过漱，吃过饭，然后他们开始上午的事情。

他们坐在码头上擦枪。大家都很沉默。更多时候，在漫长的守礁期里大家习惯了沉默。经过了早上那两次得不到回应的挑衅之后，张虎季大概自感无趣，不再对他出言不逊。再怎么说，张虎季也是个老兵，比谁都要懂得吵架是不应该的事。他长长地舒了几口气，擦着枪，不时放眼遥望大海，忽而将视线收回来。礁盘上的水里正匍匐着的一只七角螺。他想起了他与她的第一次见面。他一边擦枪，一边沉入往事。

他认为他是对她一见钟情。或者说多次的守礁经历使他很容易对一个长得不错的女孩一见钟情。他是在招待所的吧台上看见她的，她是招待所新来的服务员。他的父亲来部队探望他，住在招待所。他一眼就喜欢上了她，决定追求她。他每年都要去守礁，他在陆地上的时间没有平常人多，他遇到一个喜欢的女孩不容易，他要抓住机会。

他见过她第一面之后，并没有告诉她他要追求她，因为他马上就要上礁，告诉她是不明智的。那次守礁他被一种奇怪感觉笼罩着。最初，她在他心里只是一个空洞的目标，渐渐地，她牢牢地盘踞在他的心里，左右他的喜怒哀乐，令他受尽煎熬。事实上，那是一次漫长的守礁期，后来他都根本忘记了她的长相。

在那几个月里，他没日没夜地盼望着退潮。一旦退潮，他几乎是扑着跳上礁盘，去寻找那些少有的螺和贝。他找到它们，把它们制成标本。那次守礁结束后，他已经有了半蛇皮袋的贝壳。接下来他下了礁，换上一件新的迷彩服，选择一个阳光明媚的下午，背着他的贝壳来到了招待所，当着招待所其他女孩的面，将一大袋贝壳倒在她面前。贝壳闪着惊心动魄的光芒，他的脸早已被猛烈的阳光晒成古铜色，他向她微笑，略带羞涩，结结巴巴地说，送给你的。接着他调整情绪，开始用低沉的语气向她倾诉他对她的爱：整整三个月，在遥远的瀚海，他都在想她，她是他一场枯守生活中的精神支柱，这些贝壳都是他捡的，为的是有一天把它们放到她面前，看到她因此微笑。

你可以笑一笑吗？他近乎哀求地问。

她起先有点莫名其妙，有那么一会儿，脸上露出吃惊的神气。后来她说，好的，我笑。但她却流泪了。她把脸使劲埋进她身边那个充满嫉妒的女孩儿的腋窝，很快又抬起来，她说不出别的话，只一个劲地说，谢谢！谢谢！

你可以做我的女朋友吗？

她难以置信他的拙朴和坚定，嘴因惊讶而张大。她盯着他，像盯着一个天外来客。

我喜欢你。他说。

她终于将嘴合拢，笑意蜜一样从她的嘴角淌出来。他看到她重重地点头。他将这个镜头郑重地锁进他的记忆。

整个上午，他都在回忆这些他已经回忆过无数遍的事情，就算擦完了枪，大家你一言我一语像往常一样在礁堡里谈天说地时，他也没有离开那些回忆。

看样子张虎季这次并没打算放弃对他的挑衅，昨晚胡吹海侃的主角是张虎季和一个第二年兵。第二年兵不会对他说什么，但张虎季是这次守礁队伍里最老的兵，一个老兵丢面子是一件很大的事。吃午饭时，张虎季开始对他进行第二次撩拨。张虎季说，哎，对面的哥们，从早上到现在没见你说话呢！现在吃饭，还低着个头干吗？咱们谁没恋爱过，可也没见谁有你这么叫人闹心的啊，是不是弟兄们？耻笑的声音像鱼群一样扑啦啦响彻他耳际，旁边的一个人还就势拍了拍他的肩。

他猛地涌起一个念头，站起来，揍他妈的这个不依不饶的张虎季一顿。他手指发抖，拳头在底下握起来。他这次一上礁时，就觉得自己可能会出问题，他一直在克制，现在他快克制不住了。但他还是稳下来，想到张虎季一回到陆地，三天不到，就会和他老婆吵架，就觉得狗日的张虎季大概一辈子没尝过爱情的滋味，是可悲的。而他是个幸福的人，一个幸福的人没必要和一个可悲的人计较。他用爱情的优势在心里打败了张虎季。他的爱情成了说服自己的武器。

昨晚没有睡好，中午他很快就睡着了，睡得很沉。等他醒了，已经是下午三点多钟。他坐起来，听到礁堡里十分寂静。他们都还在午睡。整个下午的时间和每一个下午一样宽裕，完全可以坦荡地睡觉。他却已经不想睡了，从垫子底下抽出一本书，看了起来。

他看了一会儿就把书扔到一边。在这礁上看书很容易伤感，书里的男男女女，彼此想念了立即可以见面，就算他们相隔千里，也可以坐上汽车、火车、飞机，在不长的时间里，投身爱人的怀抱。可是他却只能思念，只能在这遥远的瀚海思念他爱的人。

他扔了书，向外眺望。到处都是海面，或者天空。如此简单的空间构造使他有时经常获得一种超然的能力。他可以看见时间的样子。时间变成了一只老猫，蹲在海面或天空的某处，有一声没一声地嘶嘶啦啦地叫，叫得他撕心裂肺，无法平静下去。嗯？他今天这是怎么了，十分的情绪化。他很清楚作为一个守礁人应该时刻提醒自己保持内心平静，但他现在却发现他无法保持。他跳下床，他要离开礁堡，到码头上坐一坐，也许码头上炽烈的阳光会使他平静下去。

现在他蹲在码头上。海空寂然，阳光浓烈，照得海水美艳惊人。他已经看不到鱼群，只偶尔才能看到几条鱼，彼此置之不理地在水底自得其乐。它们纯美而娴静。他心里对她的思念鱼贯而出。

他记得他和她简直是闪电般进入了恋爱。从一开始，他们的恋爱就相当圆满。也许他和她始终都会听到那个横亘在他们中间的离别的提醒，因此他和她都很珍惜他们在一起的时光，这使得他们的爱情近乎完美。她在他心里是个完美的女孩。每次她躺在他的怀里，他心里却止不住会发出惊叹。

然而，很多时候，他看着她，心里就会涌起苍凉的感觉。他明白每一次的相聚都是有限的，过后是无限的离别，他是一个守礁者，他们必须不断分别，他不可能永远这样将她搂在怀里。在那些相聚的时间里，他看着她，常常会想起这些，情不自禁地更紧地抱住她，仿佛一松手，她就会永远离开他。

他蹲在这里，那种仿佛失去她的感觉已经深切地抓住了他。他听到礁堡上张虎季故意制造出的巨大的喷嚏声。张虎季很快来到码头。他突然十分想揍人，管它什么禁忌，管它什么后果。他听到张虎季的脚步已经接近，他开始做准备。张虎季在他后面阴阳怪气了。挑衅是有惯性的，至少到现在为止，张虎季的惯性还没有停下来。还在想你那盈妹呢？张虎季说，还没想完？

他缓缓转过身，目光僵直地看着张虎季。

他不知道自己脸上到底暴露了内心的多少秘密。他看到张虎季的脸忽然一凛，五官开始往一处缩，表情渐渐严肃。并不短暂的对视之后，张虎季惊异地说，你，你哭啦？

张虎季的这种说法吓了他一跳。我刚才哭了吗？他回想了一下，迅速发觉不是没有这个可能。他心里的盘算立即被打乱。他必须赶快掩饰，火速低头。张虎季却近前一步，你，没啥事吧？

他本来想对张虎季瞪上一眼，却像是跟谁赌气似的说，没事。

没事那就是有事了。张虎季彻底变成一种对他关切备至的态度，你肯定有事，跟老哥说说是咋回事。你不会是跟我怄气吧？嗨！你跟我怄啥气啊，犯不着，老哥我就是这张臭嘴，大家都了解得很。你可别往心里去啊，咱们还要在这儿待上很长时间，要那什么同甘苦共患难的，别怄气了行吗？我这里先给你赔个不是了行不？

他被张虎季这么一说，马上觉得自己从早上到现在是不是太不像个男人了，小肚鸡肠的。他心里突然就获得了些许明媚。

他咬住嘴唇，冲张虎季淡淡一笑。我说没事就没事嘛，哪有什么事？他掏出烟，和张虎季各点上一根烟。现在张虎季在他眼前突然就变成了最亲密可爱的伙伴。他示意张虎季坐下。他们一左一右坐到码头上，正对着远处黑压压的一片海水，聊起天来。

张虎季说，跟老哥说说啥事？

他迅速为自己解围，没有没有，我都说了没什么事。

张虎季说，你就别瞒老哥了，老哥在礁上干这么多年了，还瞧不出你心里在惦记着哪盘菜？你不就是想你那盈妹了吗？瞧你晚上那骚劲，宝贝天宝贝地的，哦！不好意思不好意思，老哥我又犯病了，你别介意。

他向远处的海面望望，一条孤单的巨鲸在遥远的海面上翻了翻身子，哀号了一声，消失进黑沉沉的大海。他笑笑。没事儿，你说吧。

张虎季说，说啥？要我说你这是自讨没趣，有啥好想的，你一想你那小对象就能跑你怀里去？所以嘛，甭想了——不过，你也别说，有时候我也是，还真想我那口子。啧！你说人到底是咋回事儿呢？我跟我那口子一见面就掐架，有时候往死里掐，咋到了这礁上就止不住地要想她了呢？唉！不说我自个儿了，跟老哥说说你那漂亮的盈妹吧。从来就只听你在梦里头瞎喊，愣没听过你正儿八经地给大伙儿讲过一回。讲讲，反正也无聊。

他忽然真的想跟谁讲一讲她。他很想和别人来分享自己内心的感受，尤其在这单调寡味的礁上，与别人分享自己的爱情难道不是一种乐趣？

张虎季在旁边说，讲讲你跟你那漂亮的盈妹在一起都干些啥？嘿！讲讲，也让老哥我羡慕羡慕，都大老爷们的，别不好意思嘛。

他明白张虎季所指。一群男人在一个寂寞的地方待久了，到最后最热衷于谈论的还不就剩了那一点点事？他看了一眼张虎季，想了想，还是决定不讲。他和她之间的有些事情叫张虎季听起来肯定很孩子气，讲出来叫他笑话。他如果告诉张虎季他和她从认识到现在已经四年了，他们却从来没干过那事，张虎季一定会笑翻到海里去。如果他再告诉张虎季，他很爱她，那张虎季一准会说，都没干过那事，懂得啥叫爱啊？真是年轻啊，跟我玩言情剧啊？老哥我佩服。

他和她真的是一种纯美无比的关系。不是他不想，实际上他很想。甚至有一次守礁完后，他狠狠地给自己下了决心，这次一定要自私一点。然而，他最后还是放弃了。他坚决不能做她不喜欢的事情，他只能做她喜欢的事情。这就是他对她的爱。

张虎季说，你不讲就算啦，其实也没啥好讲的。女人嘛，就那么回事，跟咱老家那盘猪肉炖粉条差不多，你成天看着她吧，保不准哪天就恶心了，可要是像咱这样几个月见不着她，就想得不行。

他们已经抽完了一根烟。这回是张虎季掏出烟，同样和他各点了一根。张虎季呷了一口烟，对着脚下游过来的一条鱼唾了一口。我保证这南海里的鱼指定都是公的，你瞧这鱼崽子，它们能听懂咱说话你信不信？你看咱一说女人，它们就愣往咱这儿凑过来了。去去去，大人说话你们小屁孩子滚远点。

张虎季叹了口气，说心里话，我跟我那口子就是这样。一在家待长了我就烦，可是现在，我还真想她啊，我真是替她担心啊，你说一个单身女人的，带着个小不点大的孩子，她怎么过啊？还有，你说现在这都啥世道啊，她可是待在花花世界里，外边这世界可不比咱这礁上，我那口子你也见过，长得也不赖吧？你说要是出点啥事，咱这张老脸还往哪儿搁啊？我在这礁上，没办法跟她联系，她那边发生啥事我都不知道。所以我烦啊，咱晚上一躺到床上就喜欢唠嗑，我怕睡着啊，一睡着梦见的就是这些烦心事。

他歉意地看看张虎季，心想昨晚他该随他们侃去。他同时也被张虎季的这番话说得心里一抖。张虎季说的可都是大实话，正确着呢。她那里就曾经发生过这么一件事，一个四十多岁有家有口的男人，不要脸地要求她做他的情人，她严词拒绝。这男人就开始骚扰她，一天到晚又是电话又是短信。为了躲避这个男人，她不得已辞去了招待所的工作，去一家超市当一个辛苦的收银员，但还是躲不开那男人的纠缠。

他记得他那次离礁后的那些日子，明显地，他们的关系发生了一点变化，中间总好像横着点什么，他发现自己有点不了解她了，他们每每面对时，他都会莫名其妙地伤感起来。有一次，她竟然说，如果有一天我离开了你，你会怪我吗？他没吭声。她又说，你会想我吗？他搂住她，感觉像她这么一个喜欢胡思乱想的女孩，是多么地需要一个男人一天二十四小时地保护着她，可是他却无法永远陪伴在她身边，他心里充满歉意，充满悲凉。

他想到这里，伤心起来，比以往任何时候都想她。他这次守礁心情实在不好，很容易伤感。张虎季还在说着，说到了他的孩子。一说起自己的孩子，张虎季的话里明显就只剩下了温暖的爱意。张虎季滔滔不绝地说了起来，直到发现旁边的这个人好像不在听他说话，才停住。张虎季伸出手掌在他眼前晃了晃问，你怎么恍恍惚惚的？对了，我跟你说，其实这次一上礁我就在观察你，你一直不太对劲儿。你怎么啦？

他怎么能够对劲儿呢。他现在已经彻底地失去了她。这次守礁和往常的每次都不同，往常他至少知道在遥远的陆地上有他的爱情在等着他；可是这次，什么也不在等他了，他的爱情已经只能成为一种记忆。他看到随着傍晚的来临，密集的鱼群从深海里涌出来。他认识这群鱼里的大多数，但它们如此相像，所以他又觉得它们可能是完全相异的一群。

他呆呆望着远处海面上绚丽得惊人的晚霞，后来把头埋进膝里。许久以后，他在张虎季关切的询问声中抬起挂满眼泪的脸。他无声地哭着。他希望这迟来的哭泣能使自己好受一些，以便接下来顺利度过漫长的守礁期。他听到张虎季在大声向礁堡呼喊，叫大家出来问问他怎么了。他听到他们都跑向码头，关切地询问他。他只想哭，对他们的询问置之不理，他不想告诉他们他的事情，他的爱情，他失去的爱情。

他哭了许久后，真的好受多了。他抬头看到晚霞很绚烂了，这说明晚霞也快被黑的夜空所取代。他拨开众人，低着头对大家说了声对不起。他上了礁堡，不久之后，他们在渐渐变重变深的晚霞下的渐渐变重变深的海的旁边，开始沉默地吃饭。然后是又一个夜晚降临，他们开始陆续地站岗。

深夜的时候，他被前一班岗的人叫醒，嗅着腥咸的海风，摸着黑上了堡顶的岗楼。他脚下堡楼里的人都睡了，他再看不见白天那些浩远的海面，只能够看到周围斗篷一样倾覆下来的满天星辰。他四顾望去，仍在想她。从前的那些守礁期，他的思念有明确的指向，因为她在遥远的陆地等着他的归来。然而这一次，他的思念再也无法着陆，他只能去对鱼说话，或者像现在这样，去遥望这些星辰，希冀在那里能看见她。

（原载《解放军文艺》2006 年第 4 期）

海空情正常

总是这样，每次走上瞭望台，他并不急于走进中间的瞭望亭。时间那么多，甚至成了负累，所以不存在任何急于要做的事。太阳疯亮，把海照成了镜子，于是在他眼里，海变得又虚又晃，像幼年时发高烧的夜里看见的幻境。他在瞭望台上走时，脚步接近于踉跄，但不是醉酒后那番不由自主的踉跄，而是一个劳作一天的老农夫在金色的田间小路上稀散的步履。

在这高而醒目的瀚海之中的瞭望台上，他总是喜欢随心所欲地做任何动作，手指间恰巧夹了粒烟头的话，他在烟头即将烧到指甲盖时用食指把烟头弹了出去。烟头尚未灭，带着虚弱的光划过强悍绵密的灿烂空间向海面落去，烟火与空气里的阳光摩擦，似乎可以闻到一股焦煳味。他乜斜着眼，视线跟随烟头挪移。那神情使他显得有点酷和冷，有点超然。

他绕过瞭望台上的炮和高射机枪，以及炮和高射机枪的影子，向瞭望台边上走去。有种令他眩晕的气体包裹着他。海空明亮得使他不能准确地看到烟头落到海面的哪个点位，但鱼会告诉他这些的。鱼向那里扑过去，像万箭冲向一个靶心，撞得深约数尺的水底礁盘上的珊瑚花枝乱颤。这阵势真是惊人魂魄。

对这一切，他早就见怪不怪了。他乜斜着眼，望着群鱼，心里没有一丝涟漪。他的内心沉静得真是可怕。他咳嗽了两声，又从耳朵上取下另一根烟，点上，抽。他有严重的咽炎，然而，就算喉咙会烂掉，他也控制不住地一支接一支地抽烟。

十四年了，他来来去去的，在这个瀚海之中的礁盘守礁十四年了。

十四年是只什么鸟？

十四年，可以使一个丁点儿大的屁孩子变成一个血脉偾张的人物。可是，对于他，十四年，无非是一个人们对他的称谓由小李变成老李的过程。整个十四年，他的人生脚步迟滞，粗线条，几近停止，像炮弹，“轰”的一声，从膛口射出，直达目标点。完毕。简捷明了。谈不上什么过程不过程的。不像鞭炮，响得饶舌、长远、繁复，线条上缀满细节。唯一称得上巨大的改变是，他从一个善于傻呵呵激动的小李变成了现在这个内心没有一丝涟漪的老李。

他乜斜着眼，站在十四年这个单薄的时间上鸟瞰往日。他看到了在十四年的起点上，他，小李，是个唇上有毛毛的小可爱，浪得不得了，往瞭望台上走的时候大腿小腿都热爱犯贱，永远是两级楼梯并成一级地跳着走，小疯子一个，不晓得心事是个什么破东西。那会儿他真是傻呵呵啊。哈！第一次走上这瞭望台，他竟然以为自己站到了地球上，哈哈！

千真万确的，他只有在第一次站到瞭望台上，才终于有站在地球上的感觉啊，以前从来没有过那种感觉。他站在瞭望台，这个礁堡的制高点，感觉上，是站在地球的某个制高点上。

那种感觉是由视野决定的。其实很简单，在陆地上，在莽原上，在大漠上，就算在山顶上，视野从来都会受到局限，而在这瀚海，视野根本不受限制，一切肉眼能看到的东西都能看到。

目力所及之处，净是海面。光秃秃、黑茫茫的海面。海面上唯有水的涌动，这无数涌动因步伐过于齐整而显得呆板。视线尽头是海面与天空的交接线。海面与天空在四面八方交汇，于是，把海交汇成了一个巨大的圆。准确说应该是一个巨大的球。他站在瞭望台上，觉得自己是这个球的顶点。

十四年前，那个叫作小李的男孩，因眼前的景况激动得不行，可以说是被震撼了。他那会儿的脸本来就生得细白，因为这震撼，他的脸冷不丁地青了。他记起学生时代学过的关于地球是扁的还是圆的的课文。他就想，很显然，在古老的年代，没有人到过这么阔大的瀚海，否则，这还用去争论吗？一目了然，地球是个球。他像是亲自发现了宇宙的巨大秘密般，心里兴奋得奇痒难当。他在瞭望台上急急乱走起来，气息不匀，脸色变得一会儿青一会儿白。他第一次走上瞭望台的这天，是好天气。风是微风，浪声细碎而隐忍，海空亮得使人犯困。海天间似乎只有他一个人。

过了许久，他平静点儿了，倚着炮的发射架靠在那里。海面上没有任何浮物。这地方真是静啊，几乎能够听到宇宙深处的时空流动的声音，有点像诗，不，有点像除夕夜烛火吃掉烛身的滴答声。他静了许久，然后，突然地，他也不晓得是怎么回事，他觉得身体深处有个很重的东西直坠下去，倏忽之间，他的身体就冷了。

他当时年纪轻，尚未曾经历过人生的任何变故，不晓得身体里发生了什么，不晓得这种突如其来的冷感就叫作寂寞和孤独，不晓得从此以后他的人生再也不能甩脱这种感觉了，这感觉像美人蛇，将恒久地缠住他。他不晓得，不晓得从他第一次走上这瞭望台被震撼住的这一天开始，他的心灵已经发生了重大的变故。他什么都不晓得，所以这身体里突如其来的冷感只能使他茫然、迷惑。他铁青着脸，心跳得厉害，他想如果有谁让他抱一抱，他想如果有谁让他亲一亲，就好了。

他背转了身，将脸贴在蒙在发射架的油毡上，用嘴咬住毡布。他将眼埋进布里，以便使视线摆脱掉这让人可以望见时空里的一切的海空。他抱着毡布蹲了下去，胸腔里有坨一直堵在那里的东西渐渐涌了上来，涌到他喉咙的时候，他不由自主地大吸了一口气，胸腔顿然大大地敞开，那堵住他的东西横贯而出，他听到一个低而粗的声音从喉咙里滚出来，是喊，又极似呻吟，反正，是吓人的声音，在瞭望台灰白的地面上发出回声。紧接着，他的鼻子皱了一下，一阵眼泪急促地涌向眼眶。

十四年了，他来来去去地守礁，无数次走上这瞭望台，望着这球样的海，这海，真可怕！每每，那种冷感马上会向他逼过来，像一个心怀叵测的恶徒，他赖上你了，你就甭想甩脱他。十四年啦，他已经记不清最初被这感觉折磨而无所适从的滋味啦。总而言之，后来，他找到了对抗它的方法。他豁出去了。一旦这感觉再缠上他，他不再退缩、闪避，而是迎刃而上，让自己紧跟着它，向前、向思想的深处走下去。“我倒要看看在它背后到底隐藏着什么可怕的魔怪!”

他胜利了，那后面根本没什么玄奥嘛。沉入到这孤寂的尽头，会得到轻松，他的心里一派清明、干净。

很多时候，他就这样击败那冷感，使自己平静下来。他在瞭望台上走来走去，眼半睁半闭，望东望西，心越来越静。

这静是浮在身体中的。静到极处，竟是种更可怕的感觉。这感觉是虚空。这虚空似乎比那冷感更可怕。它是无法排解的。因为它抓不住，聚不拢，所以你根本没法跟着它向前、向深处走下去，你只有任由它裹卷住你。

十四年里的很多时候，他在瞭望台上走来走去，终究会淹没在那种空而浮泛的感觉里。

他的眼神忽闪着，睨向浩远的海面。他虚空得很啊。这瀚海深处的海面，是纯粹的海面，没有什么浮物，没有什么外来的意外的事物可以充填他的虚空，这使得他的虚空扩大到极限。他不甘心被这虚空控制。于是他一次又一次在灼人的日光下尽全力把眼睁大，目光投向浩远的瀚海。他想，什么时候能浮来点东西就好了。

什么时候能浮来点东西呢？浮来点什么东西吧！

十四年来，他来来去去，守礁二十多次，在这无数次的守礁生活里，那个浮来点什么的念头成了他思想生活的一个重大的主题。

礁堡就那么丁点儿大，里面就那么几间屋，屋里就那么几张床、几个柜、几个人，什么东西他都已经熟悉得不能再熟悉，连哪个人什么时候会鬼火发作他都清楚得不能再清楚。那么，这礁堡里的一切还有什么可以使他来情绪的东西呢？

没有。

于是，十四年里的很多时候，他总喜欢爬上这瞭望台。通常，上瞭望台是为了站岗，但不站岗他也喜欢上这瞭望台。他走在瞭望台上，将视线投向这瀚海的各个方位，不放过下一个稍有反常的涌浪，希望这涌浪托起一条残破的船木、一个易拉罐、一块海绵、一个避孕套，总之是挟卷着人气的物什。然而，海面上通常都空无一物。有时候，他跑到望远镜架背后，借助这可以把海面高倍放大的东西，望向更深远的海面。然而，几乎所有时候，海面上仍是空无一物。

偶有某天，海面上也会有东西浮来。竟然不是一条破船木、易拉罐、海绵等简单的东西，是人。一两艘渔船载着几个渔民向礁盘这边靠来。是一些不惧远海上海况凶险的渔民，来到这瀚海深处猎鱼。渔民们的船都是被漆成红色的，漆被风浪蚀旧了，在海浪间红得斑斑驳驳，晃荡着来了，使他看着百感交集。遇到这一天，他通常会和礁堡里的人一样，“哇哇”对那靠过来的渔船叫着，从礁堡上冲下来，向水边跑去，仿佛自己还是屁孩子的时候家里来了至亲的亲眷一般。渔民们是过来报关的。在这瀚海深处，守礁的兵们把渔民当成至亲的亲眷。而来到这瀚海深处的渔民们，总会变得最可爱最善良，他们会给大家带来些蔬菜，虽然只是象征性的几棵，但是，对于这些很久没见过当然更没吃过绿色食品的人来说，这是很奢华的礼物了。兵们也给他们几箱罐头，然后渔民们脸上同样挂着恒久的憨笑离开了。渔船斑驳的红色在海面上渐行渐远，最终被海咽了进去，海面复归纯粹的空白。

这瀚海深处的海面上，终究是很少有渔民来的啊。更多的时候，他爬上瞭望台，望见的是这海的沉默和空茫。总是这样，他无可奈何地将视线长久地落在某个不确定的海的方位，心里一刻比一刻更茫然。

就在他的脚底，堡楼里的发动机发出嗡嗡的声音。这声音不绝于耳。海和天空基本上是静的，就算海浪，也并不那么闹，在瞭望台这上面听来，这发动机的声音是最执拗的撩人之声了。他总是会很容易被这声音牵制，被它牵引过去。他听着听着，感觉这声音正传向海的各个方位，与海的各个方位应和着，彼此交头接耳。于是，在他的感觉里，就仿佛海的各个方向上都在发生着不同的事情。就是这样，他突然觉得这海面不再是沉默的和空茫的了，而变得充满了内容。

他当然是沉入了一种冥想。十四年来，他的思想生活更多的是被冥想充盈着。堡底发动机的声音只是一条导线，像人的身躯只是人生百味的依托一样，顺着这根导线，思想之草争先恐后地破土而出，他飞身游入一片迷幻的世界。

十四年里的最初一些年头，他尚是小李的时候，他的冥想通常是与他的家乡联结在一起的。他会看到在这瀚海的一面水波之上，出现了一个工厂，厂房是矮长的，白色水泥墙面，白色塑脂的房顶，厂房与厂房之间有一块空地，厂房的西侧正在修国道，起重机正轰隆隆地挖地三尺，许多白色灰尘向厂房的屋顶浮去。厂房间空地上，一群换班的女工掩着鼻子叽叽喳喳地斜插过空地，向另一幢厂房走去。其中有个女工是个漂亮女孩。他顶喜欢她了。他觉得所有的女工捂鼻子的手势怎么看都有点假，只有她捂得最实在。

这个冥想是他记忆里的一个场景，他远在浙南的家的旁边就有这样一个工厂。当兵之前，他时常在工厂西侧、后来修成国道的那条马路上骑自行车，有时候会看到那个漂亮女孩从厂子里出来，他便把车停下来，在远处偷偷地瞄几眼，心急跳几下。

十四年了，他沉入一个又一个冥想，从一个冥想跳到另一个冥想，很多冥想中都会出现这个女孩。通常，当他在水波浩渺间，恍然看到女孩从白色的厂房下走过的时候，他就会有些冲动的感觉。后来，这女孩竟成了他的老婆。啊！这是他十四年来做过的令他最有成就感的一件事了。在这件事上，他使用了什么绝招，他并不想说给别人听——每个爱情都自有它耐人寻味的隐秘，适合埋藏于心底。总而言之，这样一来，每次上来守礁，他就有了更多可冥想的事。

他再将视线投向海面，在水波浩渺间，在一片白色水汽里，他不但可以望见他爱恋着的女人，还可以看见自己的儿子。他的儿子，这小东西，真讨他喜欢。他冥想里的内容就这样越来越丰富了。其实，这也意味着，他站在那个瞭望台上苦思冥想的时候，心境一年比一年芜杂，他的心里的牵绊日甚一日，他的心事越来越多。

十四年里，他从一个嘻嘻哈哈的菜鸟变成了一个心事重重的男人。

他的家庭，当然和多数的家庭一样，有着细小的诸多纷扰，比如，他的老婆，总是和他的母亲吵吵闹闹；又比如，他的儿子动不动就发高烧，总是让人担心他那条小命。他觉得自己在家庭中的角色有些尴尬：在形式上，是这个家庭的核心人物，可是，他却又基本不进入这家庭的具体部分，事实上其实是这个家庭的旁观者。他觉得自己扮演的这个尴尬角色是他的家庭的一切纷扰的导火索。因此，他在瞭望台上冥想的时候，最终内心会盈满歉疚。这歉疚的到来总会使他浑身一激灵。

这一激灵之后，他突然变成了一个沉稳、练达的人，精瘦的身体似乎长出一些强悍的气质。他开始作一些遥想，思量未来的一些事情。多年沉静的守礁生活使他变成了一个很理性的人。他到底是个军人，潜意识里有做战略部署的喜好。总而言之，他开始策划一些守礁后的事情，离开这礁之后，他该如何去面对他的妻与子呢？如何去解决一些他们这种生存状态的人必须去面对的生存下去的问题呢？他这个人，不但患着咽炎症，而且，长期地守礁，这瀚海的高温、高盐、高湿，以及贮藏过久的食物，使他落下了严重的胃溃疡、风湿性关节炎。他现在才三十出头，但一个破身体，糟透了。然而，他却有这么美丽的老婆和儿子，有从来不责怪他不尽孝的老人。倘若，他再不能为他们做点什么补偿性的事情的话，他真不是个男人了，以后还有什么脸面回家去，呸！不如在这瀚海憋死算了。

他站在瞭望台上时，是烟瘾最厉害的时候，他甚至会把两根烟捅到嘴里一起抽。烟是劣质的，哼！贵的烟我买得起吗？劣质烟会把他的眼泪呛出来，使他的心焦虑起来。他抹眼泪，脖子梗得像礁堡下高而深的底基。他的脸已经变成了酱色，皮肤糙得像块抹布，但显得蛮帅的，也很凶。所以，他在这个策划未来的时间里，脑子很好使。然而，他脑子再好使也没用，他还要过很多日子才能下礁，他的所有思考都是空头支票。比如他儿子今天晚上再次发高烧，他有办法回家去背他上医院吗？

什么时候能浮来点东西呢？他乜斜着眼，倚着高耸的机枪架，脑子里似乎有白色小虫在嗡嗡飞腾。他是在希望生活中发生一些意料之外的事情。守礁生活过于简洁明了，一切都可预见，像百米冲刺跑道上石灰粉拉出的笔直的跑道线。这，几乎抹杀了守礁人对生活的激情。他需要一些不容易预见到的事情来浇灌他日渐枯萎的心灵之花，哪怕它只是使昙花一现。

十四年里，尽管不多，还是发生过几件出人意料的事情。

在他第十二次守礁还是第十三次他记不得了，总而言之，他在深夜猛地听到了战斗警报。他条件反射，起床，穿衣，全副武装，取枪，进战位。一切雷厉风行。在这里守礁，得时刻处于临战状态。全礁平时看着都有些迷迷瞪瞪的人在刹那间都变成猛男，组成一支有序的战斗队。他在自己战位上，在探照灯的照明下，看到深不可测的瀚海里两艘渔船向礁堡这里奔逃而来，渔船后传来凶恶的枪声，循着枪声，他望见渔船后不远处追逼渔船的两艘海盗船。没错！这深远的瀚海，不乏不明国籍的猖獗恶徒。

他后来从来都想不清楚他和他的弟兄们赶跑那海盗船的细节了。

他当时怒发冲冠，精神高度集中。反正，非常迅速，如果那真的算是场战斗的话，那么，战斗过程稍纵即逝。他不能忘记的是后面的事情。这被劫持的渔船上的渔民被他们救上来了。他看到了血。一个渔民的左臂几乎快要掉离身体，是被钝器砍的，只有肉筋勉强把它与身体连在一起。他记得他看着那血，胸间有团堵住他的东西“咚咚”跳向喉咙，如同第一次走上瞭望台那次一样，他喉咙里发出低而沉的含混不清的声音，眼泪涌了出来。

他向瞭望亭走去。瞭望亭在瞭望台的中间，尖圆的一个玻璃亭子，是这瞭望台的制高点。

他进了瞭望亭，下意识地越过亭墙玻璃向四周探看，海面无一浮物。他坐了下来，再次抽起一颗烟。烟雾在狭小的亭里迅速被涌进的一阵海风卷走，他脑子里那些常与他如影随形的昏涨感踪迹皆无，脑袋比所有时候都明朗了，仿佛发现了自己这样一种特殊生活所包含的真谛。

他想到，他们守望在这瀚海，他们的职责，不就是为了使这瀚海保持恒久的宁静吗？

总是这样，他从瞭望台走进瞭望亭，或者从瞭望亭走向瞭望台，脚步有时硬朗，更多的时候仿似腾云驾雾。他总是在始于混乱终于清晰的思绪中站完几个小时的岗，接下来该是一个新兵来换他的岗了。他在瞭望亭的窗台上取下笔和站岗情况登记本。本子的每一页上，用概要的一句话记录着无数个这瀚海里的一天的基本情况。他看到，基本上，众多的页面都总结出同样一句话：海空情正常。他捏住笔，懒懒地向远远近近的瀚海睨去一眼，写上：海空情正常。

（原载《解放军文艺》2006 年第 4 期）

码头俱乐部

喜欢到码头俱乐部来的男兵通常都是男兵中的活跃分子。这些人走路从来就不走中间，他们就喜欢靠着路边走。由于码头里有纠察的缘故，他们的手不敢插进裤兜，这正好可以使他们的手不用闲着。他们往码头西北角的俱乐部走时，手就像盲人的探路棍一样，碰到什么就拍什么。假使碰到的是路边的冬青树，他们也像拍他们小弟弟的头一样用掌猛击树冠，把冬青树拍得晕头转向。假使碰到的是篮球架，他们就跳起来，使出牛劲去拍那个高高在上的篮筐。

喜欢到码头俱乐部来的女兵通常都是臭美的女兵。她们对于道路位置的选择恰好与男兵相反。她们一定要正大光明地沿中间地带前进，因为只有这样她们扭腰送胯的动作才更引人注目。臭美吧。臭美的女兵通常有她们值得臭美的资本，或者说她们本人都自认为自己有臭美的资本。大抵如此。

码头俱乐部并非只有活跃的男兵和臭美的女兵可以来。

码头俱乐部的大门热情奔放地向所有人敞开：小兵、尉官、校官、将军、军医、技师、纠察、地方人士，都可以来。这就是码头俱乐部。

来了个 DJ

帝杰（不如给 DJ 取这个名吧）的到来还算排场。帝杰是由宣传处副处长陪同来的，此外还有一些年轻的军人与非军人。

帝杰走在中间，陪同人群张成拖网状，向码头俱乐部横推过来。副处长是个黑脸阔背的蒙古族大汉，帝杰是个面容白皙的青年。副处长在帝杰的侧前方引领着帝杰，看起来很像一个大伯领着一个远足归来的侄子。帝杰昂着头，走路很矜持，又慢又稳的，绝不像我们这些风风火火的军人。但是帝杰这么走路也挺好看。

这群人推进到俱乐部的门口时，迅速变成纵队，沿洞开的大门鱼贯而入。副处长大吼道，把多功能厅的门打开！俱乐部的兵小跑过去，开门。副处长又吼，倒水！俱乐部的兵群起奔向茶几，倒水。副处长又吼，开音响！俱乐部的兵一顿噼里啪啦，多功能厅里有柔曼的乐声回荡起来。

帝杰手拿麦克，磁性的嗓音响起来了。音乐是从多功能厅一角的音响卡座里流出来的，帝杰的声音是从厅正中的座位上流出来的。两个不同方向流出来的声音恰到好处地融进一条河流中，一起舒缓地往前流去。由此可见，帝杰对于声效的把握完全可以让这个小城一隅的码头俱乐部里的人们叹为观止。帝杰毕竟是做广播的嘛，何况是从京城来的。

帝杰是应副处长的邀请而发出声音的。副处长深谙陪客之道，他最懂得如何让来客心情好，使一个靠声音引人注目的人产生好心情的最好办法是让他制造声音。大家甫一坐定，副处长便力邀帝杰讲两句。

帝杰讲了：蓝蓝的海，淡淡的风，在这样一个美好的下午，我来到这个美丽的军港码头，我的心情无比激动。这个美丽的地方必将令我终生难忘。愿我们共同度过一个愉快而意义非凡的下午。

帝杰的声音仿佛是从收音机里发出来的，令听者下意识地举起手，大力拍掌。多功能厅一角那两个负责放音响的兵听惯了乱吼乱唱的卡拉 OK 式噪音，这么完美的声音立刻调动起他们的工作积极性，开始使出浑身解数调制音响。两个人屏住气，调动一切听觉细胞，不遗余力地把音效调试到最佳效果，使帝杰的声音愈加完美。一个兵甚至利用调试的短暂间隙见缝插针地给帝杰献了一朵塑料花。

帝杰讲完，副处长抢过话筒对大家说，我讲两句。我介绍一下，这是京城来的“名播”，大驾光临来到我们这儿的目的，是为了做一期水兵专题节目。节目慢慢做，先要玩得开心。现在请名播继续表演。

帝杰开始朗诵了。帝杰的朗诵同样精彩绝伦。帝杰的声音吸引了来俱乐部娱乐的男兵女兵们。大家纷纷从其他的活动室向多功能厅的门口跑过来，挤在门口侧耳聆听。大家边听边兴奋地给帝杰鼓掌。帝杰用文雅的手势向多功能厅门口表示感谢。

帝杰后来还唱歌了。帝杰的歌声不算出众，多功能厅里的陪同者以及挤在门口男兵女兵们还是很礼貌地为他鼓掌。

终于曲终人散去。副处长挥手示意门口那些男兵女兵们散开。副处长说，接下来我们要带名播到部队去采访。

就在这个时候，女兵刘红英出现了。

码头里认识刘红英的人都知道她有一个迷你收音机。许多个傍晚，很多人都看见刘红英军裤兜里揣着收音机，耳朵里挂着耳塞在军港里漫步。刘红英对于收音机算不得痴迷，但她对收音机的热爱，熟悉她的人都是知道的。刘红英热爱收音机其实是因了她的另一个爱好：喜欢播音。码头俱乐部因了她的这个爱好，还经常把刘红英从她的单位借出来，让她在俱乐部的周末广播里向全港各部队做直播节目。

刘红英是冲着帝杰来的。她悄悄走到副处长身后，对副处长耳语几句。副处长马上挥手，说，可以，下午你和我们一起下部队采访，你跟在“名播”后面，想请教什么就请教什么，哈哈。刘红英偷偷睃一眼帝杰，两手交错在嘴边，指尖抵住鼻头，上牙咬住下唇，耸着肩很动人地笑了。

刘红英却没有笑着回来。掌灯时分，她像条被海浪打翻了的渔船，跌跌撞撞地从码头大门跑进来。经过俱乐部楼角的时候，俱乐部的兵以及到俱乐部来玩的人，都看到刘红英的眼眶是红的。大家围住她问她怎么了，刘红英见这么多人围住她，便推开人群，走进俱乐部的值班室。俱乐部下午调试音响的兵跟着她走进去。刘红英说，把门关上。说完这句话，伏倒在桌上，嘤嘤哭了起来。俩兵面面相觑，不知所措地问，你怎么了？刘红英说，帝杰……

俩兵毫无来由地一惊，眼前掠过帝杰那张招引女孩目光的奶油脸。刘红英一抽一抽地哭，还打了个酒嗝。俩兵惊讶地说，你喝酒啦？刘红英说，我敬酒嘛！我呜……呜我不会喝酒——敬……敬总可以吧，我本以为他是什么……人物。俩兵又叫，你喝醉了。刘红英说，我……是醉了……那帝杰是——坏蛋。俩兵又叫，帝杰？帝杰欺负你啦？刘红英厉声喊道，坏蛋！俩兵说，啊！

……俩兵给她倒了一杯水，让她慢慢说。刘红英喝了一口水，有些清醒了。吃完饭以后，她说，副处长叫我跟送他的车一起回来，他在车上……俩兵都快要失声尖叫了，同时脸上露出愤慨之色。他对你干什么了？快说快说。刘红英说，在车上，途中，我要吐，就下来吐。等我吐完，再看车，已经开路了。那坏蛋还从窗口伸出头冲我摆手，鬼笑。太坏了！刘红英说。

俩兵胸口刚刚提上的一口气舒了出来，但是紧接着另一口气又堵住了他们的胸口。怎么可以这样做呢？他是把一个需要照顾的女孩从车上推开了去。这家伙一踏入码头就一股嚣张劲呢，不是吗？他凭什么？他拿我们码头人的朴实好客当傻瓜吗？如果说他真的对刘红英有什么不轨之举的话，那他欺负的只是刘红英一人，但是现在是他这个本该怜香惜玉的人把一个女兵扔到车下，完全是鄙视我们这些穿军装的人嘛！他干吗会把刘红英扔到车下？完全是因为人家是个女兵嘛，换了个地方上的千金小姐他断然不会这样干。没错！就是这个道理。这样的人，还来假模假式地做水兵节目，这个社会沽名钓誉的人真是太多了！他们又想，我们真是做了回傻瓜蛋，竟然还那么认真地给他放音响。

他们的气不平了，怒火烧了起来。他们要给帝杰一点颜色看看。就在这个下午，帝杰离去之前，副处长说，帝杰离开我们这个小城的时候，还要到俱乐部来玩一趟，我们要用最热烈的方式为“名播”饯行。俩兵现在商定，等帝杰再来的时候，一定要给他点颜色看看。

帝杰再来的时候，还是先前的排场。陪同者拥着帝杰呼啦啦向俱乐部推进，呼啦啦走进多功能厅。帝杰的声音还是魅力非凡，引得众男兵女兵挤到多功能厅门口观望。但是现在，俱乐部的两个兵觉得这种捏着嗓子的声音一股子假惺惺的馊味，让人恶心。

帝杰说，蓝蓝的海，淡淡的风……帝杰刚说了一句，俩兵嘀咕说，妈的！说的是什么弱智话？手起键落，啪一下拔掉了麦克插头。帝杰的麦克立即断气。俩兵相视一笑，又接通插头。帝杰说，……美好的……俩兵又拔了插头。帝杰说，……无比……俩兵再拔。如此再三。

帝杰的声音便像一只被人赶来赶去的鹅在断断续续地呻吟。

听得门口的男兵女兵鼓倒掌！哈！整死他！帝杰茫然地向调音台这边看。副处长吼着说，这破音响怎么啦？俩兵把头埋进调音台下咕咕直乐，面上却装出抱歉的样子。他们说，我们也不知道怎么了。

帝杰出来上厕所。副处长对俩兵这边吩咐说，快！小李！陪"名播"一块儿去。被唤作小李的俱乐部兵便跟着帝杰前去。跑到外头，小李嬉笑着对帝杰说，对不起！楼里的厕所堵了，得劳驾您到外面去。帝杰仰着下颌茫然扫小李一眼，并顺着小李的手指向码头上的厕所看去。帝杰嘟哝道，这么远！帝杰说这句话是唯一一次没用假声，说完后迈着基本上不矜持的大步向遥远的厕所挺进。

小李望着帝杰的背影，狠狠地做了个踹脚的动作，飞快地跑进楼道下的厕所，痛痛快快地撒了一回尿。

刘红英爱找陈晓东

刘红英不是个喜欢臭美的女兵，尽管刘红英本身具有臭美的诸多资质。刘红英不但不臭美而且不是个兵，刘红英是个刚从地方大学毕业入伍的女学员，是干部。之所以把刘红英称作女兵完全出于一种便于归纳的需要。我们常把任何女军人都称作女兵，就好比我们有时也对一个将军用另一种叫法去称呼：当兵的当兵的。听起来蛮五湖四海的对吧。

刘红英却不是个五湖四海的人。刘红英有军衔偏见。刘红英到俱乐部来从来不找其他俱乐部的其他人玩，她只找陈晓东。陈晓东是俱乐部里唯一的干部。

不过刘红英初到码头的那段时间是不来找陈晓东的，因为最初的那段时间，她根本就不来俱乐部。

刘红英是七月底来到码头的。刘红英的单位是港内污水处理站，是基地后勤部的一个直属小分队，与俱乐部百步之遥。

污水处理站里只有两个人上班：一个是站长，一个就是刘红英。污水处理站由三排平房组成。远远看去，显得大而孤单，与近在咫尺的每天都热闹非凡的俱乐部的白楼相比，它真是显得太寂寞了。夕阳从码头西面的港凹处落下的时候，站里就剩下了刘红英一个人，站长回家去了。处理站在码头西北部的最角落，紧挨着码头的钢管围墙。围墙之外是铁路。夜渐浓渐至，铁路上传来汽笛声，断断续续的。刘红英一个人待在空阔的平房里，那汽笛声令她的心一阵紧似一阵。黄昏时分，刘红英总要逃离这堆空旷的平房。她一个人走到码头上，兜里揣着她的迷你收音机，耳里挂着黑色小耳塞。她看到俱乐部里灯火辉煌，人声鼎沸，很想到那里去玩玩，将傍晚的这段寂寞时光打发掉，然后回处理站，上床睡觉，但是，她总觉得那里又太闹了，于是她只好一个人在若明若暗的码头里溜达。

刘红英那时候还没换军装。她穿着裙子走在码头上，码头灯光打在她身上，使她的样子虚虚实实。穿裙子的刘红英在夜晚的码头上很具视觉冲击力。码头上的男兵对穿军装的女兵基本见怪不怪，一个穿裙子的女孩儿在他们眼里就显得比较招摇了。很多目光像萤火虫一样在夜色中向刘红英定定地扑扇过来。但是他们看归看，却不敢近前一步。主要是找不到理由。倒是有几个兵敢走上前去，是码头管理所警卫连的那几个膀大腰圆的纠察。他们最喜欢迎面拦住刘红英，故作不知地虎着脸说，你是哪里来的？刘红英说，我就是码头里的呀！是处理站的。纠察嬉皮笑脸地说，你也是军人？但你怎么不穿军装呢？刘红英说，我的军装还没发啊。纠察便使言语再纠缠几个回合。如此每日反复。在刘红英看来，这些纠察也蛮有意思的。这正好可以聊解她每日晚间的寂寞。

刘红英晚间的活动场地从码头转向俱乐部的白楼里，是因为一次后勤部借用码头俱乐部与驻地城管局搞联欢晚会。刘红英被她单位指示做女主持，配合她搞主持的男主持是俱乐部的干事陈晓东。刘红英声音很好，普通话说得也像样。俱乐部里的工作人员早就对这个每晚在码头上溜达的女孩有好感，借着那次晚会的契机，力邀刘红英做俱乐部广播室的特邀主持人。刘红英就这样成了俱乐部的常客。

陈晓东这个中尉干事正值年轻英俊的好时光，所以刘红英到俱乐部来只找陈晓东玩。不常来俱乐部玩的人看着陈晓东和穿便装的刘红英每晚一起打台球打乒乓球什么的，还以为刘红英是陈晓东的家属。常来玩的人当然是知道内幕的，但是他们也愿意用嫉妒且欣赏的目光向这一对人传达他们的这种理解。这样，这两人便被一种颇具深意的目光笼罩了。

天知道当时的陈晓东到底是怎么回事，竟然对这种含蓄的关系采取了避之不及的态度。男人正当好年华的时候总是好高骛远，总觉得身边的人间美色并不值得为之流连忘返。每天晚上九点钟俱乐部要收工时，刘红英总会要求陈晓东送上她一程。刘红英对俱乐部与处理站之间这段不长却没路灯的黑路比较害怕。但是陈晓东不理解就这么几步路有什么好怕的，又有什么好送的。陈晓东在未来也许会理解女人比男人更容易产生恐惧感，但是当时他尚不明白。他从刘红英每天的这种要求里看到的是一个女孩儿对他的“醉翁之意不在酒”。有一天，陈晓东的心里自作主张地紧张起来了。

这时候，恰好码头三艘护卫舰中的一艘舰里的一个男军官迷上了刘红英。这人是个战术系毕业的研究生，研究战术在行，但研究爱情却不行，甚至对一些常人一眼就能洞悉的男女微妙关系也不懂得。他不找别人，偏偏找到了陈晓东，请求陈晓东帮他向刘红英扯去一根红线。

陈晓东的红线是一个周六扯起来的。陈晓东牵红线的方式很含糊，用大实话讲其实就是牵得稀里马哈的。

周六晚上，俱乐部里的人渐渐多了。刘红英娉娉走进俱乐部。陈晓东说，刘红英，今晚我请你出去吃饭吧。刘红英说，好啊好啊。他们离开俱乐部，走上马路，沿码头钢管护墙外的人行道走上夜晚的大街，走进一家饭店。

战术研究生已端坐在雅间里。战术研究生见刘红英进来，连忙站起，说 Please！刘红英见一个陌生男人坐在那里，已感到讶异，一句非国语使她的讶异更上一层楼。

刘红英皱了皱眉头。

战术研究生对追女孩完全没有经验，他只是认定自己一定要在心仪的女孩面前有不俗表现，他觉得国语不显水平，就不断地对刘红英 Please。他一会儿给刘红英 Please 过去一杯水，一会儿给刘红英 Please 过去一张餐巾纸。刘红英不住地瞥陈晓东。她看见陈晓东老谋深算地看看她又向战术研究生使眼色。刘红英有数了。刘红英突然活跃起来，让陈晓东不明就里。刘红英也开始向战术研究生 Please 起来，并且一副花容月貌的劲头。战术研究生激动得不行，频频向刘红英也附带向陈晓东高谈他的战术理论。

他们吃完了。

他们走到街上。陈晓东走在中间，战术研究生和刘红英分别走在他的两侧，一起往前。陈晓东总是故意想从刘红英的旁边穿到她的侧旁，使刘红英位列正中，刘红英却警觉地不让他得逞。后来他们走进码头。他们走到俱乐部楼角。陈晓东大步奔向他的俱乐部，留下刘红英和战术研究生呆立在楼角。陈晓东站在俱乐部的门口微笑着指着战术研究生说，你送刘红英回去，保护好刘红英。刘红英在楼角跺脚，似哀似怨地冲陈晓东大喊，陈晓东你快回来。陈晓东已经消失进俱乐部。刘红英再次跺了一脚，陈晓东……突然一拧腰，从战术研究生侧旁穿了过去，向处理站方向奔跑起来。战术研究生连忙向刘红英的背影挥手，我送你我送你我送你，Please！刘红英在战术研究生数步之外嫣然回眸一笑，然后消失在夜幕之中。一抹香气飞向码头西北角。

第二天晚上刘红英再次来到俱乐部时，陈晓东冲她嘿嘿笑。刘红英举着乒乓球拍向陈晓东挥了一下，陈晓东下意识把头往一旁闪去。刘红英面无表情地说，陈晓东，想不到你很有本事啊。陈晓东说，嘿嘿！我怎么啦？刘红英说，你知道得比我清楚。陈晓东说，我什么也不知道啊。

刘红英对大厅里正坐着的俱乐部的一个兵说，小汪，陪我打乒乓球啊。陈晓东说，我陪你呗。刘红英对小汪说，我就喜欢和小汪打。声音嗲得能使舰艇发抖。说着刘红英一个削球动作，乒乓球"砰"的一下射向陈晓东的脑门。陈晓东喊救命。刘红英又把球拍扔掉。刘红英普通话腔夹着重庆腔，不玩了不玩了，有啥子好玩喽！

陈晓东的《泰坦尼克》

码头俱乐部作为一个专门的军营娱乐单位，娱乐的花样自然是齐全的。乒乓球、台球、健身机、卡拉OK、图书室、读书苑……该有的都有。但是，如同满汉全席再丰盛，往往终了人们最喜欢吃的还是大米或面条。归根结底，码头里的兵最喜欢的娱乐活动还是看电影。

码头俱乐部的电影通常是露天电影。放露天电影的场地是码头俱乐部白楼下的篮球场。几根绳子往相向而立的两根篮球柱上一拉，电影机一架，电影就可以开演了。

有露天电影的夜晚是码头里最热闹的夜晚。码头里的兵奔走相告。泊在码头边未出海的舰艇里的兵一边套衣服一边往码头西北方向跑。准备到围墙外散步的兵往回转过身。在码头另一个方向踢足球的兵们扔了足球往这里跑起来。非码头部队的兵们也千里迢迢地赶来了。甚至于那些围墙外的地方，小卖铺的、理发店的、小饭馆的打工妹向门岗卫兵通融一下，也一步三晃地进来了。有露天电影的夜晚码头，俱乐部白楼下的篮球场上人气指数飙升到百分之百。

并不是所有的电影都露天。比方讲，码头俱乐部自己到地方电影发行站花大价租来的热片，就得拿到楼里的多功能厅去放。露天没法卖票。租来的片子，码头俱乐部至少要把成本金赚回来啊。

《泰坦尼克》风刮到这个小城之后，码头俱乐部主任好本事，与地方电影院同时搞到影片拷贝。一个周末的晚上，《泰坦尼克》在俱乐部隆重登场。与此同时，一场突发的对垒也像气泡一样浮出水面。

事情发生的时候，电影已经开场，露丝和杰克刚刚在豪华客轮上不期而遇。陈晓东和厅里的兵们沉浸在《我心永恒》若即若离的乐声中一时忘了俗世，就没听到门外的争执。

是码头管理所的超过一米八〇的两个纠察，他们横冲直撞地就径直往厅里撞去，把门的俱乐部战士小李小汪拦住他们向他们要票。纠察说，还要票？小李小汪说，当然要票。纠察说，没票啊。没票不能进。纠察说，你们放电影还卖票？违法。小李小汪不耐烦地说，这是租片，不卖票我们自己掏钱啊？不知道是小李小汪不耐烦的声音还是别的什么原因，纠察开始耍起横来。在码头里，纠察是个比较高高在上的职业，他们和舰艇兵不同，他们不习惯在自己管理的码头范围内有人为他们的前进设置障碍。两个一米八〇将瘦小的小李小汪扒拉开，就要长驱直入，小李小汪撅起屁股拽住他们的衣摆直往外拖。小李小汪才不买他们的账呢。四人扭在了一起。这会儿杰克和露丝已经开始作他们一生中第一次交谈，多功能厅扭成麻花的四人嘶声四起。陈晓东闻声跑了出来。陈晓东说，你们在干什么？纠察见来了个干部，瞪了小李小汪一眼后阔步离开。

好戏就在他们离开二十分钟之后开演了。劈波斩浪的豪华邮轮前方出现冰山的暗影，多功能厅里兵们的心提到了嗓子眼儿，就在这个时候，屏幕闪了一下，乐曲戛然而止。停电了。毫无疑问，是那俩纠察作祟。他们一定是回去串通了码头管理所变电站的兵关掉了电闸，事情很容易推理，谁叫纠察队和变电站都是码头管理所的呢？码头可不是个那么容易停电的地方。

这是非常紧张的时刻。紧张的原因是多功能厅里舰艇兵们的心脏已经提到最高点了，心脏离开了人体既定位置人脑就容易充血，一大堆人脑充血的结果是混乱。我们是花钱进来享受的，你们俱乐部怎么会突然吊住了我们的胃口呢？观众才不理那么多呢，他们只会选择一条便捷的途径去追问，从而去指责俱乐部。陈晓东觉察出厅里静得可怕。恐怖的黑夜到来的最后一刻总是太阳最绚烂迷人的时刻。陈晓东明白再过一会儿，多功能厅里这些活跃的兵一定会大声抗议，抗议声越来越高，能吵翻多功能厅的楼板。这些活跃的兵活跃起来是不得了的。要出事了，陈晓东想。陈晓东现在是俱乐部唯一的干部，是俱乐部的主心骨，他必须在电光石火之间想出周全之策稳住观众。

指责声已经像雨点一样滴滴答答响起来了。

陈晓东在黑暗中站起，摸到厅正前位置。陈晓东要做动员了。陈晓东采取煽风点火的策略展开他的动员。陈晓东说，请安静，请安静一下好吗？非常抱歉，电影现在放不下去了，我对大家说抱歉。但是，更应该对大家说抱歉的是纠察。他把纠察这两个字用超大音量喊出。纠察？这个陈晓东，三句两句就将大家的仇“俱”情绪往旁边一引，引为仇“纠”情绪。对！是纠察，就是他们。码头里的这些舰艇兵谁没挨过纠察纠，从而回舰艇后挨他们的领导训。纠察从来最得罪人，谁没有被得罪过！这个陈晓东真是阴险透顶。但是不这样说又该怎样说？事实本来如此。陈晓东继续他的动员或解释。陈晓东说，我要向大家爆出今晚这场事端的真相。他的语气就好像要将千古沉冤昭白于天下似的。他说，就在刚才，两个纠察不买票想进来看电影，我们俱乐部工作人员当然要坚持原则对不对？不让他们，这，就是——停电的原因。

多功能厅里开始叽叽喳喳了。

陈晓东一任他们叽喳，他知道现在的叽喳是这些兵情绪已经稳定下来的表现。厅中冒出尖锐的嗓音，混蛋纠察，纠察混蛋。陈晓东说，现在我对大家说抱歉。厅里的兵们七嘴八舌众口一词，没事没事不怪你们不怪你们。陈晓东在黑暗中暗自微笑，现在请大家少安毋躁，我去负责让电以最快的速度通上来，让电影以最快的速度放起来，好吗同志们？

陈晓东走出黑漆漆的多功能厅。站在厅外想，好惊险。陈晓东火速给基地值班室打电话，基地值班室迅速打电话到后勤部值班室，后勤部值班室迅速勒令码头变电所疏通电路。十几分钟后，电影机指示灯一闪，冰山横亘在众人眼前，泰坦尼克号里恐惧的尖叫响彻大厅。

陈晓东就这样为俱乐部解了一次燃眉之急。

《泰坦尼克》放映的第二天晚上，一个纠察在纠一群把手插到兜里去的舰艇兵的时候，被这群舰艇兵们连搡带推，抛进了月季花丛里，然后在伸手不见五指的夜色中逃之夭夭。

“捆纠事件”后的某一天，当陈晓东与一列纠察擦肩而过时，看到一个纠察脖子上有一道不甚明显的月季花刺的划痕。他心中蓦然一愣，站在码头的徐徐轻风中不无歉疚地想，我该不该请纠察队的兵们来俱乐部，专门给他们放映一次《泰坦尼克》呢？这个念头只不过像舰艇出航前的鸣笛一样闪了一下，紧接着，陈晓东想，有什么大不了的呀。

一天一个生日

第一个过生日的兵是小吴。小吴那天过生日是因为那天的确是他生日。而其后几天小黄小梅小李小汪要过生日却完全是因为别的原因。

现在，码头俱乐部的工作人员的阵容已经基本齐了。是的，小吴小黄小梅小李小汪五个兵，加上干事陈晓东。另有一位，最重量级的人物现在要隆重登场。

该怎么形容码头俱乐部的女主任关玉琳呢？如果有哪个兵恰好喜欢关之琳并且经常把关之琳的招贴画压到被褥底下有事没事拿出来瞅两眼，这就好说了。这样他就很容易想象出关玉琳的模样。人世间的巧合多得很，码头俱乐部主任关玉琳的年龄也恰好是电影明星关之琳的那个年龄。

关玉琳的美貌或年龄对码头俱乐部的工作人员来说，从来都属次要。一个女人如果有幸去统领一群正处于思维活跃期的男兵，并不见得是好事，因为时间是个磨煞人好奇心的东西，再美貌的事物天长日久之后也会被人熟视无睹。对俱乐部的五个兵加一个干事来说，他们更关注的是自己的领导能不能让他们服气。如果我们不服气，那么我们修理你的方法多得是，比方说大家的生日会像雨后春笋一样一起冒出来，一天一个，一天一个，让你晕头转向。

关玉琳的水平高不高，可以用俱乐部的整栋楼去论证。俱乐部整栋楼里的一切都是关玉琳从上级部门要出来的。事实上俱乐部的三层白楼现在都快被五花八门的器材堆得要爆炸。多功能厅的音响是韩国进口的，电教房的电视是四十八英寸的东芝牌，台球室的五座台球桌是崭新的大理石，图书室的图书已经达到数万册，健身房里的健身器的数量是从全功能到单一功能，录像室里的租借影碟全部原装正版……最与众不同的是，码头里这栋独具特色的白楼里还设置了各种各样的小型兴趣室，所谓的兴趣室就是俱乐部专门为码头里有爱好的兵们分门别类开辟艺术“殿堂”，都是单间啊：画、书法、围棋、声乐，甚至舰模制作室，应有尽有，你喜欢什么这里就有什么，难怪这个码头俱乐部在全军俱乐部中小有名气。这个名气首先是由“硬件”堆起来的。这些“硬件”可是关玉琳一点一滴地从上级部门或者首长的牙缝里抠出来的。

要东西不可以像讨饭吃一样张开五指涎着脸，这种动作不艺术。要能够要出好东西必须具备全方位的学问，比方是个两斤不倒的酒漏斗，比方在首长面前从不抛媚眼，而是吹气如兰，字字千钧。让首长觉得不全心全意地把钱掏出来，就太对不起那些平时生活枯燥乏味只难得有空闲去俱乐部娱乐的广大战士了。

码头这样一个五湖四海的地方，和所有人多的地方一样，是个滋生传说的地方。

关于关玉琳的传说，最具传奇性的是，有一天，几个将军到码头俱乐部来参观俱乐部的建设情况。关玉琳领着气宇昂扬的将军们在白楼里穿行。首长来参观你好好介绍就行了，关玉琳却不。走到这个活动室的时候，她就将首长的注意力引到形而上的层次，让首长觉得要使这个活动更艺术一些就必须再添点东西，于是首长就说这里要加个什么什么。关玉琳忙说，谢谢首长关怀。关玉琳手中有现成的笔和小本本。首长参观完打道回府了，关玉琳的小本本里也记满了首长的随口允诺。余下的事情，就是关玉琳选择一个风和日丽、首长没有理由心情不好的天气，一一拨响早已离开这个小城的首长的办公室的电话。

关玉琳说，首长您可是答应过的啊。

关玉琳置办家产的本事登峰造极，上班的时间却完全可以用经常迟到早退甚至旷课来形容。关玉琳的老公在外地，两地分居，女儿尚不到可以让人放心地去上学放学的年龄，这样关玉琳就每天要送女儿上学接女儿放学。关玉琳的经常不在位，难免会引起那些整天忙碌碌的五个兵加一个干事的嘀咕。怎么能经常不到呢？如果发生了什么大事我们这些当兵的怎么办？就拿那次放映《泰坦尼克》而言，如果俱乐部经常出一些这样的事谁来给我们撑腰呢？对人的不满往往是从一点开始的，找着了一个点就找着了突破口，俱乐部的兵对关玉琳的不满也渐渐多了起来。

关玉琳喜欢经常从家里带点小零碎到俱乐部来让小伙子们吃，但是这点小恩小惠怎么能堵住我们的嘴呢？最重要的是你要天天来上班，和我们大家一起忙，谁要吃你那点东西。

俱乐部的小吴要过生日了，关玉琳当然不会只带点小零碎到俱乐部让小吴吃就行了。关玉琳把小吴，以及小黄小梅小李小汪陈干事这些无家可归的兵一起叫到了自己的家。俱乐部就是你们的家，我就是你们的家长。关玉琳站在满满一桌丰盛极了的菜之间对大家说。生日蛋糕摆在正中，蜡烛点亮，“祝你生日快乐”响起。这是关玉琳第一次给大家过生日，关玉琳善于为俱乐部要器材，却不善于为自己要房子，年前她刚刚要到这套房子。关玉琳现在在这个简陋的新居给自己的兵过生日。小吴开始许愿了。闭着眼，嘴里念念有词。不知道他许了什么愿。小黄小梅小李小汪（不包括陈晓东）也趁着小吴许愿的闲暇时分睁着眼睛许愿了，即将到来的第二天就会证明他们正在许什么愿。他们要让他们的生日一个一个地冒出来。谁叫你整天迟到早退旷课？这回我们要让你好好地忙一回，补偿我们整天的忙忙碌碌，补偿补偿。补偿的提议是小吴生日后的第二天早上小黄提出来的。

清晨小黄打开俱乐部的大门时冒出来一句，我好像也快要过生日了。小梅逗他说，你该不会是今天吧？绝妙的主意就这样诞生了。小黄小梅小李小汪这些经常没心没肺的家伙说，让关主任也给我们过生日，不能光给小吴过生日，我们等不及了是不是？大家说是。小黄说，我的生日好像就是今天。小梅说，我的好像是明天。小李说，哦我想起来了，我的是后天。小汪说，我的是大后天，对对对。

小黄告诉关玉琳说他今天生日的时候，关玉琳说，这么巧，小吴刚过完啊。关玉琳给小黄过了。仍然是菜一桌，蛋糕摆正中，烛火飘满屋。再一天，小梅说，今天我过生日。关玉琳愣了一下，不动声色地看了他一眼，笑着说，过过过。仍是一样的排场。再一天，小李说今天我生日的时候声音突然有些腼腆了。关玉琳这回什么也不说。又过。再一天，轮到小汪，他看着关玉琳，后者微笑着看他。小汪突然打了退堂鼓了。关玉琳却笑着说了，小汪，你今天过生日吧？过过过。

最后的这次生日有些冷场。大家都突然不知道说什么了。闷着头只顾吃菜，心里盼望今天的生日晚餐快快结束。关玉琳说，怎么光吃菜不说话啊？关玉琳那个正在里屋做作业的女儿在里面叫起来了，说说说，成天生日生日，玩电脑游戏啊。小汪突然不吃了。小汪的眼泪首先汪了出来。小汪说，关主任，我我我，我的生日其实是……关玉琳笑着说，别说，别说出来，嘀嘀。其他的人的眼里也开始眼泪汪汪了。大家说，关主任，我们给你敬酒。酒瓶便乒乒乓乓撞了起来，咕咚咕咚。然后男子汉们都倒了，剩下唯一两斤不倒的女中豪杰开始收拾残羹冷炙。后来关玉琳看着趴倒的战士们，忙里偷闲地抹了把脸，竟是一手的泪。

（原载《解放军文艺》2006 年第 4 期）

海　戒

马苟在剥鱼皮，剥到一半的时候，看到一个影子向他晃过来。马苟没回头，对走到他身后的小四说，还从没见过这么硬的鱼皮，太难剥了！要是用它做皮鞋，保管比牛皮鞋耐穿，这叫什么鱼来着？

没人搭他的腔。小四的身影一动不动。马苟鼻腔里满是男人体液的味道：这就是海的气味，从某种角度说，海是个巨大的器皿，螃蟹、珊瑚、藻类、水、各种各样的鱼在一个密封的容器里同时呼吸，最终喷出海面的便是这样一种怪里怪气的味道。难道大海与人体有着共同的生理机制？甚或说，大海也是个人，一个性力强盛的男人？马苟割完了，扔了菜刀，挺起上体，将鱼皮搭在手上，对着阳光打量它。

我估摸着，加上这块皮，我的风筝就完工了。

小四还是不说话。有个东西从黑影里飞了出去。马苟的目光被这枚飞向礁盘的烟头带向远处。正是退大潮的时候，平日在水线之下若隐若现的礁盘突然从水里跑了出来。很远的海面上有朵浪花仓皇向这里张望了一下，迅速潜入水里。退潮天总是有点奇怪。可它哪天不怪呢？

你到底让不让我去？

小四的声音里全是火星子，空气随时可以燃着。马苟没看他，他的注意力似乎全在那张水滑油亮的鱼皮上，他举高它，问小四，袋里有烟吗？

你自己不敢去，也不让别人去。小四的声音陡然高了起来，他简直是在叱责马苟。自从那个叫曹五一的战士出事后，几乎很少有人尊重这个叫马苟的军官了。小四一趸身，蓦地横到了马苟面前，肆无忌惮地瞪着马苟。你倒是说说看，你什么意思？

马苟绕过他，向礁盘方向走去。他从裤袋里掏出烟，衔到嘴里，点了一半又停下来，把烟别到耳朵上。太阳很大，礁盘之外的海面近乎平静，但这并不说明它今天很驯服。海从来都神秘莫测，没有人能真正透过它的表象看清它内在的一切。

等我儿子见了鱼皮风筝，说不定有多乐呵呢。马苟说，我明天，或者后天，就可以把这风筝做好了。

别打岔！让不让我下去？

有时候我觉得我挺有创意的。不过小孩子挺难蒙。你光告诉他海和天在一起，他是不信的，你得做一个鱼形风筝给他，这“鱼”在天上这么一游，他不就信了吗？他一相信就好了，想爸爸的时候，让我老婆抱着他去放一放风筝，不就和爸爸在一块儿了吗？你觉得我的创意怎么样？

我觉得你真矫情！小四没办法再忍受这个自说自话的男人。他必须去潜水。今天必须去。马上就去。死也要去。他嚷了起来，我最后再问你一遍，最后一遍，别说我没征求过你的意见，你让不让我去？

马苟腾地转过身。

这个阳光炽烈的下午他第一次打量小四。每当看到小四这样的年轻人，他就有一个欲望，用绳子将他们捆起来，扔到礁盘上的海沟里去。他们看起来总那么莽撞，总那么没有分寸，总那么自以为是，只有海水可以将他们的体温降下来。但他什么也没做，相反，表现得十分笑容可掬。他见过多少小四这样的兵了。他脸上因风干结、被风吹落的皮屑比这些愣头青心里无法抑制的火要多上十倍。他早就见怪不怪。他望着早已戴好潜水器的小四，摇了摇头，取下耳朵上的烟，点着后先用烟头烫了烫鱼皮。这鱼皮真结实！他微笑着，望着小四，平静而温和地说，谁也不能去潜水，这是纪律。

我真讨厌你！小四像条不慎从水里蹦到地上的鱼一样，焦躁地踱起步来。不一会儿，他改变了策略：对于那些冥顽不化的死硬派，也许声泪俱下远比硬招更管用。小四的目光变得恓惶。他站在天空与马苟之间，嗓子里像搁了一把盐，沙哑得厉害。

你知道，这是我最后一次守礁。这么多年了，我来来回回往这儿跑，看到的除了海还是海，除了天还是天，我从来不知道海底是个什么样子。我在这里待过这么多年，可我从来不知道这下面到底是怎么回事。我以后不可能再到这里来了。到死都不可能。如果我不抓住最后的机会下去看一看，哪怕只是看一眼，我这辈子不是太遗憾了？让我去吧。

遗憾的事多着呢。别再跟我扯淡了。

马苟转身把鱼皮摊到地上，去收拾刚才被剥了皮的鱼。他现在应该去把这条鱼身上的肉一块块割下来，摆到“地”上去晒，等下礁的时候再用一个蛇皮袋把它们带回去。他每次守礁都干这个，他的老婆、他四岁大的儿子、他的朋友、他朋友的老婆，他在陆地上认识的所有人，都喜欢吃这远海里捎回去的玩意儿。他从不去做无意义的事，也不允许他的下属去做。他没必要跟这个被热血冲昏头脑的年轻人啰唆了，他待会儿总会安静下来的。总会安静下来的，年轻人都这样。现在暂时让这小子自己蹦跶去吧。他蹲下身，捞起无皮鱼。怪事！它还活着，一蹦老高。他抡起菜刀，鱼头滚到一边。他开始剔鱼骨。真是条好鱼，比女人皮肤还要细滑的肉。

你到底让不让我去？小四忍无可忍了，他几乎是吼起来的。我最后再问你一遍，最后一遍，让不让？

马苟停止手上的动作，眯起眼睛瞅着小四。阳光落下来，小四身上渗出细碎密集的汗珠。这是个壮小子，看起来浑身是劲。但那些蛮劲顶个屁用，海底充满不可思议的暗涌，随时可以把你吞进去，又不是没出过这样的事。一阵死螃蟹的味道尖锐地从空气里溢出来，马苟真闹不清这海是怎么回事，赶上退大潮的时候，海里会经常突然涌出某种刺鼻的怪味，又在闪念之间踪迹皆无。他将目光从小四身上挪开，冷硬地说，不行，绝对不行。

小四就是在这个时候爆发的。我告诉你！今天你不让我去我照样去。我跟你打招呼是给你面子。你以为你是谁？一个贪生怕死的东西。你自己没胆下去，也不让别人下去，你什么意思？

正在源源不断从小四嘴里冒出的话一定是他憋了很久想说的，今天他要一吐为快。他疾步走至马苟蹲身之处，俯视着后者。

你这样活着不累吗？对了！有句话我一直想问你，你晚上会不会做噩梦？曹五一的魂儿没缠过你？他不恨你这个见死不救的人？我不信。

别提曹五一了，他死了活该！

马苟提着菜刀站起来，和小四比肩站着。也许他意识到刚才那话对死者不敬，他把两手往外晾了晾，又缩了回去。

曹五一已经死了，我不想再出现第二个曹五一，永远不想。

你自己吓自己吧。

小四嘲讽地说完，拧身向海面走去。马苟飞快地挡住了小四的去路。吹起一阵风，死螃蟹的气味再次从空中飞奔而过，远处传来急促的潮浪之间的碰撞声，海在咳嗽吗？小四敏捷地矮下身子，从马苟的腋下穿了过去。马苟反手一把钳住小四的手臂，猛力一拉，小四半跌入他怀里。小四拼力挣扎着，小臂突然撞到菜刀上。血瞬间吞没了小四皮肤上的汗水。马苟愣了一下，小四已经把菜刀夺了过去。

别动！

刀背架在马苟的脖子上。小四会把刀刃转过来的，如果需要的话。他一定疯了。难道在这个深不可测的瀚海潜一次水，对他来说真有那么重要吗？答案是肯定的。他一直在克制，今天他再也克制不了去海底看看的念头了。这个曾与他朝夕相处的海，他想多了解它一点，仅此而已。小四握刀的手在用力，马苟可以感觉到刀背的压迫。

我数到三，请你迅速跑开，离我越远越好。小四近乎伤心地数了起来，一、二……

与“三”一起出现的是马苟的反败为胜。作为一个老得不能再老的兵，马苟的格斗术明显要比小四高过一筹。马苟不但把刀抢过扔掉，还锁住了小四的喉咙。现在马苟要把小四的两臂反剪过去。

这对他来说不是特别容易，但他到底还是把小四拧成了一条麻花。他忙里偷闲面向海面张望了一下。这是一个寂静如常的下午。这样的下午最适合做一些悬而未决的愿望。马荀做梦都想把某个不听话的小子捆起来了，今天终于可以如愿以偿。

马荀拖着小四在“地”上走。小四“嗷嗷”叫着。这个一冲动就一发不可收拾的小子，他竟然在骂马荀的母亲、外婆、妹妹，一切与马荀有关的女人。马荀没精神和他磨嘴皮子，他得赶紧把他捆住。马荀把小四拖到堡基下的时候，改变了捆他的主意。堡基下有个装鱼干的超大蛇皮袋——他当时怎么找了这么大的蛇皮袋带到礁上来？也许他想装更多的鱼带回去吧。现在他得让这只袋子客串一次睡袋，虽然他并不是想让小四进去睡觉，只是，仅仅是，想把他塞进去而已。

这是一个艰难的过程，小四怎么能够服服帖帖地钻进一只臭烘烘的蛇皮袋里去呢？但马荀还是把他塞了进去。他最终坐在乱叫的小四身上，一手紧拽袋口，另一手扯下背心，手与嘴配合着，将背心撕成几条，迅速系紧袋口。

现在，他抱着这只死沉的袋子来到深高的堡基下。那里有只钩子。他要把小四挂上去，悬在空中，叫他蹦不上来也下不去。让袋子里的鱼腥味去剿灭这个年轻人身上的狂躁吧。

一个小时后，我会把你放下来的。在这一个小时里，你好好反省反省。

马荀说着，挂好小四，筋疲力尽地站在那里，往短裤上蹭手里的汗。

放我出去！袋中人愤怒地高喊。你这个怕死鬼，放我出去！

马苟本来想离开的，走了两步折了回来。几年前那个私自下海潜水的曹五一失踪之后，马苟就成了别人嘴里的胆小鬼。他从来懒得申辩，或许太过漫长的守礁生活锁住了他的嘴，让他将一切置之度外。但今天话既然说到这份上了，他必须说点什么。他走过去，在这个空中飞人面前站住。

对！活要见人，死要见尸，这没错。很多人都在背地里怪我没下去找曹五一，可你们有没有想过，我下去除了送死还有什么意义？是的，我是不想死。但我不是怕死。死并不难。可大家都死了谁来守礁？我们到这里是来干什么？守礁！不是来送死。个人英雄主义是可笑的。

袋子里的人疯了，他完全没听到外面这个人在说什么，他根本不想听。他没腔没调地叫喊着。马苟围着这只人肉袋子踱起了步。没有人愿意听，他自言自语也一样。

胆小鬼？哼！我告诉你什么才是真正的胆小鬼，在这个地方，耐不住寂寞去潜水的人才是胆小鬼。你拒绝不了大海的诱惑，怕自己不下去会被这念头烧得烦躁而死。你不是胆小鬼是什么？愚蠢的胆小鬼。我告诉你，你这个没有定力的小子。只要我还活着，我不会让你下去的。

马苟过去把那块鱼皮捡在手里，抛下小四，快步向礁堡上走去。经过他和小四栖身的屋子时，他拐了进去。墙上搭了条深棕色的、鳞光闪闪的鱼——那当然不是鱼，只是他的杰作。马苟抱下这只即将完稿的风筝，将刚带上来的鱼皮在这只未裹满鱼皮的风筝空处比量了一下。很好，这块皮够了。他今天就可以粘完这只风筝了。他从角落里拿了强力胶水，托着这条“鱼”走了来，爬上瞭望台。小四在下面号叫。他将风筝小心放到瞭望台正中，掏出烟盒，一并塞进嘴里两支烟。

我得让你反省个够！他点着烟，轰隆吸着，看也不向下看一眼，大声说，一个小时，没一个小时你静不下来。

小四现在开始并不仅仅局限于咒骂马苟的女性亲人。马苟根本没听见似的。他先从瞭望亭里拿了望远镜，迅速侦察了一下海空情况。一切正常。他将望远镜搁回瞭望亭，回来掂起鱼皮，蹲在那里专心致志地粘这只风筝。约莫十分钟后他粘完了。他后退几步，欣赏这只他用了许多个昼夜、花了无数心血做成的风筝。看起来它不是一条海鱼，准确说，这是条鲤鱼——马苟的儿子没有见过海鱼。他目不转睛望着风筝，被什么念头攫住了。他飞快地跑下瞭望台，不一会儿，擎着一坨鱼线上来了。他要试飞这只风筝。他三两下将鱼线系牢在风筝上，将它抚了一遍，确信它完美无缺，而后大力将风筝抡向天空。他拽着线，跑下瞭望台，又跑上，谨慎地收放，慢慢将风筝引向天空。风筝稳稳地游了上去，越来越高。海的确和天空连在一起，现在他可以确信自己的创意有多妙了。他儿子会对这只风筝爱不释手的，或者说，这只风筝确实能够承载儿子对他的思念。

马苟一手悠然拽着风筝线，再度跑进瞭望亭，取了望远镜侦察海空。镜头里的海空显然是局部的，没肉眼看到的那么宽泛，因此没那么神秘，但海与天空更紧密地连到了一起，看上去它们像一本书的两张页面。一本翻开的大书，深蓝厚重的页舌，银灰色封面。神秘天书。马苟调整着焦距，变换观察方向。他在寻找风筝。找到了：再没比这更悠闲的“鱼”了，头顶白云，胸抚大海。马苟清晰地看到那块新粘上的鱼皮明显亮过风筝的其他部分。他将镜头移过风筝，放低视角。现在他的眼前出现了退潮后的礁盘。珊瑚枝、海沟，礁盘上偶尔突出的部分，争先恐后从他眼前走过，最后出现在他眼里的是一个廓实的人体，再往上是粗壮的脖子，由于剧烈的运动，搭在脖子上的潜水器带子勒住了颈肉。马苟刚才太沉湎于风筝给他带来的臆想了，以至于堡下好长时间没了小四的叫闹声都没觉察到。

小四！

马苟呼地放下望远镜，冲着远处的礁盘大喊。

给我回来！你个愚蠢的小四川。

小四川，或者这个一度被他陆地上的战友亲昵地叫作小四的兵不可能听得见他的声音，他已经走到一公里之外。过不了半个小时，退潮时间就过了，而这是他最后一次守礁碰到的最后一次退大潮，他不抓紧这人生的最后机缘，就再无可能去探看礁盘与大海的结合部分是怎么个光景了。他趺趺撞撞地走着，要不是礁盘上杂乱无章的地形影响了他，他早就跑起来了。

马苟举过靠在瞭望亭上的步枪，快速打开保险，枪口冲着天空，扣动扳机。嘭的一声响。远处的小四停了一下，但马苟的鸣枪警告对这个被海妖迷昏了头的年轻人没产生任何威慑力，他头都没向这里回一下，更为快速地走动起来。

必须制止小四。绝不能下海。礁盘是什么？想一想它是怎么形成的便知道它边上有多危险，这个在亿万年里渐渐由珊瑚长成、珊瑚虫不断堆积而成的玩意儿其实就是长在瀚海之间的一只蘑菇，底盘小，头大，内部充满巢穴，无数漩涡蛰伏在平静的海面之下等待猎物出现后一口将其吞没。去那里潜水必须以性命作赌注，这就是不能去礁盘边上潜水的原因。曹五一已经从这个凶险难测的礁盘边消失了，再也不能让别的人去送命了。马苟放下枪，扯脱绕在手里的风筝线，风驰电掣地跑向礁盘。

上了礁盘马苟才意识到刚才他应该先穿胶鞋，因为现在他这样光脚穿着拖鞋实在影响行进速度。但管不了那么多了。他踉跄着向小四的方向奔走。小四离礁盘边沿越来越近了。这个白痴，不，他脑子清楚得很——在那种地方潜水非常危险，但他还是要去。每个人心里都有一个魔，他小四无法抗拒内心的那种窥探欲念，就算九死一生他也要去。就像那些登山者，明知雪山随时会发生雪崩，他们也要去爬一爬。马苟追赶着这个执拗的年轻人，不停有珊瑚枝或别的什么划破他的脚，他不管不顾，他边跑边大喊着：

不要去！小四！危险！

可他的喊叫于事无补，小四已经到达他朝思夜想的那个地方。扩胸、摆臂、扭腰，他郑重其事地做着准备运动，似乎在这样一场伟大的行为出场之前，他必须有一些仪式。他活动完了，终于向后回了回身，向远处的马苟做了个开枪的动作，又倏地转身，戴潜水镜、呼吸器，奔跑几步，再以近乎完美的姿势纵身一跃。马苟现在还能做什么呢？他只有快点到小四入水的地方那儿坐着去，以静观其变。当然，也只是观察而已，如果一定时间之后，比如潮开始上涨，小四还没上来的话，他马苟不会去救他的。既然来到这儿，身体就不完全是自己的，他性命的一大部分是用来负责这个礁盘的安危。他不会滥用自己的性命，不会拿它去做有风险的事。他认为滥用生命在这个地方是不被允许的。这也许就是马苟与小四的区别。

马荀终于站到了礁盘边沿。站到这里，与在礁堡上俯瞰此处感觉完全不同。现在，马荀深切地感受到来自大海的挑衅：巨大、混乱的浪击声，闪着白光的黑色浪群，更频繁的怪味阵阵游进他的肺腔。马荀有一种错觉：小四从来都没有存在过。太阳比任何时候都要大，马荀把拖鞋脱下来垫到屁股底下拍打臂上被阳光晒出的细小盐粒。在接近天际线的地方，一些银亮的东西不时闪现。那或许是鲨鱼身上的水珠。马荀一抬头，突然看到了他的风筝！那只没人掌控的风筝竟然稳稳在天空游移。但愿它别飞远，最后能够落到礁盘上，以便马荀把这个凝聚了他无数心血的作品捡回来。

五分钟过去，小四仍然没有回到这个世界的迹象。毋庸置疑，马荀脚下的世界是极其诱人的，硕大如树的珊瑚，珊瑚间曲折诡异的洞穴，各种各样的鱼游走在其间，想都想得出来，那是何等妙曼的一顿视觉大餐。小四要么是死了，要么正痴迷于此等胜境流连忘返。马荀站了起来，摸了摸短裤兜，还好，烟和打火机都在。他取出它们，将烟在掌心一字排开。九支烟。如果现在他脚下不超过九个亡灵的话，一人一支，马虎可以应付这个诡异的大海。

他点着一支烟，扔向水面，再点一支扔进去，很虔诚地撒完全部的烟。他并不是唯心主义者，但他认为这种祭海的行为是必须的。海的某些部位是神圣不可侵犯的，就像女人身上某些禁忌之处，现在小四侵犯了它，他马荀所能做的就是在心里替小四恳请大海饶恕他的冒犯。他扔完了烟，把打火机也扔了进去。十分钟过去了，小四依然踪迹皆无。远处传来不甚清晰的轰鸣声。马荀循声抬头，令他哀伤的情景出现了。

天空里没了风筝。而远处有大得不可思议的鱼在争抢什么，那儿一定是风筝的落点。这些顽劣的鱼可千万不要是鲨鱼。怎么可能不是鲨鱼呢？这瀚海深处盛产鲨鱼。

小四！快上来！有鲨鱼！

马荀探头对着漆黑一团的水面惊喊。要是小四潜得不是太深的话，他也许能够听见马荀的唤叫。

没有小四，水黑得可怕，阳光一点都反射不上来。它该有多深？有人说这个南部海域的水深可以覆盖一座喜马拉雅山。马荀狂怒地在礁盘上踱步。真奇怪，远处鲨鱼的嬉闹声消失了。也许它们意识到那不过是条假鱼，就走开了。

马荀是在这个时候意识到身体不对劲的。世界像是突然被某只巨手掏了一把，空气变得稀薄，马荀胸闷极了。更为不妙的是，他的腿像突然被灌进了水银，使他举步维艰。怎么回事？他低头。从他的脚背到胫骨都一直在淌血。他刚才匆忙走动期间一定被什么东西划着了。海充满不可预知的危险性，这海里很多东西都富含毒素。经验告诉马荀：他刚才被某种麻痹神经的海生物刮着了。他最好现在被人背回礁堡，那里有些专治神经麻痹的针剂。或者坐在这里等毒性自行过去，也许它会自行过去的。

马荀跌坐下来。应该是开始涨潮了。细碎的潮浪悄然、持续地向礁盘倾覆过来。一群银鲳鱼追着潮浪飞向礁盘，围着他的脚面转圈玩。有只螃蟹慢吞吞地从他脚上爬了过去。小四一定死了。要么被旋涡卷进了通向浩渺宇宙的深洞；要么被鲨鱼叼走了。马荀昏然坐在烈日与海空之间，现在，他能做的只是等待，等待死神把他卷进大海。

水位很快涨高到马荀的肩膀。小四还没出现。他一定死了。必死无疑。马荀不得不大口吞下阵阵涌浪。再也没有比这更腥咸的海水了，没有人知道这海里漂荡过多少死者的尸骨。马荀绝望至极。他是在几乎要完全失去知觉的时候看到小四的。小四像个海鬼，神奇地从黑沉沉的水里钻出。昏暗的阳光下，小四被浪推向马荀，或者是小四疾步向马荀扑了过来。

马荀！

小四惊喊着，奔过来抓住马荀，他们扑腾在一起。

喂！你怎么了？马荀！

八成要死了。

马荀艰难地动着唇舌。他的嘴暂时还好使。

我动不了了……你……快走吧……既然你侥幸逃生，那说明今天有人要代你去死……有鲨鱼……你自己回吧……

小四猛地回头向大海张望。除了层层叠叠的涌浪之外，没有别的什么。谁知道这些涌浪中的一部分不是由鲨鱼嘴里吐出来的呢。小四捉着马荀的肩膀把他往上提。这个全身僵直的男人此际是一条与世无争的石斑鱼。他的脸仿佛刚从油锅里捞出来似的，严重脱水，缺乏生机，这是一张典型的守礁脸。小四用力将马荀甩到背上。浪接踵而至，抱住小四的腿疯狂扭打，凹凸不平的礁盘使他立足难稳。小四朝着礁堡方向遥望。他在用目光丈量这个站立点与礁堡的距离：大约两公里。他背着马荀两个小时回到礁堡应该不成问题。问题在于马荀所说的鲨鱼。算一下涨潮速度，在这两个小时里，礁盘上的潮水肯定会高到鲨鱼可以游至其上的程度。他们途中还会经过水位很深的海沟。就算礁盘普通地方水位高度不够，鲨鱼也会沿着海沟游进来。就是说，鲨鱼如果真的想来，是完全可以挡住他们去路的。

这些考虑毫无意义，因为不管鲨鱼会不会来，他们都得在最短的时间里赶回礁堡。小四背着马苟沉重的身躯开始前进。越来越密集的鱼群随着涌浪向礁盘深处奔去，一群箭鱼排着纵队穿行在他们前面，尖硬锋利的喙突割出一道道水纹。阳光直直向下刺来，海浪生猛地嚣叫着，空气里弥漫着清香，涨潮时候大海总那么生机勃勃。约十五分钟后，水涨到了可以游泳的深度。小四开始把马苟从背后换到前面，让马苟躺在他身上，他空出一个臂弯缠住马苟的脖子，让马苟的后脑勺嵌在他下颌与肩膀之间，而另一条手臂则大力划水。

你怎么样？马苟。

小四间或这样问着马苟。马苟喉咙里“嗡嗡”着，应着小四，以示他尚有知觉。浪渐渐变得厚实，充满内在的力度。他们前行的速度越来越慢。马苟突然没有了回应。小四连着问了几遍，马苟都没有任何反应。他死了吗？小四停下来，托着马苟的腰让他平稳地漂在水上，腾出手去，花了很长的时间，试探马苟的鼻息。

马苟！

小四的惊叫回荡在浪群里。这是这个接近傍晚的下午礁盘上发出的最后一次人声。小四呆愣地托着马苟的身体，执拗地游着。浪凶猛地扑进他的嘴里，试图抠出他的肠子，小四健壮的身体显得渺小极了。远处礁盘与瀚海的接合部位传来重物与礁盘的撞击声。那里有条鱼，不，是马苟的风筝。它被浪卷到礁盘边上来了。小四紧盯住马苟的风筝。几片巨大的鱼鳍突然在风筝周围隐现。确实有鲨鱼。鲨鱼是不可能轻易离开的。小四回头张望礁堡。这个兀立于瀚海之上的建筑物同样也在焦急地望着小四。小四再次丈量自己与礁堡的距离。他没有时间了，必须迅速做出决定。前面是一条海沟。

他记得很清楚，再前面还有两条。鲨鱼群中的一条，或者几条，会不会在此期间游进海沟呢？非常可能。小四现在该做什么？要么抛下马苟，加快速度赶回去，这样碰到鲨鱼的概率要小许多；要么，他就这样拉着马苟一起慢慢往前游，在天黑之前也不一定赶到礁盘，夜晚来临的时候鲨鱼会发疯，它们一定会游到海沟里去，之后小四和马苟一起葬身鱼腹。

小四似乎是咬紧牙关才拿定了主意。浪抽打着他，他伸臂揽住马苟的身体。马苟被他搂在怀里。小四开始亲马苟的脖子。他又将嘴挪向他光秃秃的头顶。这个皮肤粗粝的男人身上有股海蛎子味，他大概在很多年前就已经变成一个海生物。小四后来把头埋进马苟冰冷的肩窝。他像个孩子一样将脑门深深地抵在马苟的锁骨与胸膛之间，就那么一小会儿。刹那之后，他松开马苟僵硬的身体，扑进浪里，像射向靶心的子弹，游向礁堡。

（原载《山花》2006 年第 9 期）

飞　　鱼

一

飞鱼出现那日，我和马沥在谈论一个话题。马沥忽然举起了手，示意我不要出声，而他自己则从床沿上站了起来，快速用手扇着空气。什么味道？他皱着眉头问我，你闻到了没有？一股怪味，有点臭！

臭？

我不由吸起了鼻子。一些浓烈的气味正源源不断地渗过舷窗，潜入幽暗的舱室。可这不过是海的气味而已，并不是什么臭味，相反我觉得它们是香的，辛辣芬芳的海香味。看来马沥与我这种常年在海上漂泊的人不同，他还没有学会让自己的嗅觉接受大海。

你慢慢会习惯的。我安慰马沥，海就是这味。

不是，我说的不是这个。你再仔细闻闻，真的有股臭味。

马沥说着，抬起手臂使劲嗅了嗅，又将他床上的被子、枕头、床褥仔细地检查了一遍，甚至把头弯到床下望了好一会儿。他没有找到他想象中的臭源，最终，他只好坐回床沿。

你们管那新兵叫什么？小广西？这孩子是广西的吗？

他回到了我们先前一直谈论的话题。

这广西孩子！他不屑地说，我认识的广西人都挺有韧劲儿的啊，这孩子，还是年轻，年轻啊，年轻人还是脆弱，承受力不行。

我望了马沥一眼。我很想对这个初次出海的中年男人说，有些事情跟籍贯、年龄、阅历、智商这些劳什子没有任何瓜葛。但我没跟他说这些，我想这没有必要。他自己会明白的。我们的军舰还要航行很久，在漫长的航行之后，他一定会弄明白那广西孩子为什么会生病。

你去过不少地方吧马主任？

我有意岔开话题。像他这种年纪的男人，总有过那么一段两段的风光往事。让他们谈谈自己的风光史，他们一定会滔滔不绝起来，这样他们会变成一个有趣的人。在这瀚海，让自己或者让别人变成一个有趣的人，这很重要。

马沥果然被我调动起强大的说话欲。不过他拒谈感情，他似乎只喜欢说他事业上的那些起落，他还喜欢说他的那些收藏品，他书房里收藏了很多宝贝。一个藏品丰富的男人——这象征着他的成功。他的确是我见过的还算成功的男人。

那天我们就这样愉快地聊着，后来，在傍晚时分，我们听到了舱室外传来阵阵欢叫声。

飞鱼！好多飞鱼！

怎么回事？马沥走向舷窗。

他大叫起来。他从来没有这么大声过。以后也没有。

啧啧！他大声惊叹，鱼会飞！天下奇观。

我站到马沥身后。越过舷窗，我看到了一架架白色歼击机模型。它们与军舰呈垂直角度，在海面上飞翔。它们的飞翔速度快得离奇，就算一只向下俯冲的鹰，也不见得有这么快的速度。没有人在第一次见到这种奇妙的鱼时不瞠目结舌，马沥当然也不会例外。

天下奇观！经常有飞鱼吗？

不常见。我说。

马沥拉着我往外走，到甲板上去，可以更清楚地观看飞鱼在海面飞腾的壮观场景。

我确实不知道飞鱼出现的规律。也许要海面波平如镜的时候；也许需要一定的天候条件，比方说，晚霞特别绚烂；也许要舰艇开到比较合适的速度。我没对这些鱼做过研究，我不懂它们。事实上，这么多年了，我跟着军舰在海上漂来荡去，也没见过它们几次。

二

飞鱼出现数日后的一个夜里，马沥说他又闻到了那股怪味。怎么回事？怎么老有股味？他打开壁灯，烦躁地爬起身，站到地上喃喃自语。真臭！到底哪来的臭味？

他开始检查他的床，不放过任何一个可疑的角落。他弄出的响声吵得我根本没办法睡，我只好爬起来帮他一起找。我仍然没有闻到任何异味。我认为那气味是不存在的。我帮着他一起找一找，仅仅是想在最短的时间向他证实：根本没有他所说的臭味。

马沥在他的床上折腾过很长一阵过后，目光蓦地逼向我的床铺。

是不是你的被子？他说，你闻闻你的被子。

他的语气令我反感。我不喜欢别人命令我，尽管我知道他这个语气只是他陆地习惯的一种下意识流露，但我还是依从了他。我们的军舰还要航行很久，也许是一辈子。在适当的时候做些妥协，以换取平静的海上生活，这很重要。

我飞速抱起被子走出住舱，把被子搭到船廊里的救生圈上。进来后，马沥还在不停地用手向鼻子里扇空气。还是臭！马沥说，你再看看你的枕头。

我的枕头能有什么问题呢？我每天晚上都枕着它做些美梦。我简直要生气了。但我还是忍住愤懑，把枕头拿出去，拄到船廊里的另一个救生圈上。再进来我看到马沥的手还在充当着扇子，不是你被子，也不是你枕头。是别的，别的什么东西。

我不由分说扯起我的被单，又将床垫卷起来，飞快地把它们抱出去，扔到船廊的地上。现在，这舱室里与我有关的一切几乎都不见了，你要再说臭就真是不可理喻了。可当我走进来，马沥还在自言自语。

我怎么还是觉得臭呢？

真见鬼！这个与鼻子较上了劲的男人。我站在我空荡荡的床架前就着昏黄的壁灯光打量马沥。这个男人细皮嫩肉，一脸与他年龄、性别不相称的皮肤，但他并不女性化，他只是看起来有点养尊处优。一个优雅、斯文、有城府的中年男人，也许他肚子里还装了不少墨水。他在陆地上一定风度翩翩，言谈举止有礼有节，做任何事情都能准确把握火候和分寸，但他在这个夜晚显得这么吹毛求疵，真让我觉得不可思议。他这才在海上待了几天呀。我听到军舰航行时不停切割海水发出的碎乱的噪声，我觉得我应该安慰一下他。

你有很多年没跟别人合住了吧，马主任？

除了新兵的时候。那也是二十多年前了。马沥绞着手，阴沉着脸对我说，我一直在机关的，我几乎都是住单间，我真不习惯和别人住一个屋。

谁喜欢和别人住一个屋呢？谁不喜欢独霸一个房间，我还不爱跟你住一个屋呢！一个中年男人，身上有脂肪，有什么东西比脂肪更讨厌呢？还有那些迟疑不决在你身上游走的衰老感，在距离过分紧凑的情况下，我们都是惹别人讨厌的人。这个蹬鼻子上脸的男人，真令我窒息。

马沥滔滔不绝起来。他坐进被窝，慢条斯理地说起了他的陆地，他的办公室，每天他上班时每隔一到两个小时公务员就会敲门进来看看他水杯里还有没有水，而后退着身子小心翼翼地掩门而去。说到每天晚上回到家时早已摆好在桌上的饭菜，还有他的卧室，他说像他这种年纪的人多数时候更喜欢独居一室，和老婆也用不着天天睡在一起。

我强忍着厌烦听他唠叨了一会儿，走出舱室，在黑而潮热的海风中独自来到后甲板。

我在船舷与缆索之间，摸出了一副哑铃。舰体里传来的柴油机发出的噪声，四周黑魆魆一片，风像一把钝刀，在我身上蹭来蹭去。我一气做了几十个扩胸动作，而后坐在黏湿的甲板上喘气。在漫长的海上生活里，我总在拿哑铃或别的什么硬东西出气，一旦我心里有气的时候。在适当的时候，找适当的东西出出气，这很重要。

我发泄了一顿过后，从船廊里抱起被褥，回舱室睡觉。马沥没睡着，我听到他不时发出奇怪的呼吸，仿佛有只铅球堵在他咽部，他每呼吸几次就得费劲地把这只球推开一次。在后来我与马沥的同居生活里，很多夜里他都在用这种古怪的方式呼吸。

三

我们的军舰总在航行。我总是这样，一出海就渐渐忘记了时间。我算不清这是多久之后了，总之有一天，马沥又开始没完没了地搜寻起他所说的那种臭味。他说那臭味是越来越强烈了，一天臭过一天。这次他似乎铁了心要把那臭源找出来，他翻查我们这间不足四平方米的舱室里的每一件物什，显得很失态。

WT！到底哪儿臭？他动作凌乱，头变成了一只失去控制的陀螺，目光滚动在舱室里。今天必须找出来，必须。WT！

我不清楚他的“WT”是什么意思，这只是两个音节而已，也许它是“瘟胎”“问题”“我捅”“我透”。我肯定是句方言，而且我确信这是一句难听的话——他的语气和瞬间变形的五官告诉我，这是一句他多年未使用过的话。这让我感到奇怪，不，是震惊：马沥都说脏话了，还有什么不可能发生？

你别在那儿坐着了，一起找！

我狐疑地望着他，实在不明白他到底闻到了什么。我只是觉得他再这么瞎闹，再这么折腾下去的话，这日子就没法过了。别找啦，马主任。我等于是在求他了。你找不到什么的，你又不是没找过，别找了，没什么的。

怎么会没什么？没什么我怎么老是闻到？你一起想想，它可能是什么东西，可能藏在哪儿。

他这么说着，目光直勾勾地戳向我。我看到他脸上恍然大悟的表情。

飞鱼！可能是飞鱼！我想起来了，我们第一次闻到臭味那天，很多飞鱼在外面飞，你想起来没有？我说得没错吧。会不会有条飞鱼飞进来了呢？我们没注意到。那天舷窗开着的吧？WT！你怎么老是把舷窗开着呢？你这小子，你别老开窗好不好？对！飞鱼。它就是股鱼臭味，死鱼味。死鱼就是这味。我在家的时候，有一回老婆买了虾，有只虾蹦到了水池下面，被自来水管挡住了，当时我们没发现，过后家里一直臭，臭得要命，一直臭，好几个月，后来家里大扫除，在水管夹缝里找到一只烂空的虾壳才明白为什么臭。对！那虾就是这臭味。一定是飞鱼，它在哪个角落里，它在烂，快把它找出来。

马沥说话的速度越来越快，起先我在心里笑话他异想天开，后来我有些被他说服了。难道没这种可能吗？有什么事不可能的？何况那天从海面射出的飞鱼那么密集，它们飞得又如此之快，完全可能有条鱼在我们眨眼之际飞进舱室，最后蹦进某个夹缝里窒息而死。白色的鳞片、纤维紧凑的鱼肉、坚硬的骨刺、肮脏的鱼内脏，它们不外是蛋白质、脂肪、维生素，诸如此类的玩意儿，所有组织、细胞，在从有机物变成无机物的过程中，都会不停散发臭味。也许马沥是对的。

我在马沥的指挥下，和马沥奋力将舱室里的一切东西都扫地出门，最后只剩下空荡荡的一个船舱。事实证明我们的劳动是没有必要的。WT！我们白白流了几个小时的蠢汗。风从舷窗外灌进来，这空而逼仄的舱室让我感到发虚。我和马沥只能再一件件地往里搬东西，将它们物归原位。最后我们疲惫地躺在各自的床上。马沥瞪大眼，他还在苦思冥想。我则昏昏欲睡。不知过了多久，我被拍醒。我睁眼，看到马沥站在我床上，他的视线在我身上大扫荡，从上到下，从左到右。

没别的可能了。我想不出还有什么别的东西会臭。

他最终停止对我的扫视，和我对视着。

我腾地从床上坐起来。他在说我？我臭？我是他所说的那个臭源？不要太过分好不好？我望着马沥，我在怀疑他目前思维的正常指数。

马沥冲我摇摇头，叹了口气，坐回他床上后，他脸上露出一个意义不明的笑。

他的笑多么可恶，笑里隐藏的意思显而易见：是你臭，比如狐臭，或者别的什么体臭，多数人都闻不到自己身上的异味，所以在这屋里，他总是闻到臭味，而我永远闻不到。真相大白。可是，这怎么可能呢？我身上有臭鱼味？

你要勤洗澡，勤换内衣。马沥坐在床上微笑着对我说。

看得出来，他在尽量保持心境平和。

我简直忍无可忍了。

我去甲板，在海风里冲哑铃撒气。这对小铁疙瘩不能排除我心里的怨怒，于是我打沙袋。沙袋在上一层甲板与这层甲板间晃荡。我认为它就是那个脾气一天比一天古怪的马沥，我要揍他。我腿脚并用，拳打脚踢，直到大汗淋漓。然后我坐在被太阳晒得滚烫的甲板上，望着一群追着军舰狂游的鱼发呆。太阳直射下来，那天我看到了自己落在甲板上的影子——这是个被哑铃和沙袋填壮的身子。我相信只要我愿意，我就可以把某个细皮嫩肉的中年男人举起来，搁在船舷上，将他的脊柱一折两半。在忍无可忍的情况下，我不会理会军衔、级别、主任这些，我知道马沥在陆地上是个官，一个还算有头有脸的人物。

我看到马沥出现在舰舷边，胳膊撑在栏杆上，眺望着远处的海面。他的眉头似乎已经无法打开。他看起来烦闷不堪，没有精神气。

我从他身后走过去，没理他。

四

马沥不再提臭味的事，但他显然坚信了那种臭味的来源。他开始经常用一种古怪的眼神看我，在我与他对视时他突然摇头，再把头低下去，微笑。他这些神情动作，仿佛在跟我说，是的，我知道你某个秘密，我是对你很宽容的，而你自己要好自为之。我真受不了这个固执的男人。我们的军舰总不停，也许它会在我被马沥搞疯之后才停下来。这可怎么办？

马沥的谈吐越来越古怪。关于臭味的话题从他口中消失了，但关于听觉、味觉、视觉的话题此后却一个接一个地被他吐出来。他皱着眉头说夜里我的床上总是发出异样的声音，搅得他睡不安生。我不知道他在暗示什么，谁夜里睡觉时会像个僵尸一样一动不动呢？有一天他又坚称我的眼睛有点问题，我的眼睛会有什么问题呢？我确信他是无中生有。更有一天夜里，我醒来时几乎要惊叫起来：他手里举着一把剪刀，说他被子里有什么东西在爬来爬去，令他痒得不行，他得剪开看看里面到底是怎么回事。

这种事情不是没发生过。在永不停息航行着的军舰上，过分逼仄的空间会使一个人对别人的身体排斥，这种排斥感会扩大。扩大到极限，就是强迫自己相信别人身上的臭味，或者别的什么根本不存在的玩意儿。那个叫小广西的兵不是这样吗？他坚信他的脑袋里钻进了一群蟑螂，于是他不停地拔自己的头发。我得找他谈谈。

我得找他谈谈，就从那个不存在的臭味开始。我在寻找时机，跟马沥这样的人说话得讲分寸，不能冒冒失失地谈。时机还用得着寻找吗？马沥一直不停地在制造着这种时机，我只要在他吹毛求疵的时候，不再沉默，接上他的话茬就可以了。

你要勤洗澡，勤换衣裤。

马沥满脸不耐烦，但仍保持着一定的笑意，对我这样说。

我强迫自己笑。

马主任，我一直想跟你说，你以前老说闻到臭味，其实哪有……

我还没说到正题上，马沥就抢着说了起来。不碍事，不碍事，我已经习惯了，唉！谁叫我跟你住一起呢？

我说，马主任，我想说的是……

马沥挥手制止了我，叹着气，摇着头。

你要勤洗澡，勤换衣裤，年轻人自制力差一点，没关系，有我在，我以后会监督你的。你不要跟我解释了，没事的，我不会往心里去的，你以后注意点就是了……

我大叫起来。

别扯了！停！

我再也忍受不了这个自说自话的人。他这种人，总认为自己吃过的盐比我见过的海水都要多，他只会认为我这样的人是可笑的，不会想到我也会觉得他可笑。

什么臭味？哪里有什么臭味？都是你的妄想。你以前一个人住惯了，全是你的心理作用。你再不注意，离精神病就不远了。你不觉得你有问题吗？你动脑筋想想。

马沥吃惊地瞪着我。

我看到舷窗外的海面上卷起一片大浪。马沥是惊讶于我的说话方式，也许很多年没人对他这么吼叫过了，他很难适应我的叱骂：除了吃惊，他的眼里还闪过一丝惊恐，或许，我这样突如其来的举止确实会让他联想到某些可怕的事情。

他这些下意识的表情只是一闪即逝。他迅速变得容光焕发、神采奕奕、精神矍铄，脸上的每一个细胞都光芒万丈，仿佛他被电击了一下。他显得很兴奋，一定是他身上被大海封存的一些记忆复苏了。

小子，你没事吧？

他表面谦和，又显然盛气凌人地询问我。他微笑地向我走过来，也许他要开始给我上教育课了。

我跳起来，向外奔去，我必须让自己的眼睛看不到这个人。真是可怕，我当初怎么会同意舰长安排这个人和我住在一起？

我去甲板，拿了鱼叉，对准鱼群叉了过去。我将鱼从鱼叉上剔下来。鱼在甲板上蹦，血花四溅。我看到马沥沿着长长的船舷向我这边走过来。他侧对我，站在一个船柱旁向这边张望。有人经过他身边，我看到他一把拉住那人，和那人说着什么。他还边说边冲我指手画脚。不一会儿，他和那人双双走到我身边。

你没事吧？

那人狐疑地问我。马沥站在那人旁边不说话，只微笑地看着海面。

我飞快地离开他们。我听到马沥在我身后说，这小子是怎么回事？

五

马沥说，不要再有疑问了，就是有臭味。

他对此坚信不疑。既然这个立论是正确的，他就得以此为入口，将臭味深究下去。谁叫我们的军舰永远不停呢？他总得找点话题来打发时间，而又有什么比探究一件事的来龙去脉更能调动他的积极性呢？

你家族有什么遗传病史吗？

这次下了船，你抽时间去医院看看吧。

你别让下次跟你住在一起的人受罪了。

他开始跟我说一些令我哭笑不得的话。多数时间他笑容满面，像在开一个无伤大雅的玩笑，又显得语重心长，让人觉得他是认真的，他只是在选择一种和善的表达方式。我觉得他越来越孩子气。我没有办法忍受他的乖戾，于是只要他一说话，我就和他争执起来。我说不过他，一和他争辩，他便滔滔不绝，沾沾自喜。某一天我发现，他是在激怒我——他激怒我，而他自己感到快乐。他终于找到了在这大海上生活的乐趣。

我必须躲避他了。在漫长的海上生活里，及时避开别人的无事生非，这很重要。我开始尽可能地离开我和马沥共同的住舱，几乎是除了睡觉，我不再回住舱。我把自己流放到甲板上。马沥变得无处不在，常常我一回身，就看到他倚在舰舷边，或者从舷梯上走下来。他并不理会我。在我们的住舱外，他看都不看我一眼。他去和别人嬉闹，打成一片。他真是孩子气。刚上船的时候，他在大家面前是矜持、内敛的，那当然是他在陆地上的常态。在陆地上，我们很容易保持常态，但在这海上，我们身上的弊端很容易扩大。我真受不了他现在这么喜欢和那些小兵耍闹。我很快知道是什么东西把他吸引到兵堆里去了，至少知道了其中一个原因：他在说我。

这是毫无疑问的。因为我听到越来越多的关于我身上藏着一条臭鱼的窃窃私语。

晚上我回到舱室后，马沥却是一副对我关切备至的模样。他枕着舱壁为我抱着不平。别理那些人了，他们爱说什么让他们说去。

我做了很奇怪的梦。我老是做稀奇古怪的梦。我们在海上待了多久了？还有多久返航？

六

飞鱼再次出现了。

这次是在傍晚。

在傍晚被霞光映照得光怪陆离的海面上，飞鱼成群结队，一个撵着一个地从海面飞了出来。它们与海面呈一定的角度，向上、向前飞着，在飞过数百米后，又一个猛子扎进水里。这些会飞的鱼，它们还在叫，像真正的鸟那样发出尖叫，听起来却是一种凄厉的叫声。数不清的飞鱼杂乱无章地在海上飞来飞去，它们的叫声汇成海上嘈杂的噪声，令傍晚的海空诡异。

所有的人都跑出舱室，拥到甲板上观看飞鱼，一阵阵惊呼从军舰里飞出来，在远处海面上发出回声。马沥是突然从人群中冒出来的，不，他一直在人群中，只不过他突然使自己变得万众瞩目。

马沥在飞。他在模仿一种飞翔的姿态，也许他在模仿飞鱼。在飞鱼乱飞的这个傍晚，他当然是在模仿飞鱼。既然鱼会飞，人怎么就不能飞呢？他在一堆人中间，甩掉上衣，露出他中年发福的白色身躯。他把衣服扔向海面，爬上栏杆。他站在栏杆的中间一格，面对海面，张开双臂，喉腔里发出怪异的声音。他的表演在这个傍晚显然是引人注目的，赢得了阵阵喝彩。但他的举动太危险了。他身边的人纷纷站到他旁边去保护他，以防他立足不稳掉下去。我站在众人之外，心狂跳起来：这个傍晚马沥的即兴表演值得警惕。

很快天黑了，飞鱼消失进黑色夜幕。

这个夜晚马沥应该是失眠了。他在床上辗转反侧。深夜时，我醒来，发现马沥的床空了，我猛地为他担忧起来。事实上，我其实一直在担心着这个初次出海的人。我跑了出去，在昏黑的军舰上寻找马沥。马沥靠在舰舷边抽烟，无声地抽烟。我走过去。马沥不和我说话，但后来还是说了。

在海上，人就跟飞鱼差不多。想离开海。但怎么可能呢？又不是真的鸟，到最后不还得到海里去？

在夜晚的大海里，说话声会很闷。马沥的话使我汗毛直竖。我戚然地站到他身后，欲言又止，我不知道该如何应对他的话，就算附和，我也找不到稳妥的言辞。他这样的人，从来都拒绝别人在他面前指指点点。如果他做出什么决定，那也只能是他内心发生某种嬗变的结果。我倒希望在这个夜晚，在这次航行接近尾声的时候，他说出这番意味深长的话，是因为他悟出了什么。

那几乎是马沥和我在舰上的最后一次交谈。在后来的海上时光里，他变得不苟言笑。除此之外，我惊喜地觉察到他的体内长出了一根坚硬的铁柱，他就那样挺拔地走动在舰艇的甲板、舱室与舷梯之间，目光凛凛。那是我第一次在这个舰上看到的他的样子。

（原载《解放军文艺》2006 年第 12 期）

暗自芬芳

海总在晃，这是第一次守礁的最大感受。那年我十九岁。海晃着晃着，突然就停住了。我猛地睁开眼，看到海面上多了一艘舰艇。迎着阳光，我看到两条橡皮艇缓缓从舰艇上吊落下来，扑腾在海面上，接着橡皮艇一路颠簸着，越过并不宽阔的礁盘，向我们的礁楼扑腾过来。

那是上午，我和战友们在礁楼下默默站成一列，迎接从大陆上的来客。我当时实在恍惚，无法看清越晃越近的小艇上是否有女人。在这之前的好多天里，几乎每隔一分钟礁楼里就会传出一种窃窃私语：这次有女兵来！

有女兵的消息是远在瀚海另一隅的指挥礁发来的电报上讲的。真的吗？女兵？那是些多么有意思的家伙，远比鱼有趣多了。可她们又那么虚妄，谁敢奢望她们真的能来。

确实有女兵！就在橡皮艇上，她们在惊叫。现在可以看清了，不是一个，三个！橡皮艇已经冲到堡底，一个浪撩过来，裹卷起它，使它动荡，女兵们的尖叫声冲向我们的耳膜。猛然间，我感觉心脏发起了疯。

艇上还有男人。这次上来慰问演出的有五个人：两男三女。两个男人被我们毫不犹豫地忽略不计了。

我从未像现在这样觉得一个女孩如此好看。炽白的阳光直射到她们的脸上，她们的皮肤变成半透明。我陡然想到自己被阳光灼伤、被海风腌成酱色的那张脸，立刻自惭形秽。

首先跳上来的是其中一个女兵。她的抢先使她成为我们目光中的焦点。我正想看清她具体的样子，却见她奔到队列前的礁长身旁，急切地问了句什么，脸呼地红了。我正莫名所以，礁长把手往我这儿一指：你，跑步带首长上厕所。

我明白礁长所说的首长就是这女兵。在礁上，对前来慰问的人，统一唤作首长。我恍惚的脑袋晃荡了一下，暗忖她急的原来是这个，猛地就紧张得不行，但我雷厉风行地“是”了一下，跑出队列，站到那女兵面前。

我领着她向礁楼跑去。只几步，我们跑过底基，接着直奔左侧的目的地。我听到身后女孩忙里偷闲，气喘吁吁地对我说着谢谢。我忙不迭地回答，不用谢，首长。我带领她往礁楼背面跑。礁楼上可供跑动的场地有限，我和她不过跑了十来步，就到了所谓的“厕所”前。我指着楼角这个凌空飞起的用一堵薄短的矮墙隔出来的小亭子，自己站在矮墙的外侧，对她说：首长，到了。

女孩进了“厕所”。我大呼一口气，无声地笑了。正在发生的这件事很有趣。我的眼睛越过挡浪墙，望向空寂的海面，心想，是的，女人确实有点儿意思，她们一来，我们这些被日光耗得迟钝的人都有心情笑了。心里正促狭着，我听到“厕所”里发出了一串飞流短长的声音，突然想起一件事。不好！我暗叫。可为时已晚，“厕所”

里传来一声惊呼。

这实在是我的失误，刚才我应该提醒她。这“厕所”不太称职。它腾空而建，槽坑下面，便是空荡荡的空间。往下要十多米，才能到达海面。这瀚海里，无风天也有三尺风，不消说，“厕所”底下随时会刮起一股旋风。在其上作业，抛洒一气，很可能就变成对准一个开足马力的风扇抛洒一气。“风扇”不会给人留情面，它们会毫不犹豫把你抛洒给它的点点滴滴一滴不剩地回敬给你。我和战友们都熟知这“厕所”的变态，几乎从不用它。反正男人没什么好讲究的，平日里，我们完全可以顶天立海地在礁堡的随便什么地方抛洒一气。

我不知所措地站在隔墙外，只听礁楼正面大家都陆续上来了。我知道她的同行者很可能马上也会来上“厕所”。她们是讲究的，再说像今天这种人员状况复杂的日子里也需要讲究。我听到隔墙里的女孩哭了。我说，你不要紧吧，首长？

她只知道哭。

我说，首长，你不要蹲得太低，稍往上站一站，就刮不到身上了。

哭声止了，里面变得肃静。少顷，又传来飞短流长之声。许久过去，我提醒她，首长你赶紧擦一擦。

我没带那么多纸。里面吞吞吐吐的。

这倒是，她显然不会预见到这种意外，遭遇这样的意外是需要大量纸的。我该怎么办？前面楼角一个脑袋探了一下，是与她同行的另一个女孩。我急中生智，脱下作训服上衣，往里一扔。一时间我竟忘了叫“首长”。凑合着用这个擦擦好啦，我说。

她磨磨蹭蹭地出来了，手中拎着我的作训服。脸再不透明，红得像瀚海早晨刚弹出海平面的太阳。她歉然地把作训服还给我，瞟了我一眼，不执一词，很是尴尬地冲我笑笑，迅速绕开我，跑走。我如沐春风，心想，她实在好看。有股说不清的东西在我心里荡漾，我整个人都湿了，心黏糊糊的，头发昏。她跑到了楼角，转身问我，哎！你叫什么？

我激动得听不到自己的声音。

我叫王军。

她“噗”地一笑，从我视线里消失。我听到礁堡正面另一个女孩与她嬉闹的声音，这么慢啊，你脸色怎么了，快补补妆，马上开始演出了。

我随手将作训服搭在“厕所”的矮墙上，穿着背心，跟着跑回去。

她和她的同行们当然是来演出的，到瀚海这一隅，慰问我们这些天之涯的哨兵。现在，她和她的同行们，五个人，开始演。她同行里一个男的想必是领队。那男的先说了几句开场白，三个女兵就跳起了舞。

真是不折不扣的演员！在这瀚海，她们的一举一动都动人心魄。此时此地，她们无须刻意，就是明星，从她们身上跑出来的动作，都发光，都带着一万伏电。我们在礁楼这个活动室里，靠墙肃坐成两排，目瞪口呆。

活动室实在局促，然而它已是这礁楼里最大一个房间了。这礁楼上下两层，共五个狭小的房间，我们觉得活动很重要，把相对最大的一间用作活动室。这巴掌大的场地实在无法让女孩们施展开来，她们臂一抬腿一踢都每每差一点踢到我们的脸。可她们脸上竟满是歉意，倒好像舞不开踢不开是她们的过错。真是些好心肠的女孩。

一舞完毕，领队男报幕：下一个节目，由陈晴为大家唱一首《悄悄蒙上你的眼睛》。她单独站出来，没说话，先笑。原来她叫陈晴，和她本人很般配的名字，现在，她就是太阳。这首歌是对唱的！她朗声说，我要找个兵哥哥配合我。话说完，她鼓励的目光四下搜索。我们似乎被她的美色吓破了胆，一个比一个坐得硬挺。她的目光在我们脸上一一抚过，最后停在我这里。我抖起来。她朝我心照不宣地笑了笑，出其不意地一步跨上前，拉我起来。

她一手拉我，浑身朝向我。我悄悄地蒙上王军的眼睛……底下一阵骚动。她真是个好女孩，竟把我的名字唱进去了。毫无疑问，她这个每天被水银灯簇拥的女孩子，像所有曾经来过这里的访客一样，今天也被我们这群特殊的人触动了，她要全心全意地投入演出。下一句该我唱，我却失了声，我实在太感动太激动了。她小声引导我，示意我跟着她唱，我还是唱不出来。真是蠢货，我骂自己。此时此刻，我跳海的念头都有。她到底是老到的演员，自己一气唱了下去，再不难为我。我悄悄地蒙上王军的眼睛，让你猜猜我是谁……旁边靠墙站着的领队男子叫起来：你是陈晴。他还挥起了手，示意底下众兵一起说这一句。后来只要她唱到猜猜我是谁，战友们就在底下疯了似的吼：你是陈晴。领队模样的人不停地临场发挥，陈晴好看不好看？疯子们吼：好看。问：你们爱不爱陈晴？疯子们哭天喊地：爱、爱、爱。她泪如泉涌，梨花带雨，字字含情。她拉着我的手，从头至尾。我完全相信，她是真心为我唱的，不，为我们唱的。在这瀚海，她要全力以赴抚慰我们这些孤苦的人。她和她的同行们，都在抚慰我们，这些好人。我一辈子都没今天这么开心，然而我实在愚讷，竟从头至尾唱不出一个字，说不出一个字。她虽然好心肠，但未来该怎样笑话她曾经遇到过的这个古往今来最愚蠢的兵，我心痛不止。

演出完毕，三女兵风风火火闯进我们的房间，在挪不开窝的房间里四下里搜索。她们要为我们做点什么，洗洗鞋，补补裤子。但这里水比油贵，容不得她们实施好心肠。终于她们从谁那里找到一条有洞的裤子，蹲到礁楼左侧的角落里，开始缝缝补补。

几个兵做饭去了。我们一定要做一顿好吃的给这些好心的人，表达感激。我一时闲了，站在礁楼靠近“厕所”这个与她们相对的地方看海。我很想到她们那里去，却胆怯得很。

我靠在挡浪墙上，看到海面和我的脸一样故作沉静，太阳和我的心一样炽烈。已是正午，她和她的同行们吃了午饭便会走。我心虚地仰望海空，耳边传来她们的嬉笑。我侧身，偷眼向她们那儿望去。她们三个蹲在那儿缝补，仿佛是在做一件比天还神圣的事情。她蹲着的方向与我约莫六十度。我不可自抑地想看她。我发觉，到现在为止，我都没能认真看看她。

现在，她半透明的皮肤已经被晒出一些刺目的红，她的睫毛长长地垂着。她十七八岁吧，身形极其娇柔。她现在很静，完全不似刚才演出时的豪放。也许刚才的豪放是做出来的，她本质上是个娴静的女孩。我忽然想冲过去抱抱她。

这怎么可以？这念头让我不齿。我继续偷看她，这回怀着一种伤感，我想到自己，被这瀚海折磨得这么丑、迟钝、愚昧，没理由讨任何女孩喜欢。

她蓦地想起了什么，站起来，向我这边走来。我立刻浑身发紧。

她却笑了笑，绕过了我，走到“厕所”那里，拿过先前才充当过“救美英雄”的作训服，再从我这边绕过去，径直往水边走。我的目光一直追随她。我看到她蹲到接近海的地方。原来她要洗我的衣服。她竟不知道，海水是不能洗衣服的。随她去吧。

我心里涌起柔情蜜意。那边两个女兵却喊起我来。王军，过来。我扭捏作态，走过去。你当几年兵了？我说第一年。你是新兵？我说是的。那你想家吗？我故意摆出很男人的架子，微微一笑，很慢很慢地摇摇头。

我想她们的问话一点都不特别，但我还是很希望她们问下去。我更希望由她来问些什么。然而她长久地蹲在水边，专注地洗着。我看得都要入迷，以至于身边两个女兵再问我什么，我竟没听见。两个女兵顺着我的目光向下看去，开始笑我，说，你怎么光看陈晴不看咱俩啊？嘻嘻！咱俩都没陈晴好看吗？

我忸怩起来，心想，你们是和她一样好看的，可是我也不知道今天这是怎么了，没办法让自己不去看这个叫陈晴的女孩。我和她们正相互说笑着，礁长在那里喊我，王军，在那里傻站着干什么？赶快去钓几条鱼上来，给首长们吃。

我站到礁楼底下那块当年建礁时遗下的水泥墩上，将一点冻肉在鱼钩上钩好，然后开始整理鱼线。鱼线理好后，我右手抓住鱼线离钩约一米的位置。现在我要开始表演了。将鱼线旋起来，旋到一定速度之后，扭腰，送胯，运臂，一鼓作气将鱼钩抛向大海。我深知我最后那个抛钩的动作很帅，这是我守礁生活的华彩点。很多时候，我和我的战友们无事可做，就跑到这个水泥墩上，将鱼钩抛出去，钓上一条又一条的鱼，时光在一抛一收间被我们干掉。现在我要向她展示我的绝活。

她还没洗完，此刻正蹲在我侧后四五米远的地方。她会看我，我知道。

我扭腰，送胯，运臂，赤红发亮的肩胛肌欢欣鼓舞地跳跃。我刚把鱼线抛出，就听到远处传来惊天动地的扑腾声，我知道群鱼在抢食鱼饵了，我迅速往回拉扯鱼线。一条长约一尺的腊鱼被我扯了上来。我听到侧后方传来她的惊叫，好大的鱼！紧接着，她跑到我身边。

这么好玩啊！教教我！喂！教我怎么钓吧。

她竟在企求我。

我无声地笑了。现在我是王，是整个瀚海的统领。我开始教她。这样，这样，对！注意甩钩的时候，要将全身的力集中到手臂上。她听从我，试着开始旋动鱼线。现在她也要像我刚才做过的那样，将它甩出去。她甩了，却失手了。我看到鱼钩呼地向我甩来，我躲闪不及，那钩一下勾住我的脖子。

她失声惊叫，一迭声说对不起对不起。鱼钩的一部分嵌进我肉里，我疼，然而我却欣喜着。我安慰她，没事没事。这个意外激发了我的表演欲。我故意夸张，缓慢地扭动颈项，使得被勾住的脖子张扬得像一个英雄。我听到她低声惊呼。我伸出手指抹了一点血，调皮地用舌头舔掉那血，说时迟那时快，我抬手捏住鱼钩尾部，顺着鱼钩的走向，猛地拔出那勾。带着倒刺的鱼钩带出一小块皮肉，并不太要紧，但我还是疼得像被狗咬了一口。

她走上前，口中说着对不起，手忙脚乱地用她作训服的袖子来擦我的脖颈。我闻到她身上大陆般温暖扎实的香味，受用得很。

我乖乖挺着脖子，享受着她的擦。

血流不止，她注定要擦许久。我希望她擦到海枯石烂。

我迷糊起来，听不见别的声音，只听到她的呼吸和我的皮肉被摩擦出的声音，我完全醉了，希望能够就此睡上一觉。我似乎真的睡了一觉，至少睡过去一秒钟。我恍惚听到她用手掌在我肩上拍了一下。

好了，不流了。

我凛然醒来，惊恐地发现自己对这个女孩的喜欢已经到了罪不可赦的地步。我扭头，下意识盯着她。我的眼神一定是一块烧红的炭。

她像被什么烫到，惊了一下，垂了眼，快速向上跑去。

我拎着那条腊鱼上来。伤口无甚大碍。军医给我用酒精消了毒，简单包扎好。包着一坨白纱布的脖子，显得古怪而可爱。

接下来就是吃饭。在活动室里吃。吃饭时很热闹。这一天，因了这些访客，一贯沉寂的礁楼过节般闹腾。除了那条腊鱼，饭菜很差，这没办法，这远离大陆的地方没有新鲜食物，但客人们都装作吃得津津有味。

吃着的时候，我不时偷眼去看她，偶尔会同她的目光撞到一起。她的目光甚是纯净，但在我以为，她的目光里还是有一些秘而不宣的东西，那是属于我与她之间的私密。我与她？想到这个，我心中空落无比。我想到，这顿饭后，她就要走了，橡皮艇将她重又送回舰艇，舰艇载着她渐行渐远，直到消失不见，我以后再不会看到她。我与她之间会发生什么呢？我一个俗丑的小兵，被瀚海围困在这里，而她，如此绚丽夺目，在那个遥远的陆地上，她生活在灿烂的水银灯下，被喧哗的目光们景仰。我伤感起来，有种绝望淹没了我，止也止不住。

我没怎么吃便先出了活动室，独自进了住屋，郁闷地躺倒在床上。我的心渐渐沉下去，越来越黑。长年的守礁生活，使我的心很容易坠入一种悲苦凄绝的幽暗状态。后来我想，我真是个没用的人，短短三个小时的时间里，就爱上了一个不该爱的女孩。我愈是自责，就愈是伤悲。我悲痛欲绝了。

我忽地想到，应该送给她点什么。我实在不希望，她一离开这瀚海，就忘记我这样一个可笑的小兵。这是个好主意。该送她点什么呢？不久前的一天，退大潮，我在礁盘上捡了一只螺，那螺真是漂亮，身上布满星辰般的斑纹。她一定会喜欢的。在未来那些喧哗的时光里，她只要看到这螺，就会想起那杳如星际的瀚海，想起瀚海里那个黑瘦的小兵。

战友们三三两两进来。我听到有人拍着我的床腿说，你躺在这里干什么，快点起来，准备列队送人。我惊恐地腾跃站起。终于吃完了！终于要走了！我想，我应该镇定。镇定！镇定！我果然镇定了，迅速从床下摸出那螺，捧在手上。

我正待出去，却看到她向我们的屋里走来，臂上搭着我的作训服。这瀚海的阳光与风在相当短的时间里就风干了我的衣服。她当着众人，大方地说笑着，把作训服给我。我被她感染，心境明朗了些许。我当着她的面，麻利地穿上作训服，并及时将那只螺举到她面前。这只螺，献给敬爱的明星。真不错！我竟然还能说俏皮话。

她甚是高兴，哗然赞叹。好漂亮！谢谢！谢谢！令我意外的是，其他几个战友竟都捧出一只螺或贝送到她面前。一时间，她的怀里抱了一大堆东西。我望着我的螺淹没在一群贝壳中，哭笑不得，有些沮丧。

现在，我和我的战友们在礁堡下站成一列，准备默送小艇离去。我看到她和她的两个女伴相互扶拥着站在小艇边的礁石上。我的目光越过她的头顶，落向苍寂的海面，内心坠入无尽的怅惘。

领队模样的人上来和我们一一握手，她和她的其他同行们在艇边等着。我的目光根本无法从她那里移开一点。我望着她。她却始终没再看我。她端庄地立在那里，面向海，也许她是急了，急欲离开这个寂寥的所在，她一定不喜欢这种无趣的地方，那么，她明天，或许就在不久后，就会忘记我。想到这里，我惆怅得对人生充满厌弃。

她回了身，似乎想回头望望这个礁堡上的随便什么东西，目光最后却停在了我这里。她的目光撞上了我的目光。我的目光一定藏不住我心里的任何秘密。我对她的爱在炽亮的海空间彰显得坦荡而放肆。我看到她似乎颤了一下。

领队模样的人已经握别完毕。现在访客们真的要走了。五人搀扶着向橡皮艇跳去。已有三个人上了小艇，这时，令我惊愕的事情发生了。我看到她大声而歉意地叫了起来，哎呀对不起对不起，她说，你们等我一下，我突然又要……嘻……

众人笑了起来。她吐了吐舌头，变成最善表演的演员，回身准备向上跑。她在队列前跑了一步，边谈笑风生地开着玩笑，兵哥哥们，我需要一个护花使者啊，你们这个“厕所”，我一个人不敢去呢。她未待众兵回答，迅速自己接茬道，喂！那个谁，是王军吧，还是你陪我去吧。

我未料到她这一招。我实在不知她要干什么。但我有什么理由拒绝呢？即便要我跟她去赴死，我都情愿。我扯着嗓子答着“是”，魂飞魄散地跑出队列。

这回是她带着我飞快地往上跑。我在她身后跑得方寸大乱。我听到她急促的呼吸，仿佛她正在奔赴一场战斗。

我和她终于跑进“厕所”。她呼哧着进去。我止步，在外面立住。

却听到她在里面喊，你进来！

我疑是自己听错。

她再喊：快进来嘛！

我如鬼附体，跑了进去。

现在，她靠着矮墙站在我对面。矮墙之外，遥远而近的海空疑惑地望着我与她。她惊人的美貌咫尺天涯。

你可以——吻我！

这回我确信没有听错。但我却不能为她找到如此疯狂的理由。我盯着她的眼睛，那里一片纯净。她想充当一回女英雄吗？我将目光越过她的头顶，落向辽远的海面，转而我灼热的目光再次与她交汇。我就这样凝望着她，很慢很慢地摇了摇头。

我看到泪水以迅雷之势淹没了她的眼。她举起手来，掩住整张脸。我听到从她那里传来的被抑制的哭泣声。终于她将手从脸上拿开，快速拭干了脸，又猛地伸出手来，抓住我的肩膀，大力摇撼了一下。

保重吧！

她像个男人一样小声而硬朗地说。随手将我推了个趔趄。

后来我与她双双跑开去。我望着她跳上橡皮艇，小艇颠簸着远去，消失，一切归于寂静。我恍惚起来，望见自己在未来无限多的寂寞时光里，一次又一次地将头向作训服埋去，在回忆中泣不成声。

（原载《芒种》2007 年第 6 期）

无目标进行曲

一

我坐在汽车站门外的台阶上发呆。现在是太阳龇牙咧嘴的上午。站前广场西侧正上演一幕闹剧：一个四十岁上下、模样极像民工的男人，手里举着一只芒果，作势向水果摊主的头上砸去。男人长着刀棱状的鼻子。在这个触目皆是塌鼻梁的南方小城，这只别具一格的鼻子证明他是个外地人。那个水果摊主，勇敢地将头押向举着芒果的这只手，并不断把音节很短的一些字从他的塌鼻梁里擤出来。

你砸你砸!

你敢砸你就别想离开这地方。

你到底砸不砸？砸不砸？砸不砸？

这摊主的南方土语运用得相当纯正，于是他说的“砸”，听起来极似人渣的“渣”。那字带着平滑的尾音，广场上因此弥漫起一股热带地头蛇的膻味。

举着芒果的手开始摇晃。看来手的主人并不是真的想把芒果变成武器，它只是他的一个策略。

我坐在这里哑然失笑：又是一出街头常见的缺斤少两的凡俗闹剧。没意思透了。

我让目光越过水果摊，投向汽车站出口处。有辆中巴车正沿着出口往外挤。一个模样基本不妖娆的南国女人玩杂技般将身体撑在缓缓移动的车门口，有气无力地邀请旅人们上她的车。她看起来特别像一个在太阳下呻吟的蜘蛛女侠。

我再懒得理这些闹剧，折身向车站里面走去。

现在我站在售票厅一侧的墙上的巨大交通地图下。那里是零星散布的线条和地名。我再次绞尽脑汁地想，该去哪里呢？

突然从外面传来嘈杂的吵闹声，一阵紧似一阵。在这个炙热的盛夏上午，这些粗粝的声音“扑通通”跳进我的耳朵，令我大为振奋。我飞速跃向门外。

先前的那个外地男人，现在姑且叫他棱鼻男人，正被三个人往一辆中巴车上拽。正是刚才那辆从出口驶出的中巴车。

那个不算妖娆的女人，和那个把“砸”说成“渣”的水果摊主，加上另外一个男人，三人汇成一股凶猛叵测的本土势力，狠劲拖拽棱鼻男人。

棱鼻男人似乎预感到自己正被拽向一个不可预知的黑洞，大力做着挣脱的努力，先前那种闪烁不定的眼神已悉数变为惊恐。可笑的是，他的一只手仍固执地护着那袋芒果，其中一个芒果已被挤破，露出黄油油的肉。

我惊讶万分，并生出无穷兴致。一个决定突然诞生，今天我就上这辆车了。

二

这异乡人长得精瘦，显然无法与那两男一女抗衡。数十秒后，他被中巴吞没，并被推倒在前排座位上。毫无疑问，这辆中巴车对他来说是种潜在的危险，他弹立起来，向车外扑去。

你们要干什么？他尖声抗议，我又不坐车。

两个男人重新把他摁倒在座上。这次那个水果摊主用身体抵住他，恶狠狠地向他宣布，我就叫你坐。然后他拍拍手掌，下车。车门迅速被那女人挡住。她对着车外的盛夏呐喊：

潭巴潭巴，上车咯！

把这出戏看下去。我应着女人的呼唤上车，在车尾找了个空座坐下。没几个乘客。棱鼻男人支着身体坐在前面，不再做任何反抗：他一定已领悟到，反抗毫无用处。他的眼里除了惊恐就是茫然。一定匪夷所思：无非一次争执而已，怎么最后给弄进了这辆车？他们想对他做什么？

我更觉讶异。这无论如何不是劫持，这异乡人脏兮兮的一身穿戴表明了他的穷困。谁也没有理由去劫持一个穷人。只能是场恶作剧了：无非是，几个本地人想给一个不识相的外地人一点颜色看看。

女人的唤叫再未引来一个乘客。她最终推上了车门。留在车里的那个男人，更准确地说，这个车的司机，开始发动车子。车即将启动时，他转头向后回望了一眼。我看到男人身材矮壮，脸长得几近球形，一副这个热带地区男子的标准长相。球脸司机竟向棱鼻男人笑了笑，坐稳啦！车呼地飞了起来。

球脸司机的笑鼓励了棱鼻男人。他一定是个善于动脑子的人，惊恐和茫然从他眼里消失，取尔代之的是与他的形象非常契合的闪烁不定。这车去哪里？他对着司机的背影，也对着靠着车门的女人涎笑着问。

潭巴。

我不去潭巴啊。

女人鄙夷地看了他一眼，向前迈一步，站到他跟前。

少废话！买票！

买票？棱鼻男人失声惊叫，我又不要坐车，干吗买票？停车！让我下去。他跳起来，几欲跌倒，大喊，让我下车！

车停了下来。紧接着，球脸司机从驾驶室跨出来，铁塔般站到他面前，伸手捏住那张瘦脸。买票！听懂了没有？

车重新跑了起来。女人伸着手说，八块钱——以为免费带你兜风？

车内传来数声窃笑。棱鼻男人在众人的窃笑声中心疼不已地掏出钱。几张零碎的钞票跑到女人手里。棱鼻男人突然号哭起来，让我下车！

哈哈哈！球脸司机抖着背狂笑着，将一盒磁带插进带仓。车内猛然间响起了音乐，王菲的《流年》。有生之年，狭路相逢……一股有趣的气氛在车内轰然扩散。

我看着这幕闹剧。有一瞬间，我极想站起来为这个异乡人抱不平。音乐响起之后我却忍俊不禁了。这太过有意思：和电视剧一样离奇的闹剧。车窗外那些茂盛得鼓胀欲裂的热带植物向后闪去，车内王菲空灵的声音与这个俗世形成巨大的反差。我兴奋极了。我该坐观其变。

棱鼻男人终于安静下来，眼里闪动机警的光芒，想必他在寻找对策。车内只有《流年》。我闭了眼。事件的停顿令我扫兴。接下来他们会对棱鼻男人做些什么？也许他们仅仅只是想把他带到一个他根本不想去的地方而已，这样的惩罚其实已经够出格的了。而这个受委屈的男人在想什么？我迷糊起来。半梦半醒间我看到棱鼻男人悲愤地站起身，打开车窗，傲然将自己从车里扔了出去……

这幻想不具备推理依据。那个受尽委屈的男人——很显然，他这种人，不会做出如此有尊严的事。我看到棱鼻男人的眼神有些黯然。这眼神说明了他已经认同了眼下的遭遇。在既定的前提下他该怎么做？不如安于现状。他一定是这么想的。

过不多久，车停了下来。目的地到了。算起来不到半小时路程。

那个谈不上有姿色的女人打开车门，懒懒地对车厢说，到了，潭巴，下车。

球脸司机回头瞪着棱鼻男人，赶一头猪一样冲后者号叫，下车！

棱鼻男人仓皇地向车外的马路望了一眼。他没有看到任何危险性。这难免让他觉得万幸。他机械地站起来，不忘提起那袋芒果。女人的嘴角再次涌出鄙夷的笑。给你一个教训，下次到我们这地方来别那么多事。

球脸司机配合默契地对女人的训教加以补充。快滚！滚下去！

我站起来。缺乏戏剧性的结局让我觉得有趣。这大概就是这些热带人的幽默感了。

棱鼻男人悻悻地下车，脚步凌乱，跨下车门的一刹那，一脚踩空，可笑的事情发生了，他向潭巴的马路摔去。庆幸的是，恰好走下车门的我挡了他一下，使他没有真正摔倒在地。他一心维护的那袋芒果，却脱离了掌控，纷纷向马路边黑乎乎的水沟里滚去。

中巴车内的那对男女失声大笑。中巴在他们的笑声中呼地跑开。

棱鼻男人向水沟疾走两步，追到一个幸存的芒果。他心疼地直起身，一抬头，看到了我，这个先前受尽委屈的男人突然盯住我的脸。赔我芒果！你赔我芒果！

三

我以为自己听错了。

这个叫潭巴的地方看起来与我上车的地方没有太大不同，甚至还更为破落些，我落寞起来。棱鼻男人还在张牙舞爪地向我重复着那五个让我讶异的字。我回过神。你刚才说什么？我微笑着问他。

我对这个男人保持笑容，在我以为，是一种必要的高姿态。这男人的猥琐形象以及他刚才在车上的表现实在可鄙。

然而别人的微笑在这个猥琐者看来是不是代表了懦弱呢？我看到棱鼻男人眼中有光束迅速聚拢，仿佛他为自己刚才经历的屈辱找到了一个索赔方案：这真是个倒霉的上午，被一辆车莫名其妙地带到他根本不想到的地方，真气人，现在，他多么想找到一个妥当的物什好让自己的气撒出去。

你撞翻了我的芒果，你赔我芒果。他义正词严地说。

有意思的事情又出现了。我笑着看了他一眼，假作思考，而后淡淡地说，我要是不赔呢？

你敢不赔？棱鼻男人上上下下打量着我，一改先前的猥琐，穷凶极恶起来。

我在寻找这个刚才在车上始终猥琐的男人突然自信起来的依据。难道是我的军人身份？毫无疑问，我过分黝黑的肤色、发式和气质，特别是我的迷彩背心，会暴露我的身份。在这个举目皆是军营的偏僻之地，我的身份极易被人辨认。除此之外，我找不出促使棱鼻男人自信的依据。我冷眼望望这个男人，懒得理他。我绕过他，越过马路，向潭巴的深处走去。

棱鼻男人尾随而至，他不依不饶。你赔我芒果！赔我芒果！他走起来一瘸一拐，其状甚为有趣。太阳越来越凶，逼近正午的样子。我大步走着。潭巴街面周遭的一切被太阳烤得赤白发亮。这正午寂寥而令人晕眩。棱鼻男人已经认定要将索赔进行到底，小跑着跟住我。

你赔我芒果，我这芒果可是准备带回去给老婆孩子吃的，我自己从来不舍得买一个吃，现在你把我的芒果撞到水沟里了，六个芒果哪，不！七个！你赔！赔！

他说得语无伦次，语气却越来越坚定，好像他这么不停说着，事实就真的是我撞了他的芒果。

听！他现在已经对此确信不已了。赔！他尖叫，当兵的！给我站住，总共十八块钱。

十八块钱？这一定是个勤于算计的穷男人，他大概把中巴车上失去的八块钱一并算上了。想想看，如果从“傻大兵”这里追得十八块钱，那他这一天大概也不算有什么损失了。他主意打得真好。

十八块钱对眼下的我来说算不了什么。我的兜里装着的钱远远超过这个数目。作为一个在营区里蛰居了一年终于有机会趁休假的机会出来走动的人，我的口袋里揣着这整整一年的薪资。可是，赔十八块钱？理由是什么？

我烦躁起来。如果说今天我是因为要看完那场闹剧兴之所至来到了这个叫潭巴的地方，那么现在，我的兴致已经随着闹剧的收场消失殆尽。现在我只想甩掉这个鼻涕一样黏着我的男人。此际我认为唯一有乐趣可言的事情就是去看看这个叫潭巴的地方好不好玩。既然来了，总不能白来一趟。

我跑了起来。我希望借助速度甩掉一件让我反感的事情从而进入另一件也许有意思的事。我的奔逃对棱鼻男人无疑是一种推动，他跟着奔跑起来。抓强盗！他竟歇斯底里地大喊不止。

简直是混账！我看到街边无数充满疑窦的目光向我射来。我刹住步，火蹿上来，比太阳还猛烈。我猛地转身。棱鼻男人在惯性的作用下“乒”地撞到我身上，像面包撞上一堵墙。我一动不动，瞪他。再无理取闹我就不客气了！

棱鼻男人大骇。他显然是个审时度势的人，我的形象从憨直转向凶狠，这令他疑惧。他无措地立在潭巴街路上。

我打眼向四周望去。潭巴显然是个很小的地方，也大概因为是大热天，街路上行人稀少，偶有车子快速飞过去，带出莫可名状的静寂。这就是寥落。我最不喜欢寥落了。我觉得这个陌生的地方没劲透了。我神经兮兮地到这地方来做什么？

我瞥了眼身旁这个人。他在窥视我，眼里溢出悲哀。他的话里开始现出犹豫。是你撞了我的芒果吧？你要赔我的。

他可真滑稽。我打量他。这个无趣的盛夏，我心念一动，生出一个念头：逗他一逗——现在，我要拿这个男人身上的猥琐开一个无伤大雅的玩笑。

我转身，向来时的方向走。

你不是喜欢钱吗？我头也不回地对身后的人说，瞧你在车上那个熊样——我刚才注意到了，那是一辆来回开的车，来！和你打个赌，待会儿我们还坐那辆车回去——你敢不敢不买票？我赌你不敢。如果你敢，我给你一百块钱。

我料定这个男人是没胆跟我打这个赌。

棱鼻男人脸上的肉拧了两下。我的提议显然出乎他的意料。但对一个从来不舍得买一个芒果给自己吃的人来说，这无疑是个巨大的诱惑。他的目光放出电，却又迅速消遁不见，只留狡黠在空中跳动。

一百块钱？一百块钱让我去冒险，太少了吧？

这回答在我听来就是一个猥琐者的托词了。在必要的时候奚落一个人会很有意思。那么两百块，我说，两百块怎样？

他低头。

三百——哈！四百？

他狡黠地瞪着我的嘴，像看着一个越长越大的金元宝。四百谁去卖命？他嘟囔。

我大笑。五百！五百干不干？

他眼里有火花喷薄而出，连嘴唇都抖动不止。干！五百！干！你说话可得算数。

轮到我讶异了。现在我觉得这个男人身上其实有股强大的暗流，如果引力足够强，这暗流就会被牵引出来。算数算数！我突然发现，这其实是个有意思的交易。现在轮到我感受到一种诱惑了。我很想看看，在一个预设的前提下会发生什么。我被这个诱惑吸引，呼吸不匀。肯定算数嘛，就怕你不敢。

他“哼”了一声。那可说不准。这样，你先写个条，押在我这儿。

我说，你信我就是了嘛。

他想了一下说，那好吧。

我们在潭巴的马路边等了约莫一个小时，过了几辆中巴车后，那辆中巴车过来了。待乘客全部下车，中巴掉了头。我看见那个模样基本不妖娆的女人又开始玩杂技般撑在车门上揽客。

四

正午火一样折腾着路面，路面上泛着薄薄的光晕，让人片刻不想在其上久留。棱鼻男人在女人惊奇的目光中率先溜进中巴。女人“咦”了一声。她显然对棱鼻男人的勇敢回头心存疑窦，只好毫无来由地笑起来。那笑使她有了点妩媚。女人对着球脸司机的背影说，哎！看谁上来了。球脸司机对身后这个不速之客的到来了如指掌。他天生幽默，讽刺起反光镜里的棱鼻男人。坐上瘾了啦？

我当然不会和棱鼻男人坐到一起。我仍坐到车尾，而棱鼻男人则一声不吭地在前面找了个单座坐了下去。他的背影像个巨大的悬念。

那两人却不再理会棱鼻男人，就好像先前不曾发生过什么，棱鼻男人不过是个偶然的乘客。

这一次中巴收获颇丰，不消几分钟，就坐满了人，仿佛人们都对外面的毒日头避之不及，而这辆中巴是唯一的避暑地。球脸司机扭开了王菲。中巴车哼着美妙的旋律奔跑起来。有生之年狭路相逢终不能幸免……

女人开始收费。等她来到棱鼻男人跟前，情况出现了。

八块钱。女人懒洋洋地说。她却未曾得到应有的回应。棱鼻男人把头扭向窗外，对她的要求无动于衷。哎！你聋了，女人没好气地推了他一把。交钱！八块！棱鼻男人自有他的一套，他坚定地抿嘴，紧闭双眼。女人急了，对那个随着音乐摇着脑袋的背影叫了起来。哎！这儿有个人想赖票。

车应着女人的话停了下来。这之后，驾驶座上的那个人越过油箱，悠然钻进过道。球脸司机首先让手接近棱鼻男人，他弯下身体，左手舒展地搭在后者肩上。买票！这两个字是突然爆出的。然后所有人都看到那个精瘦的逃票者被司机一把拎了起来。不买！棱鼻男人开腔了。不买不买就是不买！他一个劲儿地说着，近乎喊。我根本就不想去什么鬼潭巴，是你们把我带到那儿去的，现在我要你们把我带回去，还买什么票？他坚持着他的那一套，振振有词，在我听来这的确是个道理。球脸司机腾起右手，冲棱鼻男人的胸膛“轰”地一拳。接着这个壮汉把棱鼻男人再度拎起。这个可怜的异乡人，被拎成了一种极度危险的姿势，他被迫变成了一只鸟，迎着窗口，几乎要飞起来。

车内发出一阵惊呼。

棱鼻男人嘶叫了。他用一种让人难以置信的力量迅速使自己获得一个无坚不摧的站立姿势。他嘴里发出大大的“哇”，像战斗之前的警报。这声警报过后，他手中惊心动魄地出现了一把刀子。刀来自他的鞋。一把水果刀，但如果打开，就能摇身变成匕首。车内的惊呼声再度响起。我大惊。现在我知道棱鼻男人先前从车上摔倒的原因了。脚底藏刀，也只有这样的人干得出来。可刚才来的时候他为什么没用这刀呢？难道是，挂在他想象中的五张钞票产生了如此巨大的推动作用？我目瞪前方。这刀子是个危险的信号。形势却急转直下。球脸司机笑了起来，面部肌肉不自然地抖着。不买就不买嘛！吓鬼啊？他逃也似的，回到驾驶室。车重新跑了起来。

这真是有意思的事情，五百块钱竟可以使一个一贯猥琐的男人做出如此勇敢之举。我向前望去，撞到棱鼻男人的目光。棱鼻男人眼里有自喜，他仿佛是在向我宣布，你输了吧。此外他的眼里还夹着激动、骄傲与惶惑。他回过脸，将目光固定在刀上。他一定惊异于这把刀的威力。在他并不丰饶的生活史上，这肯定是一次新鲜体验。棱鼻男人的眼神直勾勾的，他紧握匕首，定坐在座上。一分钟后，他的目光有些怪了，仿佛他对灵魂有了重大发现。他青着脸，站了起来。这次他走近那个靠在车门上的女人。他晃了一下，站好。那站姿前所未有的好。

还我八块钱。棱鼻男人不够熟练地抬了抬刀子。

还……钱？女人尽量让自己镇定。

嗯哪！棱鼻男人的声音已经很是有条不紊了。我并没有要到潭巴去，那我上午为什么要买票呢？把钱还我。

棱鼻男人称得上是个审时度势的数学家，他善于把形势利用到对他有益的极致。他已经占领了先机，有能力去索取失去的所有东西，干吗不干？

女人媚笑起来。大哥！把这吓人的东西放下喽！八块钱，我还你就是呀。

女人的媚笑使她看起来有了那么点妖娆。棱鼻男人不自在地从女人手中接过八块钱，将匕首折成水果刀。王菲的声音在车内流出一股幽暗的韵味。有生之年狭路相逢，终不能幸免，手心忽然长出纠缠的曲线……他抬眼看了看女人，站姿越发好了，好得根本不像他自己。

他慢条斯理地将水果刀变回匕首，似乎正受到某种奇特力量的驱使。他飞快地将匕首抵在了女人的咽喉上。女人“啊”了一嗓。我叫你欺负人！棱鼻男人说，你们为什么要把我带到我不想去的地方？还打我——啊？以为我是好惹的吗？啊？他的声音失真了。混蛋！他的情绪越来越高涨。女人惊恐万状。

车内传来阵阵骚动。这满满一车先前始终处于看热闹的兴奋之中的人，这次统统被这个男人惊住了。没人跳出来制止。

棱鼻男人挥舞了一下刀子，向着车内。不要吵！他喊。现在这个男人心内的无畏像一只不受控制的怪兽一样，这使他的舞刀动作圆熟老辣。球脸司机想停住车，棱鼻男人却英勇地跳过去制止了他。王菲的声音消失了，车内只剩下车行驶的沙沙声。车内的人脸上和那个女人一样布满惊恐。满车的惊恐使棱鼻男人得意。他赤红着脸上下打量那个南国女人。他的目光从女人的脸一直向下搜索，脖子、胸脯、腹、腿，最后回落到女人的胸脯上。仔细看看这还真是个别具南国风情的女人。棱鼻男人皱巴巴的脸上涌起一层笑。这种笑在他一生中一定第一次出现，这使他看起来已经完全不是他自己。他竟然试探着拧了一下女人的脸。

棱鼻男人猛地听到一声断喝。在他向女人低头的瞬间，我已跃至他身侧。这个原本猥琐的男人竟变得如此可怕，真让我激动万分，又让我觉得无聊透顶。事件的发展出人意料，正朝向不可知的危险境地逐步迈进，如果最后真出了大乱，我脱不开干系，至少我无法心安理得。我要制止他。也许他会被我劝下的。现在我钳住他握刀的手，压低嗓门，冲他耳语。停下来，我给你一千。

不！棱鼻男人冲我挥了挥刀。这个一直视钱如命的人在高涨的情绪下竟然摆出了一副视钱如粪的傲然姿态——他完全失去控制了。他失常，真的失常了，就这样失常了。他双目充血，神经质地瞪着我，那眼神空洞而古怪。

那女人出其不意地一矮身，灵巧一蹿，又猛回身，抬脚向棱鼻男人踢去。棱鼻男人四脚朝天，倒在座上。救命——女人大叫。一条接一条的手臂刹那间堵塞了中巴车狭小的空间。棱鼻男人精瘦的身体很快被众人淹没。几个女人挥舞着铁拳尖叫：流氓！下三烂！恶棍！混账！送公安局。

棱鼻男人在肉池声海中含混不清地哭喊：放……丢你老……放开我！

我立在轰然涌成一团的人堆之外，呆若木鸡。

（原载《文学界》2007 年第 7 期）

代理公务员的除夕夜

一

这是只幼兔。马前举白菜的手都冻僵了，它还在不紧不慢地啃。可能它看出了马前的不耐烦，偏要为难他。畜类都是有灵性的，在不被宠爱的时候，容易变得倨傲无礼。

外面响了几声爆竹，提醒马前这是个不寻常的傍晚。马前的目光越过堆满杂物的屋子向窗外眺望，近处一棵白杨树上有个老鸹窝，两只乌鸦端坐在窝里想着什么，翅膀一提一扑，震得那窝直颤，沾在窝边的雪粒不停往下掉。马前回头，看到兔子停下咀嚼，爬到纸箱的一角撒起了尿。他嘴里呵斥着，用手里被啃得一团糟的白菜帮子抽它。兔子老实了，但开始拒绝进食，就算马前换了一片比先前嫩的菜叶，它也不再理会。

“记得夜里把兔子搬到你的房间里去。”公务员小秦的话又蹿到了马前的脑袋里。小秦临走前给马前吩咐了一大通事，吩咐的重点是这只兔子。小秦说那话的语气是命令式的，马前真不爱听，当时特别想反驳他一句，“搬我屋里去？人畜能同居吗？亏你说得出口。”算起来小秦已经探家有五天了，这五天来，马前从未让兔子享受过这等过分的礼遇。

马前又向窗外看了眼。传来一阵比先前紧密的爆竹声，两只乌鸦中的一只惊恐地冲出窝，另一只追撵着蹿向黄昏的天空。枝丫上大块的雪都被它们震落下去。马前扔了白菜站起来，看到了远处营房里提前亮起来的几盏灯火。马前联想到跟他同年入伍的小秦此刻正在家里与父母有说有笑，而他却在这个杂物室里充当小秦暂时的替补，想想也该懊恼。

兔子在纸箱里不安分地爬来爬去，箱里的稻草经它一踩，过期排泄物的气味漫了一屋，臊得马前想咳。马前蹲下身，一手捏住鼻子，另一手从地上抓了两把新鲜的稻草扔到兔子周围，给兔子围了个窝，关了纸箱盖，顺手提了坏的凳腿压在上面，检查了一下透气孔，离去。

二

如果不是为了上补习班，马前才不会当这份苦差。马前来当兵的一个重要原因是想考军校，考军校必须上补习班，而他的工作岗位是通信六分队的机房，分队里同年兵太多，能否争取到上补习班的名额是个未知数，机关就不同了，首长眼皮一抬就可以看得见你，一个小小的补习班名额还不是首长嘴里的一根鸿毛？这就是五天前马前欣然答应在这个春节期间代理几天公务员的原因。

马前踩着积雪向六分队方向走。经过机关宿舍楼时，他看到几只麻雀在雪地上啄着什么。又一阵鞭炮声，麻雀们扑地向楼顶飞去，齐刷刷站在楼尖上俯视马前。马前站了会儿，远远看见六分队楼前一群兵在打打闹闹，两个兵举着点燃的鞭炮往人堆里扔，马前不想扎到人堆里去，就转身进了机关宿舍楼。

小秦的房间在一楼，是个单间，这就是机关兵与基层兵的悬疏之处。马前掏出小秦留给他的钥匙开了门，映入眼帘的首先是一幅字。小秦曾经在多种场合向大家宣扬，他屋里有一幅吴部长亲笔写的字，是小秦在吴部长一次醉酒后央求他写的，小秦到县城找装潢公司裱上，再找俱乐部的老乡做了镜框装好，挂在墙上。小秦是个会来事的家伙，这种拍马屁的方法实在高明。

马前走进去。屋里东西真多，与简洁的分队宿舍相比，小秦的屋子像个杂货铺。马前的目光扫过洗漱架、热水瓶、桌子、沙发椅、电炉、衣橱、电视机、君子兰花盆、纸盒箱、电话机、笔筒、相框、台历，最后落在桌中央用圆珠笔压着的一张发票上。发票背朝上，吴部长漂亮的签名异常亮眼。小秦是吴部长的公务员。

马前把发票翻过来，这张面值几十元的发票耀武扬威地向他证实了小秦拥有用公款买日常生活用品的特权，看来小秦的那些吹嘘并非空穴来风。马前心里酸溜溜的，一屁股坐到小秦的床上。

小秦的床很软，底下至少垫了五个垫子，与马前他们那些只有一个垫子的床完全不是一个舒适级别。外面的鞭炮声响成了一片，夹杂着战士们快意的大叫。马前望着窗外，天基本黑了，但地上的雪光涂亮了夜空，使这个夜晚更具寒意。马前把手插进屁股与床褥之间焐着，决定今晚住在这里。

其实小秦跟他说过那话，“你可以住在我屋里！”马前觉得小秦的语气倒好像在向他施舍什么似的，所以小秦走后马前坚决不涉足小秦的屋子一步。

但今天是什么日子呢？这种日子不适度享受一下，也太跟自己过意不去了。当兵一年多了，他还没睡过单间，他一直想有个属于自己的私人空间，有时都快想疯了。

马前和衣在床上躺下，不一会儿，关于这个除夕夜的享受方案构思完毕。他跳起来，现在，他要一步一步地走向他的除夕夜。

三

吴部长今晚绝不会来的。吴部长家在县城这个部队的家属院，大年三十的，又轮不到他值班，过来干什么？马前提了小秦屋里的两只热水瓶出来，向三楼吴部长的房间爬去。他要把吴部长屋里的四只热水瓶一齐提出来，这样他今晚就可以打六瓶水，洗个痛快澡就没什么问题了。

明知道吴部长不在屋里，马前还是把耳朵贴在门上听了听动静，心大跳起来。他就这点不好，对首长总是抱有巨大的敬畏感，不像小秦，跟多大的首长都敢嬉皮笑脸，还经常装模作样地去拍首长背上不存在的灰尘。

吴部长屋子的窗帘紧紧拉着，马前进门没走两步就胆怯地停住，仿佛吴部长正坐在床上瞪着他。他惶然扫视了一眼屋子，抱起门边的热水瓶就往外走。

从机关宿舍楼到开水房之间要经过他原先工作的六分队，正是晚餐时间，六分队前大家正在夜色中站队集合。风割手得很，马前吃力地提着六只热水瓶向队列方向走，他们正在“向右看齐”，等马前走到队列正前，带队的三排长正好喊“向前——看”，几十双眼睛齐齐对准他。马前局促起来，脚步慌乱。三排长突然喊了个口令：“立——定。”他知道三排长在开玩笑，他的脚还是条件反射迟疑了一下，队列里哄笑起来。马前红了脸，踉跄着，回身冲他们笑，心里却气得不得了。

马前知道大家都喜欢跟他开玩笑，因为大家一致认为他老实厚道。倒不是欺负他，是喜欢他还说不定。但马前就特别不能忍受他们逗他。不知从什么时候起，马前一听到别人说他老实就烦，他倒是希望自己在大家眼里像小秦一样油滑，他这样老实的众人交口称赞的兵通常只能窝在分队里当一个技术兵，但小秦这样油滑的经常引起大家争议的兵却能去机关，似乎大家心里存在这样的逻辑：油滑的兵同样也是灵活的，而他这样老实巴交的兵就不可能灵活，成为机关兵的首要条件是机灵。他认为大家错了，机灵有什么做不到的呢？他想做就能做到。这几日的代理公务员工作也向大家证明了这个事实，他不是把首长伺候得很好吗？

马前来到水房，队列紧跟着从他后面跟了上来。三排长在两个“一二一”之间冲他喊话，“马前，打水快点啊，会餐呢。快点去饭堂！”马前中气十足地应道，“好，我马上去！”他是故意把声音闹这么大的，从前大家都说他细声细气。

他不会去会餐的，尽管除夕晚上的这顿饭会很丰盛。他吃了一年多的公共食堂，老盼望着有一天独自猫到哪间屋里慢吞吞地吃上一顿饭，今天他得让这个愿望实现，这就是他在这个除夕夜计划的另一桩大事。

四

马前先要把窗帘拉起来，这样才能使这个屋子更私密。远近传来歌声，是各个饭堂门口的“饭前一支歌”，这样隆重的会餐前，唱支歌闹腾闹腾，很有必要。歌声激起马前的食欲，他拉好窗帘，跑至电视机旁边的墙角，那儿有两只纸盒箱，小秦跟他说过，箱子里有些吃物，是机关办年货时小秦从后勤采购物品的助理那儿揩的油，小秦走前留话让马前把它们吃了。马前搜出一包康师傅鲜虾方便面、两根火腿肠、两个卤蛋、一袋凤爪，又从洗漱架下把那只大瓷碗取出来，用水冲过，搁到电炉上，倒进半碗开水，撕了方便面扔进水里。煮面的空当，他上床做了些俯卧撑、仰卧起坐、倒立、鲤鱼打挺，做至中途发觉电炉没插电，便下来插上。大概那顿倒腾把他搞累了，再回到床上时，瞌睡就上来了。

传来一阵疯狂的鞭炮声。一定是会完餐了，到了自由活动时间。马前“咯噔”醒了，一眼望见被熏黑的瓷碗，赤红的电炉丝瞪着他嚣叫。马前惊慌失措，上前拨了插头。鼻子里一股焦煳味，暖气加上电炉，使空气又躁又热，马前坐在床头望着碗里干结的面坨懊恼不已。再懒得煮面了，看来今晚只能随便吃点干货了。马前打开电视，从纸箱里挖出瓶啤酒，就着火腿肠、卤蛋和凤爪吃了起来。

这顿饭一直吃到春节晚会开始。马前早想好了，春节晚会一开演他就开始洗澡，他要坐在澡盆里过一回电视瘾。当兵一年多来，他从来没机会单独洗澡，今天这么做是为了补偿。外面传来“嗷嗷”叫，马前想象各分队仅有的一台电视机前人满为患的情形，心中自得。他将准备好的两桶凉水和六瓶热水搁在盆边，调好一盆水，而后迫不及待地脱掉衣服跳进盆里。朱军和董卿他们笑逐颜开说起了主持词，温热的水自上而下淌过，马前激动得忘乎所以。

最惊艳的《千手观音》开始的时候，马前晕乎乎地停止沐浴。这个澡他洗了整整两个多小时。马前在辉煌悠远的音乐声中拭干自己，穿上久未尝试的一身行头：三枪保暖内衣、牛仔裤、高领毛衣、羽绒服、格子围巾，还把当兵前常戴的那串藏银项链，挂到了脖子上。现在他觉得自己精神得不得了。像他这么精神的小伙子没能当真正的公务员，大家的眼力真出问题了，他不着边际地想。屋里一股水汽，马前过去将窗子开了小半扇。一大串雪粒子猛地扑进他衣领里。什么时候又下雪了？地上的雪还没化完呢。马前脖子一哆嗦，突然想到好几个小时没给兔子喂食了。“忘什么都不能忘兔子”，这是小秦走前反复给他的提示。马前关了窗子，跑出去。

五

兔子躺倒在箱角，头抵进稻草里，四肢僵直着，浑身没一处不抖。马前大惊失色地抓住它，脑袋一下子空了。怎么这么硬？手里的兔子跟拿着菜市场上一块普通的肉没什么区别。但显然它还没死。怎么回事？马前仓皇四顾，外面半明半暗，雪一把接一把地撞向窗户，窗户下边是阴沉沉的暖气片。这暖气片早就坏了，由于这屋不住人，也没人把它修好，马前先前没当回事，他想当然地认为，兔子是野地里生的，不会像人这么怕冷，再说就是怕冷能把它搁哪去？还真让它和自己住在一起？

传来一阵爆笑，一定是赵本山或者黄宏的小品开始了。马前这边却害怕得想哭。兔子在抽筋。马前不假思索地把它塞进了羽绒服里，隔着毛衣，马前能感觉到兔子的心脏还在跳。

“为什么要伺候好这只兔子？因为这只兔子是吴部长的朋友从江西带给吴部长的，吴部长就喜欢小动物。”马前回忆着小秦的这些话，心想这回闯了大祸了，要是死了兔子不定吴部长该怎么收拾他。兔子还在抽搐，抽得更厉害了，并没有像马前希望的那样软起来。怎么办？马前急得把兔子提到嘴前，嘴对嘴给它吹气，人工呼吸怎么能对一只被冻得奄奄一息的兔子起作用呢？马前慌不择路，一手将内衣下摆从皮带里扯了出来，另一只手一把将兔子贴肉塞进自己胸口。僵冷的兔身冷得马前冒虚汗，马前不会把它拿出来的，这是救活兔子的唯一办法。兔身非但没软起来，僵得越来越厉害了，还淅淅沥沥地拉起了尿，兔尿从马前的胸口直流向他的肚脐。他跪着，由它们在他身上爬着。他脑子里已经不存在任何别的念头了，只想这兔子活下来。

“你不是想上补习班吗？考验你的时候到了，你要是抓不住这次机会，以后可别怪我没帮你。”小秦在窗外厉声说着。小秦当时跟他说这些时，马前明知道这小子讲话滑头，明摆着是自己要休假想找个人帮他的忙，弄到最后变成了他在首长面前推荐马前，是马前受了他的恩。马前现在后悔不迭，暗想他真不该当这个代理公务员，他自己根本不是当公务员的料。兔子不抖了，马前急急把它抽出来，立即魔怔在那里。死了。

马前看着这个死物，兔子的眼睛望着地，像在控诉着他的失职，马前大咳数声，粘着一身冰碴似的，呆跪在那里。“我不是当公务员的料。”马前自卑到无以复加，但比自卑更严重的绝望撕咬着他。养死了首长的兔子，别说上补习班了，不被整治就不错了。雪从黑处撞向窗户，马前找不到出路。

六

马前跑出来的时候，脑袋里已经没了除夕夜的概念。如果有这个概念，他就不该跑出去。除夕夜店铺门该关的都关了，上哪去买兔子？马前现在的脑子乱成一团，根本不能想清楚什么事，他只知道如果不去县城看一看，他是连一点希望都没有。大年初一，也就是明天，吴部长值班。不出意外的话，吴部长八点前会到部队，马前得在八点前买一只兔子回来。新兔子怎么都不可能和原来的兔子长成一个样，但马前侥幸地想，有个活的替代品总比一只死兔子强。

马前没敢从门岗走，他爬围墙。高过两米的围墙和稠密的雪帘降低了他的视力，跳下后马前摔了个四脚朝天。围墙旁的道上有个军官模样的人携着一个女人的手往营区走，马前本能地一个滚爬，卧在一丛枯草后，待那一对走远，迅速跃进至路中央。现在马前要做一次史无前例的越野跑了，从这个处于山凹的营区到县城将近十公里，如果路况正常，这个距离并不太让马前为难，但今晚的超低气温和积雪使路面又硬又滑，这段路就很漫长了。传来铺天盖地的鞭炮声，一定到了零时，新的一年来了。马前快速到路边拔了茅草把脚捆了捆，调整好呼吸，狂奔起来。

马前不愧是通信中队的越野标兵，尽管这场奔跑充满困难，他还是把它拿下了。约一个钟头后，马前站在通往县城的三岔路口。

直到此时他才开始真正思考到买回一只兔子的难度。上哪去找兔子呢？雪是越来越大。马前大声咳嗽着，寻找可以给他指明方向的人。天太冷，何况夜深了，即便这样的不眠夜，路上也鲜有行人。马前继续跑，很快站到人民医院前的街心广场。那里有些人，多数是成双成对的情侣。马前跑到其中的一对前，问那个把脸缩进领子里的女孩知不知道卖兔子的地方在哪儿，女孩和身边的男孩面面相觑，双双歉意地摇头。马前又向前面一对年纪大的那儿跑去，这回有了点门道，女的想了想，热心地给马前说了一个农贸市场的位置，让马前到那里碰碰运气。

马前运气不错，那中年妇女所说的禽肉铺竟然亮着灯。透过不锈钢门缝，马前听到里面的笑声。马前敲门，高喊："喂！开下门行吗?"一个穿着皮褛的男人开的门，屋里一桌子吃饺子的人都噤声往门口看。"我是来买兔子的，请问这里有兔子卖吗?"对于自己打搅了这一家的年夜饭，马前心里深表歉意。"你是来买兔子的?"穿皮褛的男人说，"今天没有啊，我们这平时卖的兔子都是农民送过来的，这两天过年，农民不打兔子了，我这儿也没卖的。"马前拼命摇头。"我不是买吃的兔子，我是买那种兔子。"桌子偏左那个挺漂亮的女人立即说："你是要买宠物兔吧，咱这平常卖的都是肉兔，不卖那玩意儿，你要买这得到集上去买。大过年的，这两天集子也不会开，买不到的。"马前眼前一黑，要倒下。只听桌子正中的老太太说："看这青年都冻紫了，青年你进来一块儿吃点饺子热热身吧，大冷天的在外面跑啥？你看冻得跟茄子似的。"马前使劲笑笑，逃离禽肉铺，盲目走路。哪儿有兔子卖呢？他踽踽走在火树银花的人行道上，望着斑驳的路面发愣。

马前只好绝望。接下来的一个小时，他逢人便问卖兔子的所在，听到的回答无一不让他寒心。后来马前不知道该继续走还是该怎么办，他无助地蹲到路边，直到此时才感到冷，肺里充填着一袋沙似的难受。马前把外衣收紧，过多的绝望变成了对自己的厌弃，他想他怎么就这么笨呢？还真让大家说中了，像他这样的人机灵不起来的。发生这桩事后，补习班免谈不说，往后他还会成为大家嘴里的笑柄。

七

马前是走着回来的。走得太磨蹭，回到营区天都有些明了。八点钟吴部长到，那么在这之前马前得做好一个公务员该做的工作。昨晚把水全用了，开水房七点钟才开门，现在打不着水。马前点上电炉，净了只不锈钢饭盆，一盆一盆地煮水，直煮到两热水瓶满。

马前拎了水上了吴部长的屋，将水搁在门后，仓皇退出。远处传来一只乌鸦睡梦中的叫声，马前站在吴部长宿舍外，虚虚实实的走廊使他心惊肉跳。吴部长会怎么对他呢？他不可能向吴部长隐瞒兔子的事情。吴部长的脸开始浮动在虚光里，这是一张大脸，坑坑洼洼的，不开口就能把马前吓半死。给他当了五天公务员，都没敢跟他说过几句话。马前飞快地从三楼跑下来，打开小秦的房间，把门反锁了，扯掉外衣，钻进被窝蒙头就睡。

马前是被吴部长的大嗓门吵醒的。在这之前，睡梦中的马前至少被吴部长扇过两个耳光，踹过五脚，用枪指着脑门把他脑袋打了十几个窟窿；小秦也进来修理他，小秦不动手，只是端着架子坐在椅子上，手指间剪着根烟，二郎腿跷着，不停拿眼睛瞟他，嘴上阴阳怪气地说些“蠢蛋”“二百五”之类的话。

吴部长竟然就在门外唤他。“公务员！在不在？在不在小马？”马前绷着身子醒在床上，不知该不该应声。吴部长“哐哐”敲门了。“小马，在不在里面？”顿了一下，低下声，“咋回事？又不在连队里，跑哪去了？”马前想，坏了，吴部长肯定把电话打到连队了，是不是他先去杂物室看兔子了，前几天里有一天他一来就要马前给他看兔子。马前头晕乎乎的，喉腔里面硌硌的，真想咳，但他拼命忍住，大气不敢喘一声。只听吴部长的脚步远去了。马前松了口气，听了一会儿动静，飞下床，把门开了条缝。他要先侦察一下再思量怎么面对吴部长。有个东西滚到他脚面，马前低头，看到一个白色方便袋，里面叠着两个饭盒。马前纳闷，捡起来，关了门，打开。是两盒吃物，一盒装着几片年糕和一些丸子，另一盒里是几只海虾、一只螃蟹、几块炸鱼和半只鸽子。这是马前万万没料到的。马前把饭盒列在面前，呆了。

马前没吃吴部长捎的东西，但这一兜吃物彻底剿灭了马前心里的恐惧。马前快速抹了把脸，跑上吴部长的房间。什么也甭去想了，请罪去吧，他愿怎么收拾他都行。吴部长的门关着，马前敲门，喊：“报告！”门开了，吴部长一脸的肥皂泡沫，他在洗漱。马前在吴部长身后站着，愧疚得很，迟疑着该不该等吴部长洗完脸再汇报兔子的事。吴部长搓着盆里的脸。“哦！小马，给你带了点吃的，看到没有？放你门边上了。先去吃吧，别在这傻站着了。”马前高喊了声“是”却拧在吴部长身后不走。吴部长擦净了脸望他。“嗯？傻站在这儿干吗？我这没事要你干。今儿大年初一，你爱玩就玩去吧，别管我了。”马前“扑通”跪倒在吴部长面前。“我把您的兔子养死了!”吴部长眼珠子都要惊得掉下。“……多大事儿啊？没关系没关系。快起来快起来！你这小脸咋整的？哪来的血印子，刮哪了吧？疼不疼?”马前站起来，说：“不疼，我给您倒点水吧。”倒了水，马前又绞着手站到吴部长身边认起了错。“我不是故意的……”吴部长说：“我知道了我知道了，我都说没关系了，别再想这事儿了。是不是想家了？我今天值班正好闷得慌，我陪你说话吧。瞧这小伙，跟个傻帽儿似的。”吴部长的“傻帽儿”绝对没任何贬损马前的意思，在现在这个语境下，吴部长这个词是一种亲昵的表示，但马前却觉得自己真的傻帽儿得不得了。我什么也不懂！什么也不会！我就是个超级大笨蛋！他们都说得对，我就是不行！为什么我就不行啊？他就在心里这么唾骂着自己。吴部长说：“会不会下象棋，咱俩下象棋玩吧。”“我不会!”马前喉咙痒，大咳着，羞愧难当。“那咱俩聊天吧!”吴部长把马前拉到他身边坐下。

或许因为刚才马前的一顿自责消除了首长与部属之间的隔阂，吴部长主动聊起了补习班的事，吴部长说：“听小秦说你想上补习班?”马前根本没料到吴部长会提这事，看来他的思路永远比首长慢半拍，马前无措地说：“嗯。”吴部长说：“好事，有志气就是好小伙，那你准备得咋样了？过了十五补习班就开了。”马前一怔，听吴部长的语气，他可以去上补习班？“我能去上补习班吗，部长?”“怎么不能？谁说你不能上?”马前脑子晕得很，他一定发烧了，昨晚冻得太厉害了。他好像没有了意识，突然喊了声：“不——”吴部长狐疑地望了他一眼：“怎么了？小马!”马前似乎没想清楚他要“不”什么，但他清醒地感觉到自己身体里有什么东西在自我抗拒着，要他做出什么惊人的事，等他的话出口，他才知道他是个多么可怕的人了。“我不想去上补习班!”“你不想上?”吴部长不解地瞪着马前。马前现在根本不能用理智去控制自己的嘴，既然他说了“不”，就要说下去。“我不想上，我从来没想过要上补习班，我当兵就是为了锻炼锻炼自己，不是为了要考军校才当的兵，我觉得现在这样挺好的。”他说得越来越快，连自己都相信这些是他的真实想法，于是他末尾的语气简直是理直气壮了。“还是去上吧!”吴部长不易觉察地拧了拧眉，但马前还是发觉了这个表情。“我真的不想去上补习班，我不想去的……”他语无伦次起来，坚定地重复着这个意思。他觉得脑子都要炸了，喉咙、脸、胸腔、腿，一切他身上的东西都控制不了，它们在烧，在下坠。吴部长开始摇头，节制地笑。“好！不上不上。”马前在吴部长这句话的尾音里长久地瞪着吴部长。“我是真的不想上的……”在晕倒之前，他从吴部长脸上的表情里窥见了他的失败，而吴部长的吼声震得他耳膜都要裂掉：“楼里有没有人？快！快来！把小马送卫生队去。”

（原载《长城》2008 年第 2 期）

美发史

一

在始祖岛，我们管太阳叫老婆。这是相对风和雨而言的。怎么说呢？你看！风就跟抽风似的，冷不丁地今天疯狂发作，明天又消停了，有时候十天半月别想觅见它的影踪，等我们快要把它忘掉，它又跑过来跟我们腻歪。这不正经的熊玩意儿最不靠谱，从来不把我们当回事，却又热爱骚扰我们，它就是个让人爱了恨、恨了爱的情妇。雨是个同样糟糕的货，它就像爱情本身，隔三岔五地往岛上闯，濡湿我们的心，叫人沉默着，心却烧灼得不行。所以只有太阳是老婆：谁都知道它早上从东边爬出来，晚上猫入西边的海面，什么时候它在哪里，我们心里始终有数。它巡逻在我们头顶，监控着大家的一举一动，又总那么热烈，沉得住气，敦厚、死皮赖脸，让人放心，偶又令我们烦躁得想揍它一顿。

有段时间我很不习惯这个不动声色的“老婆”，我固执地待在房子里，避开窗户，贴墙坐着，叫它看不到我。我只是想把自己藏起来，好使劲想想未来。未来那么多，如何使它不太空洞，这是每个人都要考虑的大事。他们都用千篇一律的话安抚我这个新兵。时间长了，就适应了，刚开始总这样。只有老贝不跟我说一句话。他对我的忧伤视而不见。像他那么老的兵，懒得理会我这种不好玩的新兵，我猜是这样。然而有时候我把眼睛的余光定在他那儿，却发现他正用揣测的目光凝视我。他的目光比太阳还要无所不在，令我无处藏身。

也许他在关注我的发型吧。作为岛上最受人推崇的“理发师”，他不可能忽视我的头。换个说法，他这种老土的“发型师”，面对我刚刚从大陆捎来的新颖的发型，难免好奇。也许他是在妒忌呢，我精心剪制的发型，对他掌握的呆板的理发技术而言，难道不是一种挑衅？他一定迫不及待地要把我这个发型毁掉，用他那套古旧的理发技术。

我想其实每个人都想消灭我的发型。理由很充分：现在我是一个兵了，不是个可以恣意妄为的老百姓，所以我务必赶紧换成一个合格的男兵发型，刚健型、稳健型、青春型、奔放型，仅此四种。它们其实只是一种：短、利索、庄严、简洁明了，与我过往对发型的热烈态度暗中对抗。无须老贝亲自出马，我的新颖发式都会被群众雪亮的眼睛干掉，只是时间早晚问题。老贝完全可以不吭声，耐心等待即可。事实正是如此，到始祖岛一个月后，我不得不在指导员的最后通牒下坐到了老贝面前。这是下午，岛上十二个人全体出动，集中在老贝的房间里，等待老贝将每个人的头整饬一新。始祖岛上有规定，两周必须理一次发。第一次全岛理发，我靠使性子蒙混过关，这第二次，我再也逃不过去了。

那个下午我像根狗尾巴草，粘在其他十一个人屁股后。我们的“老婆”越过窗户在老贝的房间地面上投下亘古不变的影子，愣、硬，让人反感。老贝在地心竖了把椅子，让我们沐浴在“老婆”的监视下。指导员说，排好队，一个一个上。他自己先坐了上去。老贝用一块湖绿色的围布扎紧他的脖子，握紧推剪，煞有介事地在他头顶倒腾起来。我坐在队列后，望着一站一坐、一动一静的老贝和指导员，觉得他们的组合机械得有点荒谬。尤其老贝，一言不发、表情凝重地盯着指导员的头和他手中的推剪，动作严谨、规范，俨然专业理发师，不和谐在于：他自己却是个近乎完全谢顶的秃子。

我认为老贝大可不必把自己那么当回事。在大陆上，他那“三板斧”的理发技术不可能有任何市场。在这里倒好，他成了人人敬奉的宝。每个理发日，我们挖空心思对他说悦耳的话，以博他一个好心情，噢！当一个人不得不把头交给老贝，只好对他谦卑。我认为这种不得已而为之的局面，是这个与世隔绝的岛造成的，这毫无疑问。那一天我看着前面的人一个个走上前去，把自己交给老贝，心里越来越不耐烦。我想起在大陆上，自己可以毫不犹豫地挑任何一个手艺高超的美发师傅的毛病，能选择任何一家中意的发型店，而现在，这一切皆成空气，我将要委身于一个发型杀手的霸权之下，这都是始祖岛造成的，我讨厌这里。时间笨头笨脑地过去了，很快就要轮到我。我珍视的发型将要牺牲在老贝的“三板斧”下，与此同时，我十九年来随心所欲的美发史将告终结，想到这里我一阵心悸。我抽搐着扭了几下身，向老贝投去怨怒的一瞥。我的动静太大，老贝停了下来，与我四目相接。事后多日，老贝告诉我，正是我这不寻常的一瞥，使他的心里一亮。这就是他的目光开始尾随我的原因。

二

老贝原先不是个秃子，就像始祖岛西北角那块被我们唤作“冷将军”的礁石在几万年前并不那么朽蚀一样。春天的一个晚上，我和老贝去灯塔合站一班岗，他给我说起了他也曾有过的茂密头发。

老贝说，我这辈子特别想做一件事：留一头长发，现在看来，这只能是白日梦了。其实我本来有机会留长头发的，波浪形、大披肩，像搞摇滚的那样。怪只怪我小的时候胆子不够大。十八岁前，我们那会儿，只有小流氓才敢把头发留那么长。我可不想让人当怪物，有贼心没贼胆，从来都是头发刚触到耳朵皮，就紧紧张张地到理发店去。但头发不一定非得那么长才好看对不对？我当兵那年，社会上流行的郭富城头，不长也不短，当时特别叫我喜欢。我留那个头型好看得很哟，每天早上起来，用梳子把头发分成三七开，打上摩丝，再用两个指头捏住一缕来，落到额头前面，那个帅劲，用现在的话讲是酷毙了，简直是万人迷。

接着就当兵了嘛。那是一九九一年冬天，我知道部队上对头发的长度有要求，上运兵车前，我抓紧时间去人武装对面的发廊把头发剪短到自己能容忍的最低限度。可还是不符合军容风纪要求。到新兵连的当晚，班长就把我扯出来，三下五除二，就把我的短版郭富城头剃成了板寸。那叫什么板寸啊？我那个班长，手艺太臭，剃头推子都拿不稳。别说理出型了，剪整齐的能力他都没有。那时候用的还是手动的推子。推子又钝，班长平均推两下就会被头发卡住推子，他一扯，几根头发连皮带肉被推子带出来，叫我的头疼了好些天。我到部队后剪的第一个头难看得我想死。我当时很恼火，拿自己撒气，破罐子破摔了，一狠心就请班长拿出剃刀，索性刮了个光头。

新兵连结束我就到始祖岛上来了，直到今天。大陆上的班长理发水平就那样，岛上就更不怎么样了。你可以想象，我多少年没留过一个像样的发型。你看过“文革”时候的纪录片没？差不多就是那个样子，阴阳头，比那稍好点吧。你猜我当兵前十年最盼望的一件事是啥？当然是有船来。船一上来我好跟着上去找个发廊理个好头啊。但首先这里离大陆几百海里，船一年难得来一两次，再有大家得轮着上去，所以跟船上去理个好头的想法基本上还是做梦。对的，两年有一次休假的机会，可刚把头发攒长点，修出个像样的发型，假期就结束了，很快回到岛上被那些不负责的推子推出个怪头型。

刚上岛的那几年，那边有一个鸟粪公司。老贝的头在黑乎乎的夜色中往岛的西南角一指。鸟粪公司长年保持三个人在，清一色的小伙子。他们不是当兵的，头发的长短用不着限制，因此他们虽然谈不上有什么发型，但头发想留多长就多长，也挺让人羡慕的。那些年我特别喜欢去和鸟粪公司的人拉呱，动不动就伸出手来摸他们的头发，搞得他们最后见我就躲得远远的，私下里我听说他们笑我有病。后来因为岛上的鸟越来越少，鸟粪公司从岛上迁走，我连过一下眼瘾和手瘾的机会都没了。

老贝从塔楼里站起来，我跟他走到外面。我们站在空旷的夜色里。老贝抬手往海浪轻声嘶鸣的远处一指，说，有一年，附近海域在搭一个钻井平台。那年不断有地方的运输船途经始祖岛海域。天气不好，比如遇上了“情妇”，他们就会到岛上来歇歇脚。那些船员都是刚从大陆过来，一水儿的时髦发型。一看到他们我难过得要死。

我总在等机会留一个合意的发型。有一次，我在夜里产生一个胡闹的念头，我想如果我得一场大病，必须去大陆住一年两年的院，那不是天天可以去发廊了？可是，老贝怪里怪气地笑了起来。他说，当兵十年后，我开始掉头发，很快就掉成了现在这个样子。

三

始祖岛上来了一个巨型“情妇”，名唤梅莎，从大陆发来的电报上称，它从印度洋上来，中心风力高达十五级。遇到这种不知趣的“情妇”，我们只好关紧房门，在屋里面面相觑。祸不单行，“爱情”也乘虚而入，没日没夜在岛上穿行，叫我们夜不能寐。这是在春末的五月，不经意我在岛上生活四个多月了。“情妇”和“爱情”并肩在岛上横行，使我们乱了方寸。不得已，我们只好没日没夜地谈心。一天夜里，老贝跟我说起了他经常站在一边窥视我的原因。他先从自己的谢顶说起。

老贝说，起先他非常失落。趁着一次休假的机会，他遍访名医，从乡村德高望重的老中医到省级医院的专家教授，回来的时候带了满满一挎包的药，可是没有用，头发逃难般一个劲儿地向空中飞散，不几年，他眼睁睁地看着自己的头顶变成了一个足球场。有一阵子，他很难过，一次次地向西北角跑去，坐在“冷将军”上，望着海面遥想前尘往事。开始他只是沮丧，由发型梦的彻底破灭联想到更多的破灭。有一天他盯着一个战友的头，顿然有所领悟。接着下来的一次休假，他自费去美发学校，学习了些剪发技术，再上岛时他捎来一只墨绿色的工具箱，内装全套的理发器械：电吹风、剃刀、圆棒、驳发器、电推剪、牙剪……他是这么想的，自己已经注定圆不了发型梦了，但以己度人的本事还有，就把心思专注在别人的头上吧，为一茬一茬前来守岛的战友们造福。

只要老贝用心，没有做不好的事。很快老贝就是个极受欢迎的小岛“理发师”了。始祖岛当然不可能设有专门的理发师，原先岛上剪头，一直沿袭互帮互助的老传统。每个人本来都有自己固定的角色：报务兵、油机兵、帆缆兵、声呐员、冲锋枪手、炮兵……没有一个人堪称合格的理发好手，这就是老贝之前人们的发型草率得令老贝难过的原因。现在好了，有了老贝，大家都可以拥有一个体面的头了，尽管由于与世隔绝的原因，老贝只能理出那么几种发型。老贝感慨道，说也奇怪，看着战友们的头一个个精干起来，他慢慢就接受自己的谢顶了。这大概就叫情感转移吧。他不知从哪里学来这个词汇。

那天夜里，老贝开始向我坦陈窥视我的原因。他说，你看吧，我第一次给你理发的那天，从你眼里发现了痛苦，也可以说是绝望。我一下子想起了我自己。那么多年来，我总为不能留一头合意的头发而伤感。反过来说，这是对头发的爱啊。只有爱自己的头发，才能爱理发。你明白我的意思吗？到年底，我就要退役了，这几个月来，我一直在物色合适的人选来接我的班。通过观察，我觉得你最合适。这岛上，应该一直有一个剪发高手。

老贝要退役，这是众所周知的事。这个岛上没有四期士官的编制，老贝现在是三期最后一年，由不得他不退。我没料到他把心思用到了我身上。老贝说他看到我就想到了从前的自己，我看到他还总想到我自己呢，想到那些拥有许多破灭的未来。我怎么可能去接老贝的班呢？一想到那些必将出现的破灭，我就想快快离开这个岛。照我对自己的了解，一完成两年的服役义务，我将毫不犹豫离开始祖岛。

我听着外面的风声，保持沉默，让老贝洞悉我的抗拒。我要他趁早死了这条心。老贝却在自说自话。他说，十一个人里，只有你最合适了。你爱惜自己的头发，比谁都爱。不像李福建，胡乱在他头上剪几下，他都乐呵呵的。他最不在意好看不好看。你在意，难看的话你会难过、会伤感、会联想到很多。只有特别爱惜自己头发的人，才有培养价值。更何况，在这个岛上，你年纪最小，兵龄最短，由你来接我的班，在这里的时间最长。

我不作声，但老贝还是看出了我的抗拒。几天后的一个早上，我们从菜地上回来，走到临海的一块小丘边，他叫我与他背对着坐了下来。天空辽远，老贝折了根灯芯草，衔在唇间。他说，想想你自己吧。在这个世上活着，最重要的是能以己度人。设想一下，你有了一手理发的好技术，岛上每一个人对自己的头都可以少一点失落，这是多么值得一做的事不是？这岛上不见得必须要有一个理发高手，就像人不是必须要理个好头一样，但有了还是和没有不一样。你想想是不是这样？

四

不足两平方公里的始祖岛上有许多怪异的名字——老婆、情妇、爱情，还有那块容易让人想到冷兵器时代的礁石冷将军。营房后有一棵硕大的抗风桐，当之无愧是岛上的树王，人们亲切地叫它肌肉仔；东部海滩甚为平整，与树林相接处是长长的一片野菊花带，那种繁花似锦的景状让人想到遥远的盛唐，于是它们就统称为唐朝；那只经常落在营房门口地上的红嘴鲣鸟叫美毛张，海上偶尔出现的海豚、鱼、海龟，都有各自的绰号……我不知道这些名字诞生于何时，它们让我产生一种莫可名状的情绪。有一次，我和老贝说到了这件事，老贝说，我给你说说老虫吧。

老虫是比老贝还早的一个老士官，据说长得比一般女人都要漂亮。他在岛上当了二十一年的兵，离开时三十九岁。老虫最大的特点是爱说女人。但始祖岛从来与女人无关，于是他给能看到的东西都编上性意味明显的绰号。岛上的怪名字多数出自他口。老虫最喜欢大言不惭地宣称，如果不是因为始祖岛，他可以一天换一个女人。有意思的是，直到离开始祖岛，他都没碰过一个女人。人们的解释是，他要求高，上岛的机会不多，越成天琢磨女人的人可能对女人要求越高，这样他把有限的几次找女人的机会都错过了。在当兵的第十六个年头，老虫悄悄对自己的某个战友说，他那玩意儿不能使了。他的女人梦就像一只虫子，在岁月中彻底风干，及至风化了。

老虫的故事令我透不过气。我抬头看天，对那个被唤作“老婆”的东西产生极大的惧意。不仅对它，眼前的一切，都令我毛骨悚然。我眼前发黑，看到空气中充满轻盈的气泡，轻声地爆裂着。我猛地回头，看到老贝期待的眼神。老贝说，你愿意吗？

他是多么顽固，还在不依不饶地游说我接他的班。这个时刻，他的问询无异于火上浇油。我站起来，步履沉重地走开，一个星期没和他说一句话。

我想我是自私、卑微的。我没有力气去考虑别人，只能想到自己的未来，任谁怎么说都没有用。老贝没放过我。一个星期后，我们去树林里巡逻，老贝邀我坐到草地上，递给我一支烟。他稍做让步了。这样吧，我们不谈以后，你先跟我学着，把理发的本事学好点。就算你只想尽两年义务拍拍屁股回去，时间总还长着，你现在才第一年呢。先跟我学，这总可以吧？我不说话。老贝一脚把我踹翻在草地上。这个都不可以？那么我告诉你，这是命令。

夏日七月之后，我不得不成了老贝的跟班。每个理发日，老贝必定伸出他的巨手，将我拎到他的房间里。他说，你站着，认真看，别给我玩小心眼。我知道你在想什么，我们都是这么过来的。来！这个头你理。这次可以理得很臭，但下一次、再一次，你的手还那么臭的话，看我怎么收拾你。

我拿起老贝的电动推剪，手抖得厉害。我听到底下的头在向我发出警告。哥们，你那手悠着点，你不是在耕田，是理发，我这可是头。老贝笑了，屁股拖着椅子坐到我边上。我把手里的头往外摆了摆，好使它对着我们的“老婆”。在这个时候，“老婆”是可亲的，它的明媚使人与人之间产生信任，别的许多时候，它让我们感受到的，也许仅仅是灼热。我稳住手腕，让电动推子斜成一个角度。推齿切割头发的声音蓦地传来，一些发屑向炫目的空中奔散。我闻到一阵新鲜的气味，它们使我精神大增。老贝说，很好闻，是不是？所以，你喜欢理发，我看得没错。好好干，你会越来越棒的。那种气味令我欲罢不能，我热切地盯着手里的头，心里竟然充满兴奋。有一阵子，我停下来，转头扫视周围的十一个人。我看到的是一片敬重、期待和夸赞的目光。来了一个“情妇”，扭动着跑进来，在屋中央停住，一溜烟又跑出去了。我的脸在烧。那个理发日，所有的头都由我主理，当然最后也都得由老贝重新修整一遍。寂静的始祖岛突然喧闹了。

在九月来临的时候，老贝警示我说，加把油，再过三个月，我就要走了，到时岛上的头就完全交给你了。我本能地抗拒着，但无力跟他辩驳。我们去小岛东部“唐朝”的下面游泳。海那么静，如此广大。面对着眼前的这片海，我常感到时间是静止的，没有过往和未来，一切都被省减、虚化。老贝说，你仔细听，听到了什么？是不是在这里，连自己的心跳都能听得见？我慢慢在沙滩上躺下。老贝也从水里站起来，走到我身边，与我并排躺下。我别过头去，看到这个谢顶的中年男人却满身毛发，像穿着件毛背心。这个“老背”，以他一身的不和谐，和谐了始祖岛。我不能想象成为他这样的人。直到那日，我仍然不能想象。十二月老贝离开了始祖岛。他把那只墨绿色的工具箱偷偷塞到了我的床下。老贝离岛后的那夜，我半夜爬起来，打开工具箱。望着那些充满双手气味的器械，我一阵惊悸。

五

过了冬天就是另一个春天了，我忽然变成了一个老兵。我的理发技术越来越好。有一只看不见的手在主使着我，每一个理发日我拿起推剪站在某个安静的头之上，我热爱胡思乱想的脑袋突然一个急刹车，停在眼前。房间静止，空气充沛。我的眼里只剩下那些头。

我屏住呼吸，小心移动手中的推剪。实践出真功夫啊，当春天变成夏天，我已经是一个老练的理发好手了。在先前的很多时候，他们都会提到老贝，怀念他那双沉静的手。有人说，在那些时候，当老贝的手抚过他的头，他会变得特别放松。现在，他们也这样对我说了。你的手真暖和。他们说，有了你，我们会忘记老贝的。说着闭上眼睛，在剪刀与头发的交合中忘记一切。

我得好好想些事情了，不仅仅是自己的未来，还有更多与我有关的未来。冬天快来的时候，我终于等到了一次探家的机会。站在大陆上，感觉天旋地转。闭上眼睛，深吸气，再睁开眼睛，我看到世界又静止了。我认识了一个女孩，给她讲始祖岛上的老贝、我们的老婆、情妇、爱情、美毛张、肌肉王、唐朝、冷将军，所有远方的时光。我向她细致描绘老贝那只墨绿色的工具箱。女孩瞪大眼睛，说这一切让她感到神奇。因为这些神奇，她容许我把脸埋进她浓密的发丛。我钻在她的发丛里，用她的发帘蒙住眼睛。一种馨香令我沉醉，我用力地将她搂住，仿佛搂住一个象征。北方的冷空气在我们身边徘徊。我说，我可能要哭了，会弄脏你的头发，你不介意吧？她温顺地静立在那里，想协助我完成一个仪式。我却只是说说而已。那是个很好的下午，我后来将脸抬起来，向她微笑。

两年的义务兵役期就要结束了，我该离开呢，还是继续。休假期快要结束的一天，我站到一幢大楼前，望着飘动在楼腰间的美发培训班的横幅走神。我最终没有像老贝曾经做过的那样，走进那幢楼。回到始祖岛，他们都奔出来，对我说，你怎么才回来？我们的头发都长成什么样了，你看看。我把老贝的工具箱拿出来，对着空中哈了一口气。抖开围布，拉开凳子，我说，来吧！现在开始给你们理。一个头移到我的手下，那么郑重地停止在那里。我抖动指头，活动沉寂多日的剪刀。我看到，剪刀的棱面上，投射着春夏秋冬的倒影。

（原载《山花》2008 年第 7 期）

潮　伤

一

一次远眺打开了忧虑的阀门。李吉说，他看到了一片森林。

我看到的，却是一座城池。一座扭动的城池。扭到酣时，它变成了一片昂首阔步的山峦。再过一会儿，它不是没有可能变成李吉所说的森林。可不管我们看到了什么，那终归是些想象物而已。我们都清楚，真正流淌在我们眼前的，无非是漫天的云霞；换个矫情的说法：那不过是光与影的一场盛大联欢。

我们并排站在瞭望台上。这是天气晴好的黄昏，天空中热闹非凡。在海上，我们的视线多数时候是被冷落的，这样受宠的时候并不常有。李吉有些激动，他不断告诉我那些晚霞又把他的想象带到了何处。我尽可能佯装欣喜附和他。后来李吉的声音颤抖起来。军医！你猜我刚才差点儿干什么？

我狐疑地转过头去，看到他脸上被某种未知之事惊吓住的表情。那表情使他看起来特别短路。嗯！我说的就是短路。如果你和我一样总是生活在海上，便会知道这个词的严重性。这么说好了，知道痴呆是怎么回事吗？短路当然和痴呆性质不同，但有一点是共通的，都是脑袋和身体其他器官的合作出现了问题。短路之所以不是痴呆，只是因为：它是一种短暂的思维停顿。

李吉果然短路了，他自己承认的。他惊恐地说，军医，我刚才短路了一会儿。然后……我的天！我差点掉下去。真的，我感觉得到——我的腿是想往前迈过去的。

我大吃一惊，不由自主地随了李吉的话低头往下看。我们站着的位置，是瞭望台的边沿。瞭望台少说离下面的礁盘也有三十米，掉下去不摔成肉饼才怪。我把头重新抬起来，看到天空中的云霞依旧在悄悄涌动，此刻它们在我眼里是那么的诡谲和蛊惑人心。我觉得李吉的话太值得警惕了。短路本身不严重，严重的是短路突然到来时人的不由自主。毫无疑问，就在刚才，李吉那条没主见的腿，忽然垂涎起天空的繁盛，下意识地要往前迈过去，而当时他的脑袋与腿之间的联系已暂时中断，使他不能立刻意识到向前迈出一步的危害，于是事故差一点发生。

这真是太吓人了。我下意识地抓住李吉的手臂，把他往后拉了一步。我的职责需要我在这个时候保持镇定，最重要的是，它还决定了我必须将这种镇定施加到别人那里。我拍拍李吉的肩，装模作样地笑了。

我说，真是杞人忧天。就算你短路成了一个白痴，也不会往下跳的。为什么这么说呢？很简单，人的身体有条件反射，危急关头，自然反应会把你拉回到安全地带。你怎么可能掉下去呢？永远没有这个可能。别再自己吓唬自己了。

李吉向远处的海面匆促地望了一眼，说，哦。想了想，又点点头。你说得有道理。但他又皱起眉头，看向我。可万一，我是说万一……我真的要掉下去，那该怎么办？

没有这个万一。

李吉不语了。看得出来，他的结并没有被我解开。我只好去逗他。我说，万一你真往下掉，我找钱班长的老婆垫在底下，迎接你。哈！放心吧，果真那样了，我一定会及时在旁边拉住你的。

二

李吉总在忧虑着一些事情。我们都嘲笑他说，新兵事多，可像你这么爱想七想八的新兵百年不遇。李吉有些羞愧但也很坦然地直视着我们的眼睛笑了。我们看着他笑毕蓦然蹙起来的眉头，不免有些心虚。李吉的忧虑其实是我们每个人心里都有的忧虑，只不过我们都不是新兵，不便于像李吉那样当着别人的面，坦承自己的忧虑。说到底，我们都没有放肆的福分。

李吉又开始担心了。这一次和短路无关，相反是他的脑子太活跃。有一天早上，他一脸惨白地跑到我的床前。军医，你猜我昨天夜里站岗的时候看到什么了？他大声问我。

我说，难道你看到了钱班长的老婆？

李吉说，你还有心思跟我开玩笑。我昨天晚上都哭了。

你哭什么？是钱班长的老婆长得太丑？

李吉煞白的脸变成了青色，他跺了两下脚。你看连你都神经了，那我不就更完蛋了？

完什么蛋?

神经病啊!我会得神经病。

我没心思逗他了,觉得这个新兵蛋子真让人烦躁。我把他从我的屋子里轰了出去。但几分钟后,我又主动去找他了。谁叫我是军医呢,在别人需要释疑解惑的时候,我必须恭恭敬敬地坐过去。现在李吉再次得逞了,他在我面前侃侃而谈,详尽描述昨晚所思所想。

他说,昨晚天太黑了,没有月亮,一颗星星都看不见。我一个人站在瞭望台上,听着海浪一会儿急一会儿慢的声音,就特别害怕。我不是胆子小,夜黑成这样,谁站在那么高的地方,都会害怕的。

我完全能够想象李吉所说的恐惧。即便在皓月当空的夜晚,一个人站在瞭望台上,也是件不自在的事。瞭望台不算太高,但我们都深知,在这辽远、广阔的大海中,它是唯一矗立着的物什。因为这种共识,夜晚出现在眼前的一切:星月间的云团、海面上的一团雾气、礁盘上突然跃出水面的一条鱼,都能把我们的想象引入可怕的魔域。有一次因为前来换岗的人脚步太轻,我没立刻发觉他的到来,就这样等他突然出现在我面前,我眼前当即闪过一道白光,人就要晕倒。李吉的感觉是我们共同经历过的,但我们从来不会觉得那会导致精神病。

李吉说,昨天夜里我认真琢磨了一晚上。你看前面礁盘上那块突出来的礁石,白天看不觉得什么是吧?夜里就不是了。以前夜里站岗,我从来不敢往那里看。昨天我下定决心要用眼睛好好地跟它斗一斗。我先是觉得它像一个人,后来又觉得是一头羊——反正它一会儿像这个一会儿像那个的。后来你猜怎么着?真可怕!我走神了。一走神我就觉得它越来越大,还会动,迎着我的脸扑过来了。

有声音的，嘶嘶的，像传说中的阴尸在排兵布阵。军医，我要告诉你啊，那个时候，我感觉脑子跟平时不一样了。怎么说呢，好像塞进了一张弓，满满地撑在脑袋里，脑袋吧就突然大了一轮，空荡荡的。再来后，我的眼睛竟然能看到自己的脑袋了，雪亮雪亮的，像一间大大的空房子。这个时候，我汗毛全竖起来了，然后我就听到我在“呜噜噜”地哭，嘴巴里说出一句自己都没意识到的话。

你说什么了？

我瞪着晴空下寂朗的海空，早已因李吉的讲述毛骨悚然。我的想象力被他带到遥不可及的、渺茫的所在。

李吉的声音在我耳边“嗡嗡”作响。他说，我听到自己的嘴说出一句怪话。我的嘴在说，回家！什么时候回家？

他确实在说一件比较疯狂的事，但我还是应该去劝他别往歪处想。我打起精神，尽可能使声音有力度。我说，你的话很正常啊，我们这里谁不在成天想着早点回家啊。我没觉得你的话有什么毛病。

李吉急了。你不明白我想说什么吗？我的话本身当然没有毛病。问题是，我脑子里当时没想要说这样的话。你现在明白我的意思了吗？

我比你自己还明白着呢。我说，你想得太多了。精神病是那么容易得的吗？人是什么？是铁，是钢，是世界上最牛的动物。有时候你觉得自己会这样会那样，可你不会。你就是不会，就有那么神奇。瞧你都想了些什么。

李吉一扭身走开了。在他看来，我的脑子比他还要短路。他说他再不会跟我说心里话了，因为我缺乏理解一个人的能力。他还丢给我一句狠话。等我真得了神经病！他说，到时候看你该怎么办？

我觉得他这句狠话比较滑稽。好像他担忧会患上的精神病倒与他无关了，成了我的事似的。难道他想以此警告我，要随时注意有没有尽到一个军医的责任？这个新兵太逗。

三

我倒是希望李吉再也不要跟我说他那些莫须有的忧虑，这会证明他变成了一个成熟的海上士兵，尽管一个人不再选择把心里的纷扰说出来，并不见得是好事。李吉却没有信守诺言，或者说，他没能把住自己的嘴。他又神秘兮兮地向我靠了过来。这回我们两个人靠在礁楼下抽烟。李吉用一只手的拇指和食指捏住烟的过滤嘴，另一只手同样的拇指和食指向烟的身体凑过来，准确而热烈地抚住烟，又缓慢地顺着烟身撸了下去。那只手从烟身上跌落下去的当儿，他喉咙里发出“咕咚”一声闷响。这声响，使他刚才那一系列的动作变得惊心动魄。我的直觉告诉我，这个十八岁的小仔子，把那根烟当成了女人。

我受到了感染，满心迷乱，也有点难过。李吉把烟叼在嘴里，脱掉迷彩裤向水里走去。那天他走得很远。我靠在礁楼的底基上，看到阳光下的李吉红得像被火烤过似的。这当然是经我的想象加工过的李吉的形象。事实上他只是焦躁得太过明显。后来李吉手里捉了条八爪鱼踉踉跄跄地回来了。被他俘获的那条鱼反守为攻，将长长的触爪牢牢盘在他手臂上。我喝令李吉把它扔了，他却咬牙坚持着，死死抠住八爪鱼的头。几分钟后他张开五指放开八爪鱼的脑袋，我看到他右前臂上一粒粒的八爪鱼的咬痕，像烙在僧人头顶的戒疤。

李吉龇着牙长长呼出一口气。他说，给鱼咬一咬，就舒服多了。接下来，他开始向我倾诉新近的一种担忧。

军医，我会不会得那种病？男人的那种病。

你指的是什么？我问他。

非要我说那么明吗？你知道的，就是那种病……我害怕以后会不行。

我有点想笑。李吉这一次的担忧太逗人了。一个十八岁的男孩就开始担心以后会不行，这无论如何都是出人意料的。我想了想，任由自己笑出声来。李吉举起手，去遮捂自己的脸。他的脸轰隆隆地红着。我真的很担心这个事。他忧心忡忡地、郑重地、求助地望着我。你能帮我想想办法吗？军医。

想什么办法？钱班长的老婆又不在这里。我笑得要命，无法控制地拿那个不存在的女人取笑李吉。我们都不知道钱班长是谁，钱班长的老婆是谁我们更无从知道。这个女人之所以长期出现在我们的嘴里，那是种意外。她可以姓钱，也可以姓李，甚至可以是钱主任李处长钱科长赵老师的老婆，她只是个代指、一份约定俗成的笑料。我望着李吉，揣测着能和他把眼下的玩笑开到何种程度，迅速发觉他已经恼怒于心了，我只好正了正神色，又开始了我的装模作样。我小声说，我以一个军医的名义向你担保，你绝对不会不行的。

李吉还是满脸愁容。他说，我昨天看到书上在说那些事，那里面说到用进废退。他的脸又红了，但还是坚持着把疑虑说完。照那样的说法，我们总是待在这里，连女人的声音都听不到，不就很快废了吗？我很担心的呀。他的脸色越来越凝重，真是人小事多。他喃喃地说，我可是独生子。要真那样了，我爸妈会哭死的。

我不得不张大嘴痛痛快快地笑了一次，这样的谈话离相声已经不远了。滑稽在于，李吉的庄重表情与他所述之事的俏皮味，是那样的不搭调。我往前跑了两步，去水里捡了一只七角螺，回到原处在手里把玩。我决定好好地逗一逗他，以缓解终日郁积在心头的烦躁。我诱导李吉谈一谈他的感情史。他一五一十地说了，最终专注地说起了家乡的女友。我被他拉上礁楼，坐到他的床上。他从褥子底下抽出几封信，挑重要的段落念给我听。那是他女友给他写的情书，肉麻得令我汗颜。

那天的后来，李吉自己想到了一个办法，他说，最好是请他的女友多多配合他，去验证一下那个说法是否准确，这个事宜早不宜迟。说到这里他咬着手指头，邪气地一笑。他是在自嘲。他知道，我们都知道，早不早、迟不迟，那都不是他能够说了算的。

四

我犹豫着该不该去和礁长好好谈一谈李吉。在礁楼这样的狭小天地里，一个人身上的问题就是整个队伍的问题。李吉可以忧虑，但不可以忧虑得这么大张旗鼓。他整天将他的忧虑喷溅到我们周围，是桩危险的事。忧虑会传染的。据说有一年某批守礁组的状况特别不好，今天这个兵寻衅滋事，明天那个兵嚷嚷着不想干。一调查才发现，当时那批人里有个人老用录音机放一首悲伤的歌，弄得所有人都郁闷不堪。我有责任将礁上的氛围往良性上引导，我应该去跟礁长谈谈我对李吉的看法。

在每周例行的干部行政会议上，我偷偷将礁长拉到一边，简单说了说我对李吉的态度。礁长沉思了许久问我，如果让李吉住嘴，他的问题就解决了吗？像他这样没有守礁经验的新兵，一旦被强行关住了宣泄的闸门，能保证他不决堤？

他说得倒也在理。看来使李吉缄口不言的药方是不存在的，我们只能任由李吉信口雌黄。所能做的，最多是号召大家漠视李吉的幼稚。我也懒得去操李吉的心了，我自己的头正越来越涨——大概因为那里面死掉的脑细胞日渐增多，它们浮肿的尸体早已将我的脑壳挤得水泄不通。我都快被涨死了。如果不是职责需要，我才没有心思去理会李吉的破烂忧虑。现在李吉的那些忧虑依然活跃在他的嘴上，随着守礁时间的推移，忧虑们显然升级了，它们中的某一些还发生了惊人的转换。有一天早上，我从床上爬起来，惊愕地发现李吉变成了一个蛹。

他站在礁楼与海空间的门洞前，身后是浓烈得理不出头绪的阳光。长袖迷彩服穿得比以往更为严整，袖口的扣子将腕部紧紧箍住，却隐隐露出了里面的白色护腕。衣领子被他竖了起来，围住脖子。在袖子和裤管中间，是紧窄的两副护肘和护膝。最引人注目的是他的头。他没戴帽子——毕竟帽子只能遮住他的头顶。不知他从哪里找来的一幅白布，被缠成了一只新型的帽子。现在呈现在我们眼前的，是他仿佛刚推下火线的包扎过的伤员的头。他就以这样一幅怪样子，出现在这个早晨，令人不可思议。我说，李吉，你这是干什么？干吗要把自己包成这样？你不怕热吗？

李吉说，哪有人不怕热的。但是热有什么？汗流出来了，用毛巾擦擦就没了。关节炎、风湿病就不同。一旦它们跑到你身体里去，你能那么容易把它擦掉吗？

他拖着被武装过的又笨又怪的身体向我靠过来，把头支在我面前。他眼里弥漫着的，是那些我早已熟悉的忧虑。只听他在唏嘘。军医，这两天我有那种感觉了。我的肘、手腕、膝盖，全部都有那种感觉了。不是都在说吗？在这样的地方待久了会得严重的关节炎、风湿病。我想，只要我保护得好，就可以逃过这一劫，不是吗？

我匆匆打量他的新形象，觉得他这个样子非常难看。我忽然有些难过。我在自己的头发上扯了一把，摇着头，厉声地毫无意义地提醒李吉。但是——你不热吗？

李吉举手抚了抚裹住他的“帽子”，慢慢蹲了下来。接着严重的事情发生了。我看到他的肩膀一抽一抽的，越抽越快，到后来他把头埋进双膝之间。哭泣的声音终于自下而上地传到了我的耳朵里。他哽咽着，上一句和下一句间隔时间很长。我担心，我总在担心，担心这个，担心那个。他说，我怕摔到海里去喂鱼，怕得神经病，怕阳痿，怕老是不吃蔬菜最后牙齿全部掉光，怕长出满脸的汗斑，回去后女朋友不要我……我担心的事情那么多。但我没办法不去想那些事呀。军医，我们都是千挑万选过来守礁的，我怎么可以像个小孩子那样，每天心里都有那么多的担心呢？……可是，我不是胆小鬼！我真的不是。往后，会有人说我是胆小鬼吗？我真担心，等我回去的时候，被人指脊梁骨骂：胆小鬼胆小鬼。我该怎么办？军医，你们不要笑话我好吗？

我是那么容易被感染。李吉哭着的时候，我发现自己难过得心如刀绞。可我绝不能像李吉那样哭哭啼啼。我要做的只能是赶紧把李吉从悲伤中解放出来，以防他误入另一种比忧虑更危险的沼泽。我凝神听了听外面的动静，感觉海浪的声音从未像今日这样：如此之大、那么尖锐。我用手拍打自己的脑袋，喝令它开动起来。李吉在我身边坐住了，他的肩膀仍在抽动。我说，李吉，你看着我眼睛，看着，对！就这样看着。我告诉你，这个世界上没人有资格骂你是胆小鬼。你又不是神仙，干吗不能有那些担心？你是好样儿的，我们都是好样儿的。谁他妈的敢站着说话不腰疼，我就揍他个鼻青脸肿，让他闭嘴。李吉，我们都不会笑话你的，来！站起来！振作起来，我们一起做一百个俯卧撑。

李吉抹了两把眼泪，两手在地上撑住。我们轰轰烈烈地做了两组俯卧撑，其间他气喘吁吁地说，我总做噩梦……一个又一个的梦……我在梦里跑，大喊大叫……你做过噩梦吗？军医。

我一个翻滚，停止了运动，一屁股坐在地上，两手捂住脑袋，大幅度地冲李吉点头。我近乎喊似的说，做做做！我整夜整夜都在做。谁不做噩梦谁就不是人。不是吗？是人哪有不做噩梦的道理。

我很高兴李吉给了我这样一个机会，可以让我利用一些不得已而为之的随声附和，喊出我憋了很久的话。如果不是李吉突然给我机会去冠冕堂皇地放肆，难保我什么时候不会憋死。李吉也坐起来，伸出一条胳膊用力地和我拥抱了一下。他终因发现自己不是在孤军作战，长舒了一口气。

五

我脑袋的涨痛感越来越强烈，现在这个圆不隆咚的肉球变得很重很重。太阳永远那么的大，海面依旧平静。作为一个军医，我明知道自己的脑袋什么毛病都没有，却总有一种冲动：欲拿出手术刀，将脑袋割开一条口子，释放出一些东西来，令它轻松轻松。李吉和别的战士再来请我释疑解惑的时候，我发现我装模作样的水平越来越差。不得已，我紧咬牙关，尽可能把嘴闭住，只使用表情与他们周旋，这减小了装蒜的难度。李吉说，军医，你的样子变得好丑——该不会，我也……变丑了吧？我知道李吉的意思，他是说我现在的表情太过别扭。对我来说，这是没有办法的事。

李吉在另一个天气晴好的黄昏请我陪他到瞭望台上去一趟。他说他想看看这么长时间过去了，他有没有适应守礁生活。他固执地说，他必须学会像我们一样镇定自若、沉默寡言，否则终有一天他会成为别人的笑柄。既然他一定要那么去想，我也没办法阻止他。

我们站到了黄昏的瞭望台上，眺望喧哗、躁动的天空。李吉说，军医，你数一二三，我们的试验就开始。但是一定要记住保护我啊。待会儿我会看得很投入的，就什么都忘掉了。你一看到我的腿有动的趋势，就要赶紧拉住我，知道吗？要不然我就摔下去死掉了。

黄昏的天幕太热闹了。我眼睛盯着前方，只听自己的嘴对李吉说，你放心吧！我一直在你边上站着。李吉说，那我可真的开始了。我觉察到自己的目光正被一朵条状的云影吸引过去。它看起来那么长，几乎绵延了几十海里。又那么柔软、易碎，总在扭动着，像要挣脱体内的桎梏。突然，它临腰扯断了自己。于顷刻间，它的一段，向西北方向游弋而去，另一段则像个醉鬼一样，晃着向海面坠去。我的视线落在它们先前分裂的位置。现在，更多似是而非的云块浮动在我的眼里，它们或浓或淡，或大或小，或规则或怪异。我看到森林了，也看到了城池、坟地、超市、人群、成千上万条鱼、钱班长的老婆和她的众多女伴、远古时期的军队、我过往生活中某张熟悉的脸。我感觉到自己的脑袋正飘起来，像天上那些云一样轻逸而恬静。许久之后，一个声音突然喝断了我的思绪。

你在干什么？军医！

我感觉有只手把我往后扯了一把。接着李吉愕然的神情定格在我的眼前。李吉说，军医，知道吗？你刚才差点掉下去。

我想也没想就竭力否认。这怎么可能？你的幻觉吧。

李吉沉默了一下说，幸亏我没有开始。我本来想开始了，但看你听我说话心不在焉的样子，没敢开始。我就在边上观察你呢。他的声音有一丝恐慌，又有一丝难以觉察的喜悦。军医，难道你也……

我低下头去。这是无比尴尬的时刻。我知道此际任我怎样抵赖，都已无济于事，且苍白无力。现在，我无疑是这个世界上最不可信赖的医生了，因为我的病人发现我体内蛰伏着与他同样的病症。我们只是同病相怜的脆弱的肉体凡胎。

我撇下李吉，踽踽走下瞭望台。李吉亦步亦趋，紧随而来。我坐到了礁石上，仍在因自己先前的失败懊恼。李吉在海浪声中蹑手蹑脚跟过来，坐在我一边，向我微笑。我们都不说话。天慢慢黑下去了，喧哗在昙花一现之后，被黑夜蛮横地吞没。在这样的夜晚，我百感交集。李吉还是像以往那样喋喋不休，所不同的是，这个一直被我们维护的新兵，语气变得硬朗。那种新鲜的语气，很快把我刺穿了。浪始终在我们的上下左右叫嚣着。我感觉自己像一枚果肉，“啪”的一声，跳出了坚硬的果壳。

（原载《芒种》2009 年第 3 期）

默　诵

一

外婆在老去，竹笋却不分昼夜地刺破地表，将她从梦中惊醒。它们就在她的床下，一直都在。我听得见竹笋的声音。外婆说，和下雨声不同，像几个人躲在柜子里嗑瓜子，很吵。这不是外婆的幻想，竹笋挣脱黑暗破土而出的瞬间，是有声音的，我听见过。但接下来就是外婆的幻想了。地菩萨在替阎王爷捎话，说我活得太久了！外婆撩开被角从床上坐起来，很奇怪她是平静的。不忌讳谈论死的老人，是真正的老人。

我趴下来，将头探进床下，清点竹笋的数目。我要把外婆床下的竹笋全部铲除，这是今晨母亲交给我的任务。母亲说，它们长得太快了，很快就会变成一片竹林。床下的竹林？我被这种想象迷住了。

有八棵竹笋。从不被阳光和雨露临幸，它们仍然是翠嫩的。我看到最大的一棵早已变形：为了适应床与地面有限的高度，它镇定地弯下腰，蛇行在那里，腰以上的部分紧贴着床板，头已经钻进了板缝。我把手伸进去，够到了不高不矮的那一棵。它比我想象得要坚挺。我拽了四五下，它依旧顽强地攫在地上。

我早该请人把房子后面的竹林连根伐掉，这样它们就不会长到我床底下来了。外婆责怪着自己，给我递过铁锹。我将铁锹对准一棵竹笋割去，忽地心里一颤。当然不会有血流出来，但我却在想象中看到血花四溅的景象。我觉察到，两个月后的现在，我连铲除一棵竹笋都会心生畏惧。

后来，我是说，那个下午铲完竹笋后的大部分时间里，我都躺在外婆的床上做噩梦。这些梦之后始终困扰着我。我担心它们会一直绵延下去，贯穿我的一生。那是些疯狂的梦，疯狂极了，很吵。

二

我坐在镇卫生院的方凳上向医生倾诉那些噩梦。医生微笑地看着我，像看着失散多年的儿子。也许小镇的上午太冷清了，没几个人会来这里看病，他很难得地把倾听当成了享受。我觉得他不该只是微笑。他要是能适时皱一皱眉头，会让我觉得他在与问诊者感同身受。难道不是吗？夜里，我看到竹笋在我的血管里发芽，以奔跑的速度生长，顶穿我的皮肤，呼啸着向阳光游去，瞬间变成一根竹子。成千上万的竹笋同时从我的血管里启程，最终我变成竹林深处的一个核、一个营养源，母亲再看不到我，小镇再看不到我，阳光再看不到我，我在竹根们贪婪的吸收下，“咯吱吱”地被分解和离散，以无数微粒的形式零落在竹林深处。那是一片飞速膨大的竹林，房屋、桥梁、马路、天空、人，纷纷被它撞倒之后覆盖。世界变成了一大片竹林，我在它的内层，被压迫得喘不过气。我提醒医生帮我推想这梦境背后藏匿的玄机。我说，是不是我血液里有什么病毒？这会不会是病毒在身体里复制的征兆？人看不到身体内部正在发生的事，但感应得到，是身体在向我的意识呼救吗？

医生终于瞪大了眼睛。我想起来了。他说，你跟你父亲小时候长得一样。去年冬天我给你做过体检，然后你就去当兵了。嘿！我和你父亲是初中同学。我说，请你帮我分析一下，我是不是得了绝症？医生说，镇上去年走了四个年轻人，一个去了东北，一个去了山东，一个出去没半个月就给调到了上海，我就是不知道你去了哪里。难道是四川？你去的是四川对不对？他终于对我产生了兴趣，目光熠熠生辉。听说死的人比我们知道的还要多，你去前线了吗？告诉我到底死了多少人。我说，我就是那个去了山东的年轻人，你快点给我一个答案吧，我真的得了不治之症吗？对了！我给狗咬过一次。当时没来得及打狂犬病疫苗，难道狂犬病病毒在我身上发作了？医生急切地把头向我支棱过来。我懂了！你的部队在山东，但是地震发生后你去了四川。我知道的，解放军这次倾力出动，几万大军一个猛子扎进了震区。我来想想：一条狗被你从废墟里抱了出来，它却把你误当成死神，咬了你一口。当时，你在一个很偏僻的村子里，找不到医疗队，或者，我再想想，对！时间紧急，你要赶往另一个救援点——后来嘛，你淡忘了这件事，因为目睹太多的死亡，你疏于关心自己，于是直到现在你都没有注射过狂犬病疫苗，是这样的吧？我愕然地望着他，觉得他是个神。他沾沾自喜地笑了。那些天电视里全是这事，没有我们想象不到的。我喃喃地说，就算你说得都对，那么我现在该怎么办？他呼地站起来，像电视上那段时间里人们常见的那样：一个领导握住一只刚刚还抬着担架的手——你受苦了，孩子！他说。我看到一滴泪毫无过渡地就从他眼眶里掉了下来，落向桌面上的处方笺。纸面上迅速有一坨水渍扩散开来，像朵陡然开放的竹花。我心惊肉跳地瞪着那纸，却见他还在用目光中的同情继续那些在我听来全无必要的抒情。我却只想知道我现在到底怎么了。我真的会得狂犬病吗？他警醒似的松开了我的手，用力在我脸上掐了一把。傻孩子！看你吓的，我来告诉你，你肯定不会得狂犬病。就算没有及时打疫苗，但只要在没发狂犬病之前打上，就不会得那病。我给你多开几剂疫苗，八针行吧？把它们打够了，就绝对没事。我仍然疑虑重重。要不你给我抽血化验一下吧。他再次掐我的脸。狂犬病病毒靠血样是化验不出来的，我用二十六年的医龄向你保证，你只要按我说的补打疫苗，就百分之百没事。我还是不甘心，万一我还染上别的病了呢？他开始不耐烦了，这使他变得像一个特别正常的医生。你要还有什么病，去年体检能过关吗？

三

棍子一只脚搭在地上，上半身不安分地在压在山地车扶手上，呼喝我快点出发。他尖刻地说，你还是这么磨蹭，难道在军队这口大熔炉里锤炼了几个月后，你这块软泥坯仍然硬不起来吗？我说，你不也一样，还是那么个嘻嘻哈哈的鬼样子。我听说和我同时入伍的棍子也去了前线，只可惜前线太过广大，我们没能上演一次他乡遇故人的滥戏。真奇怪他竟然比入伍前更狂放了。我们按约定的计划骑行到水泥厂外面后，他跳下车把裤子褪到膝弯，颇具表演性地对着水泥厂方向的高空狠狠地撒了一泡尿。水泥厂寥落的院区里有三个戴着安全帽的人正举头望着原料库，研究着什么。他们仿佛听到了尿滋向空中的声音，不约而同地向这边转过头来。棍子说了声×你妈，提起裤子就开始拿烟抽。

我们坐在与水泥厂紧临的马路边，望着前方那四幢高高耸立的原料库闲扯。棍子说，我救了三十五个人，你呢？我关心的是细枝末叶，反问他诸如突然挖到一只手、余震来临之际仍在废墟下面忙碌着的感受。棍子拒绝向我描述，他认为说那些简直无聊到了极点。我顽强地重复我的问题。棍子烦躁地站起身，向水泥厂大门走去。我跟上去。棍子停下来，指着原料库中央那幢同样高大的异形转窑对我说，我们不是从小就想爬上去看看吗？现在水泥厂垮了，再也没有工人来阻拦我们了。今天我们比赛爬高怎么样？我抬起头，眺望前方，一阵惊恐在心里电行而去。我像已经爬上去了似的，头晕目眩了一刹那。棍子已经跑进院落，身后落下一连串鄙夷的笑。

转窑的异形柱近看更为变形，我专注地扬着头，望着它向天扭去的样子，脑海中关于竹林的噩梦复苏了。这使得我莫可名状地被深深刺痛。棍子靠在窑底，目光里满是挑衅。我闭上眼睛，感受着思绪的凝固，慢慢就觉得血液里有虫子开始爬动。虫子们很吵，使我的血液沸腾。我睁开眼，竟在朗朗晴空下看到了竹林飞速繁衍的虚幻场景，它们像隐在肉眼范围之外的多维画面，诱使我内心失控。棍子已经爬了一人高，回头嘲笑我。不远处戴安全帽的人发出了惊呼。我腾地向上爬去，忘我地攀登，很快超过了棍子。我们一鼓作气爬了十几米高。棍子在我的脚下认输了。他喘着粗气吼叫着说，算了，我们就坐在这儿聊天吧。我将存留了十几年从无机会抖搂的挖苦一股脑儿地泄向棍子。棍子讪笑不迭，根本找不到申辩的词。

我坐在高空，下意识地向棍子细致描述困扰我的那些噩梦。我说，即便我知道医生的话是正确的，却仍无法控制噩梦。现在，不仅仅是噩梦了，夜里我很少能够睡着。失眠让恐惧钻了空子。就这样，恐惧占据了我的生活。你知道吗？我瞪大眼对棍子说，并不全是那两个月里目睹的死人们的样子使我恐惧，更主要的是死人们给我带来某种提醒，那更使我恐惧。我听到死去之人向我发出这样的提示：你也会死的！你也会死。我会死！这是事实，可我以前从来都可以忽略它的存在，现在我不能了，不能了，完全不能了。

我听到窑下的脚步声，戴安全帽的人已经聚集到下面，怒声呼喝我们下来。棍子说，我们下去吧，别玩了。我感觉身体从未有过的轻灵，不自觉地摸索着柱子，向上攀爬不止。竹林茂盛，我看到自己化身为它们的养料，一种失重感令我迷醉。窑下的人越聚越多，仿佛留守在镇上不曾出去讨生活的镇民们全跑过来了。我俯身凝望棍子惊骇无语的样子，攀爬的欲望更甚。救护车在马路上出现了，拐了个弯进了院门。我看到人们在地上铺设气垫。我跳了下去。

我并不想自杀，绝不想。一开始就不想，爬上后也没想，永远都不会想。实际上当我爬到足够高的时候，便开始不知所措。我必须往下跳，这是我顺利回到地面的最快方式。可人们却惊恐万状地盯着我，他们说，这三个月前废弃的破厂早该炸掉了。你看！今天终于有人爬上去寻死了，还两个！戴安全帽的一个人鬼吼着说，我们今天就是来实地考察的。要不了一个礼拜，镇上会响起一阵巨大的爆炸声，这破厂便会从世界上消失，永远消失。

四

五金店里两个女人坐在一条椅子上头对头地闲聊，母亲经过那儿时，头往外的那个女人高声岔开话题示意头往里的女人停止说话。母亲佯装什么也没感觉到，向她们笑笑走了。身后传来她们重拾旧话题的兴奋的嗓音，母亲怒不可遏，疾步穿过马路到庙里去了一趟。

从庙里回来后母亲向我详述她偶遇两个女人的经过。她说，这不是第一次了，自打我从水泥厂的转窑上掉下来的那个下午开始，镇上的男女老少迅速把我当成了议论的焦点。母亲不能忍受眼下铺天盖地针对我的那些可能的羞辱之词。但她不怪我，既然我是她的儿子，我的喜怒哀乐对她来说才是最该关注的。母亲在供台上跪拜了一分钟，净手上了一炷香，拉我坐到如来佛像下。她说，你现在怎么变成这样了？告诉我，你到底怎么了？

我将那些噩梦和后来的失眠第一次向她和盘托出。我说，最关键的问题是，如今我已经喜欢上了失眠后思维极度活跃的状态，一到夜里，我几乎是怀着激动和向往，主动将思绪集中到一个入口，开始思索生与死的命题，最终以恐惧的到来结束这场思索。我对母亲说，我没法让自己不去想。并不是我愿意失眠，愿意沉沦于那些不该沉沦的问题，是我没有办法。

母亲想起什么似的，站起来跑到供台上，拿了一本翻得边角起毛的书，回坐到我身边。她说，我教你一个办法。我以前也失眠，现在好了。你看！就是这个，经书。我只要一失眠，就赶紧背经文，根本不用等到把它背完，我就会睡着。很有效的。你先把它背会，睡不着的时候闭着眼慢慢背它，我保证你马上睡过去。

我扔掉了那本书，像对待一个刺猬。我说，我怎么可以背这种东西。太可笑了！我从小就学会了要厌恶它。你不能用这种不靠谱的东西来蛊惑我。就算我永远睡不着，失眠至死，也不要接受它。母亲表情失落，捡起那书，捧着它，当个宝似的，诚惶诚恐地将它归位。屋外响起了知了的长鸣，很吵。母亲用手指梳理着我的头发，忧心忡忡地说，那你怎么办呢？医生救不了你，你又不让菩萨救你，这样下去怎么得了？

五

恐惧来得愈加频繁，我几乎要变成它的忠实信徒了。现在不仅仅是噩梦之后、失眠之中我要面临它，白天——我是说许多时候，我站在清朗朗的白日下，它们亦会袭击我。有一天上午，我依照母亲的吩咐去房后翻地，忽然间地里跳出一束塑料花。我盯着它，战栗不止。

那是我七岁时丢失的。我从新疆来的姨父那里得到它，一年后它莫名其妙地消失了。为此我还懊恼了几十天。现在它冲破时间的束缚出现在我眼前，还是那么妖冶，比真正的花更加美艳。所不同的是，此刻它被一条健硕的树根牢牢抓住。树根分解出粗细不等数条根须，环绕着它，扼住它，它与树根连为一体，仿佛它是从树根身体里诞生的一个彩色肿瘤。我蹲下来，用力扯开树根，拔出它，对着阳光打量它。恐惧重锤一般，击中了我。我扔掉假花，掉头跑向屋里。

母亲从蒲团上直起身，走向供台将燃着的木香插进香炉，双手合十，默诵着她日日默诵的经文，而后轻缓地睁开眼，回身看到了我。她脸上是我见惯的沉静和清明。我向她讲述那死而复生的塑料花。母亲深深凝望我，慢慢地摇摇头，从我身边走开了。风从门外吹进来，撩开供台上的那本旧书。我看到密密麻麻不易辨识的那些字，它们也不卑不亢地回盯着我。时光静立在周围。我走近去，眯起眼睛打量那旧书，揣测它促使母亲内心安宁的玄机。邪恶的塑料花顽强地矗立在我的脑海里，现在它是一张与我的命运休戚相关的最后通牒。我想，如果我再不赶紧找到一条出路的话，便死无葬身之地。我长久地站在那里，感受着内心的煎熬。

就是在这天夜里，我终于获得了一种神奇的入睡方式。半夜里，我打开灯，从包里拿出我的本子，有意识地翻看。里面记录着那两个月里我遇见过的许多人：死去的、受伤的、安然无恙的人们，还有他们简单的生平，我早已牢牢记住了这些与我发生过密切关系的人。我把书放回原处，关灯上床，回顾着那些人的名字。随着我的默诵，脑海中开始浮现出一张张人脸。脸们像帷幔上的图案，静静地浮现和隐去，渐渐将我带入某个安宁的幽深之境。就这样，我睡着了。睡得很深。竹笋的吵闹声、知了的鸣叫，所有喧嚣，都不复存在。第二日醒来，我感觉嘴角流出的口水都是甜的。我惊诧地回味着昨夜的沉睡，暗自欣喜。

六

水泥厂爆破的那天，棍子一大早就敲开了我家的门。他的兴奋异乎寻常。我说，虽然今天镇上要发生一桩大事，但也不至于把你激动成这样。棍子说，镇上都要发生大事了，你还蔫得跟毒日头下的倭瓜叶似的，你是块扶不上墙的烂泥巴。我回击他，说，你才是块泥巴，你是块没心没肺的臭狗屎。我们狂热地互相诋毁着，来到了水泥厂外的马路上。那里聚集了几百人，留守在镇上的人几乎都过来了，没有人愿意错过一场具有历史意义的大事，也许小镇生活太平淡了，人们对于亲自目击一场事件的欲望蓬勃得过了头。水泥厂院子里快步奔走着从县城来的十几名专业爆破人员，他们在货库和转窑下埋炸药，拉着电线撅着屁股往院外走。院门口肃立着全副武装的几名武警战士。有两个彪形大汉从院门里冲出来，以百米冲刺的速度向人群奔过来，挥舞着手里的电棒，驱赶围观的镇民。他们说，都走开，回自己的家去，该干吗干吗去，围在这里想给炸死吗？

人群缓慢地向后缩退了几米，但人们依旧顽固地保持守望的态势。他们把这一天当成了一场可遇不可求的全镇大聚会。有些人显然很久没见过面了，喜不自胜地握着对方的手上下打量。更多的人三五成群围成一个圆圈，向水泥厂方向顾盼着防止错失今日事件的某个细节，一边七嘴八舌地谈论那些永远不会改变的话题。他们说到镇上一个三十岁不到的人，一夜之间就变成了千万富翁，不知道他是怎么做到的——谈论者一脸的艳羡。在另一堆人群里，几个人在争论该去县城买房还是在镇上自家的宅基地建房更合时宜这个问题。一个女孩孤零零地抱臂穿行在人群中，我听到身边有个朝天鼻的男人在尖声鄙薄她。她是卖的，以前在广州，现在听说去北京了。旁边的人赶紧凑过去。你买过她？挑起话题的那人连连摆手。你作贱我？找死啊？人们哄然大笑。我突然犯了耳鸣。耳朵内部有个小锤咚咚在那里敲击着似的，令我的耳朵胀痛，进而我的头昏了起来。我抬头看天，觉得这一天和每一天没有不同，但那么恢宏的喧嚣还真是百年难遇。我看到维稳的工作人员已经增加到五名，现在他们不耐烦了，真的做出了要把电棍戳到人身上的样子。镇民们还是恋恋不舍，只作小小的退缩。院场的喇叭里在喊：再过十分钟，爆破就要开始了，请大家赶快远离，到安全区域去。人们不得不往回走，叹息着目睹爆破的不易，散落到镇子的各个角落。

棍子却坚定地站在爆破人员划定的危险区域内，赖着不走，还非得拉着我陪他。后来真正的围观者就剩下了我们两人。但我相信别的人都躲在四面八方看着这里。理所当然，电棍及它们的主人号叫着过来驱赶我们。棍子傲慢无礼地跟他们陈述可以不走的理由。被缠得发怒的工作人员挥起电棍往棍子身上捅了一下。棍子耸动着双肩咯咯地笑，像被挠了痒痒一样，但马上龇牙咧嘴地失声痛叫。我们开始向远处奔跑，一路上棍子还在嘴硬，他说，老子那么吓人的事都经见过了，还怕被炸死？我们跑到了农贸市场的围墙边，这时爆炸声响起来了。我记得很清楚，棍子这时才像被电击了那样，定立在原地。一声轰鸣之后，又来了一声，紧接着是连绵不绝同时出场的爆炸声，几分钟后，整个小镇万籁俱寂。棍子举头眺望缓缓上升的尘灰，魂不守舍地向围墙靠去，软得像一根真正的面条。我不识时务地走过去讽刺他。我说，看来你胆子并不大啊，平时装得跟个大象似的。棍子砰然直起身，瞪着我说，都怪你！你知道吗？自从那天你跟我讲了狗屁竹林后，我夜里也睡不着了。我惊讶，但内心里却因棍子变成了一个与我同步的人而窃喜。我更加不识时务地向棍子推荐我几天前刚刚掌握的抗失眠奇方。我说，你不是救过三十五个人吗？你列个名单，把它背会，夜里一失眠就背，有效得很。棍子说，你别恶心人了，这么矫情的事也做得出来。我说，这不是矫情，是自救。我骗你就给炸死。棍子这时候其实早已不像我素常见到的棍子了，我竟然未在意这一点。他说，去你妈的狗屁妙方。我绞尽脑汁地寻找更缜密的话去说服他。我说，其实只是一种方法而已，我们都需要找到一种适合自己的方法让自己入睡。如果你觉得我的方法不妥——就像我觉得我母亲的方法对我是不妥的——那么，你可以去想一个适合你的方法，总之你必须找到一个方法，否则你将永远失眠下去，烦躁下去，痛苦下去。棍子将我推倒在地，狂奔着离开了我。我听到马路咚咚的回响，感觉整个镇子都在抖动。

七

棍子顺流而下，被激流中的一块巨石挡住去路，停在那里。他还没来得得肿胀，很快就会。镇上的人再次全体出动，沿着江边的马路你追我赶往前跑，最终在棍子停下的岸边一致停止奔行。发电厂巍峨的拦水大坝横亘在远处，棍子就是从那上面跳下来的。我静立在人群中，看棍子的父亲和舅舅呼喊着奔下堤岸，用一张渔网去捕捉棍子的尸体。棍子的母亲跌坐在马路边哀号，迅速有人围上去真挚地劝说她。我觉得棍子之死与我有关。如果我懂得语重心长、步步为营，诱导他在赴死的念头产生前掌握对抗失眠的方法，他现在可能还嬉皮笑脸地站在我身边。棍子太急躁了，而我忽略了他是个急躁的人。

镇上的人站在堤岸上议论纷纷，及时表述对这件事的看法，根本不顾及在场的死者家属。一个女人说，棍子死得太不值了，如果在先前的两个月里，他死了，棍子家里至少还可以得到一笔优抚金，享受烈士家庭的体面声誉，而棍子本人，将会万古流芳。现在这样死了，算什么呢？不仅人财两空，还难免落下骂名。我觉得自己在生气，这令我警惕。我闭上眼睛，下意识地背诵起那个名单，快速地背。背完一遍，我发现内心的烦躁仍未清除干净。我又背了一遍，中途背不上来的时候，我灵机加上许多我从前生活里特别熟悉的人：我的小学老师、同桌，我喜欢的某个亲戚。而后，我感觉到内心彻底安宁了。我睁开眼，静立在这个夏日的午后，看人们显示他们的聪明劲。我觉得他们太理性了，理性，是这个世界充满失眠者的最大原因。我匆匆穿越人群往家里走，觉得自己光芒万丈，而身后的人黯然失色。几个月前，我还是一个懵懂的孩子，但现在我已经高高立在云端之上。

母亲又到庙里去了一次，这次她是专程为我去的。她担心着我，怕我走棍子的路。她向庙里的和尚求了一条云片糕，命令我立刻吃完。她说，这不是云片糕，是菩萨的护佑，吃了它，魔鬼就无法附体，你将安全度过各种险境。我吃了云片糕，同时为母亲的说法哑然失笑，沉默不语。我不想同母亲分享我已经获得入睡良方的秘密。就在这一天，我得到了部队令我停止休假的电话。有一个地方山洪暴发，将一个村庄埋到了地下，更多的人被困在洪水之间，急待营救，我所在的部队必须迅速赶赴灾区救援。

离家前我到外婆那里去了一趟。床下又新长出三根竹笋。外婆无可奈何地将铁锹扔到一边，去给我煮海带排骨汤。她觉得再也没有必要去铲除这些东西了。说不定竹笋是菩萨的使者呢，它们在床底下为她站岗放哨，保佑她长命百岁。她慰藉着自己。我像那天一样，趴到床底下，审视竹笋们。由于刚刚出土，它们更显生机勃勃。我爬起来，脑海中出现万千竹笋奔涌出土层的壮丽景象。外婆已经把汤做好了，米饭是更早前煮好了的。我们把饭桌支到了竹林里，享受这安静的午餐。我对外婆说，如果你还是嫌这些竹笋太吵的话，隔天就搬到我家去，与我母亲同住。正好离异的母亲也需要一个伴。外婆不说话，想必她早已把独居当成了一种习惯。每个人都必须学会单独面对自己，不需借助他人就能坦然生活，安然入睡。我想外婆比我更懂得这一点，所以我猜，尽管她总是牢骚不止，但她并不真正把床下的竹笋当回事。后来，我是说那个午后余下的时间里，我安详地坐在外婆的面前，望着她满脸的沟壑，无声地笑了。风穿过竹林，不发出一点声音。

（原载《山花》2009 年第 4 期）

高原反应

越野车途经布达拉宫前方的马路时，弟弟正在与一个怪梦做最后的搏斗。梦醒之前，他先将嗅觉的触须深深地导入这高原广阔的空间里。它们很快敏锐地捕捉到这陌生地的基本特征：干燥和静美。弟弟用力因而急促地深吸了两口气，蓦地睁开了眼。越野车正从拉萨市的中心街道上急驶而过，布达拉宫神秘的身影刚刚掠过车窗。弟弟突然觉得有一团黑影撞向他的眼帘，接着狠狠地击中他的胸膛，他的上半身在匀速行驶的车内一个趔趄，倒扑在后座上。弟弟捂着突然变得沉重的胸口，恐惧地瞪大眼。驾驶室上方的后视镜里，投射出那个四期士官不动声色的被墨镜遮掩但仍显凌厉的目光，它盯住弟弟，马上就跳开了。后视镜的右下方，那女孩正手舞足蹈地说着她总也说不完的唯一的那段爱情经历。弟弟想告诉他们，那些从他踏出飞机舱门那一刻就开始对他虎视眈眈的缺氧症状此际全面爆发了，请他们赶快给予他适度的关切，然而前面那一男一女特别是那女孩对这高原适应甚至乐在其中的样子迅速泯灭了他这一念头：他可不想给这高原留下连一个女孩都不如的第一印象。他张开嘴，更加用力地吞噬空气。闯入心口的那黑影似乎在他对空气的一顿饕餮后逃遁了。弟弟再接再厉，摇下车窗，将头探出窗外，去更博大的空间寻求喂饱肺腔的可能。布达拉宫早已不见影踪，车已经拐过几个弯，很快将驶出拉萨市。那女孩觉察到后面的异样，转过头来，用狐疑、无辜的眼神长望着弟弟。

“没想到我们是同路，早知道这样我在飞机上就换座位跟你坐一起了。”她好心好意地没话找话，“你比我大还是比我小?”

“就算比你大，他也得叫你嫂子。”司机，或者四期士官，幽默得很冷。他戴的是一副大镜面的墨镜，黑红脸膛，鼻尖上有皮屑，要么是不会笑，要么是不懂得微笑对于文明生活的重要性，反正从一个小时前他们在机场照面登车后他从没笑过。“在咱们营，教导员年纪最大。他以后肯定什么都得听你的——你比他还大。所以，没有人再比你大了。”他补充道。这个幽默不算太冷。弟弟和女孩都笑了，都故意放大了嗓门，以此表达他们对于这老兵身上乏善可陈的幽默细胞的珍视态度。

从窗外灌进车体的风削弱了弟弟和女孩的笑声。这干冽的风仿佛是一把又一把能够切开人体同时将渗出的血及时吸收得一干二净的刀。弟弟猛地打了一个寒噤，飞快地摇上窗户。被重新密封后的车隔音效果奇好，气氛突然静得令人尴尬。弟弟看到司机又用那种令人不安的眼神盯着后透镜与他对视。他把目光别开了。女孩清了清嗓子，重拾旧话题，说笑起来。这之后，三人世界里始终保持着一种失衡的格局：几乎只有那女孩一个人的声音，她还时不时一惊一乍地尖叫、开怀大笑，司机重新变得不苟言笑，只偶或小幅度地把脸扭向女孩，给予她一个轻浅的呼应表情，而弟弟索性变成了哑巴，缩紧了身体，眺望着窗外，思绪蔓生，渐渐地就能够对这局促空间里的其他二人视若不见。他们将穿越这高原将近一千公里的路程，去往一个位于边境的防卫营。作为一个刚刚从中文系毕业的大学生，弟弟是去那儿报到的，此后，那儿将成为他生活、工作的舞台。女孩去往那里，是受了她此生唯一的那段爱情的召唤。司机是那个营里的司机，他受营里的指派昨天就启程来拉萨接人，凑巧了，教导员的女人和新来的排长同机。这段旅程的途中，他们将在军分区作短暂的停留，弟弟要先去市军分区的干部科做例行的报到登记，到军分区天肯定已经黑了，他们必然要在那儿的招待所住一晚，待明天报到过后重新上路赶往那个边防营。顺利的话，他们会在明天晚餐之前抵达目的地。据这位兵龄颇老的司机说，营里明晚将为女孩顺便为弟弟这位新排长举行接风宴。为准备这场宴席，从营里的干部到战士，几天前就忙乎开了。他们去驻地牧民家挑买了五头最漂亮的羊，只等明天下午得到他们将正常抵达的消息后开宰。女孩是去那边防营和她的恋人结婚的。

“喂！透露一下，你们教导员的前妻——我可不可以知道，她长得……漂亮吗?”高原的光照太强烈了，女孩扯过驾驶台上的包，找出她的茶色眼镜，特别有条不紊地戴上。她应该是个冲动型的人，所以她这有条不紊明显是做出来的——她在犯女性们常犯的小毛病。可在这高原，连女人的醋意都会显得可爱。弟弟不由自主地在女孩的尾音里无声地笑了。老兵司机没搭腔。他审慎地拧了拧嘴角，只是专注地开他的车。高原将他塑造成了一个精确的人，在面临一回答就是错的提问时，咬紧牙关，不吐露任何一个字。女孩等不到回答，只好自己给自己圆场：“我都忘了，你没见过她。我听他说过，她从来没来过西藏。他们结婚八年，她从来没来过这里。既然那么厌恶西藏，还跟他结婚做什么？明知道他不可能离开西藏的。她肯定不好看，心灵丑。唉！他真是太可怜了。那会儿我姨一给我说他的故事，我的心就被他抓去了……就想为他做点什么……”

又是一阵一个人的独白，女孩一说到她的爱情就一准会变得喋喋不休。静谧的车内，她的声音充满了感情，使这干燥之地陡然融入了一些温润的气息。弟弟却无心细听，再度眺望窗外开阔的街景。车快要驶出拉萨市区了。这是一个虽身处高原但不乏现代气息的都市，该有的现代文明它都有。可既是一个高原之城，它就算想摆脱也摆脱不掉它的高原特征。弟弟很快就被一幕景象怔住了，带着些微的震撼。他看到的是一个正在朝圣途中的人。这是个青年，年纪与弟弟相仿，二十三四岁，瘦削、孤峻，由脸形看，显然是个藏人，却未着藏服，和这个时代的多数年轻人一样，这人上穿一件夹克式休闲外套，下穿牛仔裤。他朝拜的动作却是地道的：三步一叩拜，双手合十，五体与大地紧紧贴合。他沿着马路边际线一路朝圣向前，接踵而至的车逐一掠过他身边，他视若不见。弟弟紧盯着他被俗世同化的穿着，和在这高原沿袭了千年的规范的朝拜动作，他深深意识到：任凭这世界如何改变，这高原上的人血脉里的信仰或习惯永远不会变更。弟弟的愣怔和震撼正源于一种落差——这熙熙攘攘的街景与一个朝圣青年的坚执形成强烈的反差，令弟弟对这高原有了一次真切的领悟。“停车！”弟弟大呼小叫起来。朝圣者被疾行的越野车抛弃了，弟弟对那幕景象的兴趣却无法割舍。“等一下！”他把脸贴在窗玻璃上，头向后转的幅度越来越大，最终索性翻转身体，跪到座位上越过车尾玻璃向后瞭望。

“怎么了？”四期士官放缓车速，用低沉的声音狐疑地发问，他紧盯着后视镜。弟弟从他的声音里听出了责怪。这老兵无疑在这高原生活很久了，对朝圣者已司空见惯，无法对弟弟的大惊小怪产生同感。弟弟这才觉出自己的突兀，赶紧对自己波澜起伏的内心加以掩饰。“哦！没什么，没什么，继续开吧。”他依然跪趴着，掉过头来，谨慎地说。后视镜里倒映出老士官一闪即逝的微笑——这是他首次运用这个表情。弟弟却从这难能可贵却不合时宜的表情里探出了嘲讽之意，这高原在使人缺氧的同时亦变得敏感。四期士官说话了，顿使弟弟洞悉自己的敏感属于空穴来风：“坐稳了。我要加速了。”弟弟快速回转身坐好，气喘吁吁地望向前方。车正欲驶出拉萨城，空旷的荒野开始向他们逼近。弟弟周身毫无来由地产生一阵毛骨悚然的感觉，他揣想他的缺氧症大概又要发作了。就是在这奇怪的一刹那，弟弟看到一团货真价实的黑影斜刺里在车的挡风玻璃上划过，紧接着那里发出一声沉闷但剧烈的撞击声。女孩猛地发出一声惊叫。

“撞死了一只鸟。”她喊道。

“哈哈哈!”四期士官突如其来地大笑不迭，窗玻璃被他的声音震得嗡嗡响。弟弟和女孩都被他吓了一跳。“缺氧！这就是缺氧!”他充当起了高原通，事实上他正是，“西藏空气里的氧气含量平均只有内地的60%。我每次出车，都要撞死几只鸟。它们飞不动。你们都看到了，我不是故意的。它们飞得太慢了……”

弟弟瞪大眼睛，这才看到挡风玻璃上出现了一道血痕。四期士官仿佛洞悉了弟弟心里的不祥感，打开雨刮器，三两下刮除了那道血痕。弟弟身体里那种毛骨悚然的感觉这时开始向一个地方聚集，像轻灵的雪片慢慢滚成了一个雪球，它，冷冽而沉重地压迫在了他的心房部位，再也不愿离去。弟弟大张嘴，茫然地吸气，却发现先前曾经击中他的那个黑影子现在跳出了他的身体，沿原路返回，停落在他的眼前。该死的老士官仿佛是故意要去激发弟弟内心里的恐惧，这个时候竟借由那只死鸟的契机说起了那些在这高原广泛流传的噩梦般的典故。归结起来，他要表述的意思只有一点：死神是这高原的常客，而氧气稀薄的空气是死神最常运用的一把利刃。

“给你们讲我亲身经历的一件事。我当兵那年，跟我同乡的一个新兵，来这里的第一天就死了。也要怪他自己。那天他觉得自己浑身特别有劲，去打了一场篮球，打完后去冲凉，突然就倒在水房里再也起不来了。到这里头几天，千万不能运动。”老兵转过头来，分别察看女孩和弟弟对这故事的反应。女孩毫不畏惧且一副津津有味状，弟弟脸上没有表情——他不想向老兵示弱。老兵大概觉得自己还没有尽到恐吓者的本分，又说起了一则更为玄乎的故事：“以前有个副团长，睡觉前大家看着他好好的。第二天一早，公务员打开他的房门，看到的是他的尸体。你想啊，这氧气那么少，人睡着了什么都给忘了。一口气没来得及接上，就是个死啊。”

弟弟明知老兵所述只是这高原的特例，却不争气地暗中恐慌不止。那黑影深入地锲在了他的心脏内壁上，任他如何自我唾弃它都赖在那里不走。弟弟深知他此际的缺氧反应被自我的心理暗示放大了，但还是恐慌得不行。他抬高视线眺望前方，想借助于这高原的美去抵御那些恐慌，却发觉这些美如今看着都很狰狞：云、青空、一些山向别的山或山谷投下浓黑的阴影，像化为物形的凝滞的幽灵；巨大的山石如同充满沟壑的一张张老脸；偶得一见的绿色灌木丛或草丛像秃子头上摇摇欲坠的纸花；雪山像被浓云囚禁的烈士，有时挣扎出云幕露出憔悴但不屈的容颜……

老兵却说得兴起，将死神的话题拓展。他可能并非意在恐吓这两位初来乍到的新人，只是想炫耀他对这高原的熟稔，抑或他只是太需要倾诉了。现在他说到了与缺氧无关的那些死：有一次，远赴边防补给的车队中的最末尾那辆车因抛锚掉了队，等司机修好车，却再也找不到车队。车在广袤的荒原上迷了路。八天后，直升飞机找到了那辆车，同时看到的是随车三个兵的尸体。

“太可怜了！”女孩嘶声低语，泪水汪在了眼眶里，“都是可怜人！在这儿当兵的，都是可怜人。”弟弟敬佩地望着女孩，对她毫不因这高原而改变的充盈着血色的脸庞啧啧称奇。他矮下头颈，透过后视镜察看自己的脸，发现嘴唇是青紫的，那么，他是真的有高原反应，并不全是他脆弱的内心在捣乱不是？

“我们常把一句话挂在嘴上，这话听着像牢骚，但我们心里真这么认为的：是啊！在这儿当兵，就是成天躺着什么事都不干，也是奉献。”女孩大力地点头。老兵望望四周，真的触景生情了，声音变得仿若唏嘘：“到头来什么好都落不着。说起来，在这儿当兵补助高，但等退伍了，回到内地，落下一身的病，当兵那些年攒下的钱、说起来比内地多很多的退伍费，全得投给医院……不能老琢磨这些。有人爱瞎想，就得了精神病……”

弟弟感觉浑身的毛孔都竖立了起来。四期士官用密集的奇闻逸事、牢骚怪语，对他的想象力做了一次恶性诱导，弟弟看到自己原本空洞的未来现在涂满了黑色的符咒。算起来他刚坐上这辆车不到两个小时，这也是他亲身涉入这个高原的时间，但这短暂的人生瞬间，他对这高原已产生深重的惧意。他真后悔上了这辆车，如果他自行坐车，也许现在还沉浸在对未来高原生活的遐想里，就像他大学四年里时常憧憬的那样。可是，不对啊！他生理上真切的那些反应——愈发青紫的嘴唇、蛰伏在他心头的那个黑影，种种缺氧的症状，高原给予他的这些见面礼，不会因他坐不同的车而改变吧？那么，是他自己的身体素质太差，不适合到这高原生活？如果他有这女孩那副看起来完全不畏高原恶劣环境的身体，他不就什么都不怕了？弟弟无穷尽地胡思乱想着。此后的路程中，他始终缄口不言，就这样困扼在各种思绪里，直到傍晚时分车子开入军分区空旷、寂静、寥落的院落。

他们的运气有点好，换个角度又可以说，有点背。不同的人会从不同的角度看待接下来的这件事。这是一个饭局。从女孩的角度看，这饭局体现了这高原部队高层对她的重视，弟弟却选取了一个狭窄的角度，他觉得，当此时分，任何额外的活动都只能是种负担，他珍贵的体力要用来抵御高原带给他的生理考验，已经到来的缺氧训练以及必然还会面临的别的考验。军分区当日是一个副政委担任战备总值班，他听说有位准军嫂专程赶赴军分区下属的一个边防营结婚，便觉得不亲自接见并宴请这位用特别方式向高原致敬的女性就于理不符。他在招待所摆了一桌能容纳十五人共餐的晚宴。等弟弟他们三人坐进招待所的一号饭厅，才发觉，接见准军嫂的议题并非这饭桌的首要主题，真正的重头戏是这一天军分区需要接待一个由五位北京来的艺术家、一名省级领导的保健护士、一个省部级高官的儿子及他的女友组成的旅游团，据列席的军分区宣传干事说，这个旅游团是上面硬性通知军分区接待的。这只是一次一锅烩的大杂宴。

副政委小眼小嘴大鼻子梨形脸，嗓音低却浑厚，且块头大，粗看像个军事干部，由他与政工干部身份不甚相符的外形略可断定这是个复合型军队人才。他脸上有明显的高原红，这说明这高原的政工干部高层人员也需要经常在室外奔波。他一根接一根地抽烟，敬酒主动，对回敬则来者不拒，看来是个对大应酬司空见惯并有能力从容驾驭的人。旅游团的八人都被依目测尊卑序列逐次安排在主要客座，女孩和弟弟被狗尾续貂般安排在这临时形成的序列的末端。战士身份的墨镜司机没能列入这宴席，他已不见行踪。推杯换盏，彼此考究分寸感的理智交谈，半个小时后，席间还是刻板的文明或虚与委蛇。这是一次无聊的晚餐。弟弟因座次靠边获得了置身事外的优势，他得以频频走神。很多次，他竖起脖子，向窗户外面张望。整洁的院落里种满了乔松和云杉。这高原日光的落程缓慢，都八点多了，那些高原树木仍被照得熠熠生辉。弟弟的思绪还停留在四期士官的讲述以及他的生理反应所带来的对这高原的恐慌中。庆幸的是，胸口那团黑影大概也是个怯场的东西，被这隆重的饭局吓跑了，他得已呼吸通畅地端坐于斯。沉闷、生硬的局面是被女孩打破的。她身上有种与生俱来的热烈，使她从席间脱颖而出。等旅游团的人完成了向副政委敬酒的程序，女孩跳出了她那张与弟弟同样不显眼的座位，开始围着圆形餐桌快速游走，絮叨着敬酒。她特别真挚，因此说出来的话感人至深，能丝丝入扣地润泽每个人的心田，她向这座中的每位领导、干部子弟，还有艺术家表达她的敬意，仿佛只要是在这高原，哪怕外来的人都是天使，她对这高原的爱太不讲条件了。副政委这才注意到她似的，眼睛变得炯炯有神。这一迟到的发现之后，他可能终于想起这女孩被列为招待名单的理由：一个远赴高原结婚的准军嫂。

“姑娘！我们应该宣传你。你的行为太可歌可泣了。你用你的行动升华了爱情这个词。你的行为是对我们官兵戍守边关生活的最大褒奖。”他说，“对！就是这个意思。把我这句话原原本本写到报道上。”他抬手向遥不可及的对面一指，那里坐着今日陪坐的那位宣传干事，“你找人去写。尽快发到报纸上。要大力宣传这件事。”

“还要宣传？真的吗？哈！不过，那也挺有意思的。”女孩的兴致高涨了。依照弟弟对她有限的理解，她才不在乎什么宣传不宣传呢，她是被领导对她加码的重视感动了。弟弟看到她抢过服务员手里的大酒杯，给自己斟满了红酒，没等副政委把酒杯举过来，就够着手咣当碰了一下，随即一饮而尽。一杯酒不足以表达她的感激之情，她又呼喝服务员给她倒了个满杯，要去跟副政委碰。一转念，她机灵地意识到需要续碰的理由，她扭摆头，急切地找寻线索，一眼就望见了呈木讷状孤坐的弟弟，她叫了起来：“排长！王排长！你过来！快过来！”在弟弟不知所措走近她和副政委的当儿，她竟然望着弟弟哧哧笑个不停。弟弟走到了他们跟前，杯子还空着。女孩眼疾手快地给弟弟也斟了个满杯，用肩膀灵活地把弟弟撞了一大下，立即把弟弟撞成了与她并肩作战的齐立状，像一个连队的两个主官：英武的女连长和被动配合文绉绉的男指导员。“这是即将去我们三营上任的新排长。我和他，我们代表三营所有的人，年纪轻的、年纪大的，有老婆的、没老婆的人，向首长表达我们最诚挚的谢意。”副政委被她逗得乐不可支，一举手，一仰脖，很有气势地喝净了杯中酒，哈哈大笑。“好样的！你会成为一个最优秀的军嫂。年底我们分区都会评‘十佳军嫂’，我预先投你一票。”他豪迈地伸出手去，要去拍女孩的肩膀，就像他这种身份的人对下属常做的那样，手刚伸出去，即发现了男女有别这个无聊屏障，不得已他的手顺水推舟地拍到了弟弟的肩膀上。能够决定弟弟命运的时刻就在这个时候诞生了。副政委的手刚触及弟弟的肩头，眼睛突然亮了一下。也许弟弟的气质与这高原太不符了，导致了副政委出现了短暂的思维停顿。而弟弟竟然在对方短促有力的凝视中，敏感地发现了其内心的孤寂与冷傲，当然，这种发现也许更源自一个中文系应届毕业生的文学情怀。

“就你这样的，还来我们高原？滚吧！臭小子。”

这话出自惶恐的弟弟对眼前这位首长的揣测。真正从副政委嘴里跳出的是一句家常话，一个领导对普通一兵的俗常问询：“你要分到我们这儿来？哪儿毕业的？”

弟弟告诉他一个人们如雷贯耳的大学的名称，还附带说了系名。副政委不孤陋寡闻，他竟知道那个系诞生过好几位文学名流。“你是学中文的？”他的目光里淌出惜才的粼粼清波。窗外的乔松和云杉们都在闪光。弟弟意识到需要他表现的时刻到了，听说每个向工作岗位走去的人都要学会珍惜机会。

“是。我是。”弟弟的回答却是笨拙的。不是缺氧所致，而是像他这样一个刚刚走出校门的人尚未能掌握几招见机行事的绝妙方式。

“你先别去营里报道了。留在军分区，写这位好军嫂的新闻稿。”副政委郑重地打量弟弟，又追加了一句：“你一定行。你觉得呢？”

“先不去营里报道？写……写稿？”弟弟很准确地重复副政委话里的两个递进式的意思，如果他稍微对高层人物的语言技巧有所了解，就会知道他的复述是不明智的。熟习高层人物说话方式的人能洞悉这语言里的递进还可以延续下去，这是有潜力可挖的话。如果听话的人不懂得用讨巧的回应去巩固这种延续，说话者就会立即让这话变得毫无潜力。换成一个老江湖，这个时候应该马上自摸三杯而后扮可爱、做感激涕零状，嬉皮笑脸地对副政委说："首长！您是说，您把我留在军分区工作啦？谢谢首长！太谢谢首长啦！首长您是我的大恩人。"弟弟的江湖指数现在还暂时为零。

"懂不起！这孩子真是懂不起！"副政委收起停落在弟弟脸上的观察的目光，环视座中人，笑。"懂不起"是他的家乡话，方言往往比普通话更深邃，指向宏远、宽泛。弟弟不能明确领略到这三字方言里更广博的外延，但他能听出这话里有责怪和惋惜之意。有人是十分"懂得起"的，就是座位一直靠着弟弟的那个宣传干事。在这晚宴起始那半小时里，弟弟和他近水楼台地聊过几次话，宣传干事是四年前从地方大学毕业的，学的也是文科——他和弟弟有两个共同点，这决定了他要在关键时刻向着弟弟，去助其一臂之力。宣传干事快速站起，奔离座位，向弟弟和副政委这边走，一边大声替弟弟说话："小王！你怎么这么木啊？首长要把你留在机关，你还不快道谢！"

弟弟这才惊悉他的人生已经暗中出现了辉煌的转机，他正在获得一个可以停止向这高原更深处、更荒芜处、更难以卜测处跋涉的机会。尽管到这高原才半日有余，他已领教了它的厉害，在这里，每多向前走一步，他窒息而死的危险性就增加一个级次。这确实是与命运休戚相关的人生关键时刻，弟弟的智商没有问题，只要题面明确化了，他答题的速度不会逊于别人。宣传干事的援救之后，弟弟的脑子快速运转，须臾，他明确了自己的答案。

“不！我不想留在军分区。我要去边防营。”弟弟听到自己确凿无疑的声音。这是在简短而深入的思考后的回答。

被卷入这场语言交锋里的四个人，副政委、宣传干事、女孩，包括弟弟，都被这回答怔住了。弟弟望着那三人脸上的惊诧，审视自己的内心，就在这一刻，他把自己全搞明白了。有些事、有些行为，他先前一直糊里糊涂，这时他终于为它们找到了准确的内心线索。半年前，几名军官到他所在的大学招贤纳士，弟弟听到西藏这个地名就扑向了招募台。接着下来，作为该大学连获四年奖学金的优秀应届毕业生，他顺利通关，获准成为一个进藏工作的准军官。现在弟弟回想他在报名从军过程中的积极性，深悉他行动的根本源头、唯一动力，是西藏这个地名。他生来就有根深蒂固的文学情怀，大学里又被其长期导引，心里慢慢就设定了在年轻时去远方边地生活的绮丽愿望。西藏，这神秘、神奇之地，是他心里的最远方，只有它才能使他的梦想落到最坚实处。他来到这里，是他的心性决定的，不是偶然性的，是必然。如今他来了，来到了他心目中的远方，可是，这远方里还有远方，他人生的主旨是去向最远方，用年轻的筹码换取最远方的生活经历，现在有人对他喊停，叫他半途而废，他绝不能答应。尽管在已经启程的这场远行途中，他已经确切感受到了这高原的威胁，而他眼前出现了一个悔过的机会，他也不能停止脚步。他必须朝着他人生既定的目标前进，做一个捍卫自己内心的人。他不要留在军分区，起码现在不要，他要去边防营。

“不愿意留下来？……懂不起！这孩子懂不起！”副政委藏匿了惋惜的表情，笑着扫视众人。他的兵龄比弟弟的年纪还要大，跟那四期士官相比，他对这高原的理解更要深刻得多，他深知这高原越偏远条件就越艰辛，生活就越严酷，他要挽留弟弟全无恶意。“年轻人！有志气。照你这股倔劲，我相信你会在基层岗位上发光的。”他说起了场面话，一方面也是对弟弟这名新军人做必要的鼓励。他们集体端起酒杯，以便让这场这延续了几分钟的舌战鸣金收兵。女孩始终未曾洞察到这其间的轻重缓急，刚才她差点被冷落了，这时她不甘寂寞，再度大呼小叫，却也恰好用她的活跃将气氛调节到和谐处。

餐毕，旅游团的八人被送往房间休息，剩下的就全部是军人了，众人在招待所的院场上站了一会儿。月亮升起来了，但天还没暗下去。弟弟心绪复杂，数次窥视副政委。四周围特别静。弟弟觉察到副政委的表情不知何时起已变得凝重、内敛，也许这才是他最素常的表情。有一阵子，副政委不再说话，就那么背着手，仰着头，站在众人中间。弟弟望着他，暗中忖度：在这高原，要像这副政委一样成为一个大人物，就必须具备极强的抑制情绪的能力。他敬畏地往副政委身边挪了两步。副政委一低头，用一种怪异的眼神看了看弟弟。

“慢慢干吧！小伙子。”他审视着弟弟，丢了这么一句话，率先沿着虚白的马路离去。弟弟特别想弄明白他身上的什么东西触动或打动了副政委，使其会对他产生“扣留”之意，是他使他想起了年轻时的自己，顿生怜惜？抑或他只是随口说说而已？他觉得自己现在完全没能力弄懂这位官至副师级、数十年如一日与高原为伍的人。

弟弟彻夜未眠。四期士官跟他说过，尤其对刚刚踏入高原的人来说，失眠是高原反应的催化剂，然而弟弟无法让自己不明知故犯。四期士官充当了弟弟这次失眠的催化剂。他跟弟弟住在一间招待房里。他大概急于要在弟弟面前充当高原生活指路人的角色，睡前都忘不了给弟弟罗列几桩高原特例。这次他的特例已经拓展到了高原军营生活的细枝末节，他终于摘了墨镜，靠在床头眯缝着眼睛，说到了人与人之间微妙的关系，为了让自己所述之事与他的唯一听众产生必然的联系，他列举了一个前年从地方大学毕业入伍的排长因为无力带好自己人员关系复杂的排而试图割腕自尽的事。弟弟对他诱导的联想路向全无心理准备，他从来都以为这寂静的高原里，人与人的关系应该和这高原一样平静。“怎么可能呢?”四期士官冷笑着说，“你想啊——我打个比方：在内地，如果人不开心了，可以去酒吧借酒浇愁，去商场买样东西哄自己，可以……嘿！和老婆做爱……这里的生活太单一了，谁要是哪天心情不好，连个正常的释放渠道都没有。一群男人天天待在一起，看着就烦……”他简直就是在跟弟弟探讨心理学。这高原是催生心理学大师的沃土。弟弟豁然开朗进而对前途产生了丰富、辽阔的想象。当然他的失眠也可能与四期士官的言论无关，而只是纯粹的生理预警——在一个氧气稀薄之地生活的第一夜，任谁都不易睡着，更何况弟弟这种敏感、细腻之人。那不时袭击他的黑影在夜里变成了一种发光体，明明他眼睛闭着，它却照得他的脑袋一片炽亮。他不断敦促自己睡去，有一次，眼看着要成功了，却突然想到了那个睡着后再也没能醒来的副团长，一激灵就又清醒在了那里。第二天，等他去干部科报完到登上继续前行的越野车时，他发现真正的、更严重和全面的高原反应在他身上发生了。

他脑袋发涨，浑身发麻，筋肉酸疼，皮肤像给贴上了一层墙纸似的根本不散热，他感觉自己的肉身成了一个不透气的囚笼。他感冒并且断定自己发烧了。四期士官过往的导引词里当然包括感冒和发烧的恶果：它们是肺气肿和脑水肿的前驱。弟弟坐在越野车的后排，感受着身体的不堪与对自己无能为力的悲哀。车在向更高的海拔进军。要继续走六百多公里，才能到达那个边防营。那里的海拔将超过五千米。这次车上多了两个人：那位宣传干事带了一个摄像师，受副政委之命要一路跟拍完这次行程及这个晚上将举办的一场高原婚礼。摄像机始终开着，时不常地对准每一个人。对弟弟来说，它仿佛正挖掘着他内心的隐秘，他不敢流露出一丝异常。女孩仿佛是故意要用她的鲜活印照弟弟的孱弱，她越来越热烈和活跃了，小圆脸上神采飞扬，双目生辉。她坐在驾驶副座上，却不断掉过头来挥动小肉手向镜头摆造型、玩表情。在宣传干事颇显深情的采访下，她更深入地说到了与这高原结缘的心迹。其实她勇于奔向这高原的内心动力并不特异，无非是因了对高原的憧憬、对高原士兵的同情以及随之而来的爱情的召唤。“我是白羊座的。一般白羊座身体都特棒。除了精力充沛之外，也最具献身精神。第一个冲上去的，往往是白羊座。”她这样剖析自己身上无所不在的热烈。车子很快从柏油路的国道进入狭窄、颠簸、曲折的沙石路和土路，此后这路途上不再有国道，将一直坎坷下去，女孩好动的身体不时被颠得东倒西歪，她每每因此放声大笑。弟弟觉得她堪比一个乐在其中的女英雄。

前路愈显逼仄，但裹挤着这土路的旷野的形貌却愈益潦草、粗犷。荒野无所事事地铺展在四面八方，最终被几座并立的大山挡住去路。昨天在沿途还能遇见在荒原上挣扎的零星的灌木和草甸、藏民的村庄和黧黑干瘦的朝圣者，现在都不复存在。视野里不再有一丝绿意闪现。车轮溅起沙石，捞起尘烟，在震慑了耳膜的同时蒙蔽着视野。偶见干涸的河床，一副破落的残相。弟弟昏昏欲睡，突然降低的视力使他每每向车窗外张望时，觉得他们的车正在奔向没有生命迹象的某个外星球。车又撞死了几只鸟，其中有一只竟然是一只硕大的黑鸬鹚，除弟弟之外的人都因此惊叫了几声。渐渐大家都不说话了。有一阵子摄像机被搁到了座位上，连那女孩也沉静下来，众人被自己的思绪淹没。弟弟的瞌睡越来越重，但他牢记着四期士官一再重复的严重缺氧状况下绝不能睡去的话，拒不让睡眠侵扰他的理智。可是他却只能惊惶地觉察到这睡意凭他一己之力根本无法抵御。“我困！可不可以麻烦你看到我要睡着的时候推我一下。”弟弟听到自己万般无奈之下向身边那位宣传干事求助的声音。他盯着那架幸而没有对准他的摄像机，觉得被自己的求助声侮辱了。

“推你干什么？你真怕自己睡着睡着就没气了？”宣传干事是个犀利的人，他虽不算老高原，但在这高原好歹也待了四年，适应了它，所以他一定以己度人地认为弟弟的要求实属多此一举，于是他放任自己对弟弟开了个玩笑。弟弟的受辱感更甚了，但他此际内心的恐惧已经使他忘却了自尊。“我发烧了——我觉得我发烧了……”弟弟悲哀地压抑着心里的那些屈辱感，小声地说。“没那么严重吧？”宣传干事望了望满脸光辉的女孩，望了望同样形容正常的摄像师和老兵司机，弟弟在他们中间实在是最年轻的，他的不信任确实有据有循。弟弟不吭声了，他决定此后绝不向车内的任何人示弱——他绝不能在这向高原进发的初始为自己的日后留下笑柄。他要在这儿待很久，不是一个过客。弟弟心里突然有种悲壮的豪情，赴死的壮志踅入心房，他猛地深吸一口气，让自己勇敢地睡了过去。这睡眠并没有危及他的生命，他的高原反应的确有相当大的一部分来自心理因素。他深入地睡了一觉，醒来后顿感精神百倍。此外，他看到了一幕类似幻觉的场景：营里派人来接应女孩了。另一辆越野车停在前方，四个战士两两分立路边，站在大风中，扯着一块鲜红的横幅，摇摇欲坠地站在尘土扑面的土路上。横幅上书：嫂子！我们爱你！

女孩跳下车，跌跌撞撞地奔向接应的人，那里面站有他的爱人，她幸福地凝望着横幅，哭得上气不接下气地往那里奔，奔向她此生最该铭记的高原人刻意为她导演的这幕爱的壮景。任谁都没想到的事故发生了，弟弟毕生都难忘记接下来发生的这场噩梦。他百无聊赖地坐在车座上，斜着身子，捂着心房，越过灰扑扑的车挡风玻璃，看到女孩像被一堆弹簧箍住那样，猛地颤抖着定立住而后猝然倒地，在三分钟内香消玉殒。

土路上一阵于事无补的忙乱。山和荒原无动于衷地倾听着人们惊诧、悲枯的声音。大婚破灭的教导员空张着嘴，摇撼着他的爱人，风迅速吹干他眼角的泪迹。

弟弟认真地凝视着自己恐惧到极限的心，孤独、绝望地站在风中。

天空很近，山很近，它们只是看起来这样而已。这高原给人一种怪异的错觉，很远的事物看起来都很近。一些山，看着近在咫尺，实则远隔几十甚至上百公里。两辆车紧逼着在落霞渐起的荒原里向营里驶去，接应的车在前面带路，猝死的女孩在那辆车里。弟弟不时越过挡风玻璃眺望前面那辆车，能看到教导员抱住女孩悲唳无声的样子。聒噪的宣传干事起始还叹息着埋怨接应的人里没有周全地配上营卫生队的军医，又小声向弟弟和四期士官询问女孩的前期表现，以便为她的猝死寻找更多依据，渐渐他因别人的懒于回应愧疚地噤了声。其间，他用脚踹了几下摄像机，仿佛它是这起事故的罪魁祸首。半个小时后，车默然停在一个由三排沿山坡筑就的营房和一个水泥操场组成的不设围墙的营院里。天还没黑，正在黑下去，弟弟束手无策地站在车下，打量这营院及近处一座干黄的石山。他身边的每个人都无声地小碎步走动，有序地忙碌着。弟弟很快让自己融入于这些沉默而忙碌的人之中。不久强打精神的教导员过来安排司机继续上路，把弟弟送往二十几公里外的一个连队，弟弟这才知道，这里还不是他的终点。

夜里弟弟在另一处更显孤瘦、海拔更高的营院下了车，这就是他未来的青春栖息地了。已经成为他连长和指导员的两个比他年纪略大的男人引领着他去了他的宿舍，那是一个由七张住满人的高低床组成的房间，墙壁灰黄，地中央有水泥脱落的痕迹。十几个审慎的人沿床边肃然齐立着，凝视着他的脸，他们就是他的兵了，那是一名面容阴沉的三期士官班长、一个脸上挂着善意微笑的二期士官副班长和十二名新兵。连长和指导员坐下来跟他聊了些必须聊的话，不久就走了，顺手关了门，留下弟弟和他的兵在静得瘆人的屋里面面相觑。弟弟突然想咳嗽，但忍住了，他得谨慎采用任何一个动作，在他们对他还全无感情之前。那女孩热烈、奔放的表情、动作始终在他脑中闪动，很奇怪他虽已完全感受不到一点缺氧反应了，却时常不寒而栗。孤独感因这种不时到来的战栗，在他身体里增长、加速扩散，他深切地觉察到，这是他有生以来最悲伤、忧虑、无奈、绝望的一个夜晚。当远方具象地矗立于他的眼前，将他挟裹、吞噬，他意外地发现自己对其只剩下了厌弃，由此他悉知对那位副政委的拒绝太马虎、幼稚了。这一夜只能重蹈上一夜的覆辙，失眠、忧伤，与心理缺氧症更深入地搏斗。等新的一天，真正的高原生活的首日到来的时候，他发现远较生理上的高原反应更艰深、繁重的高原反应出现了，引发者是那位面容阴沉的三期士官，他变身为这高原上的苍云投向山峦的一片阴影，要给弟弟上第一堂高原生存课。

清晨，起床后的弟弟整理完床铺从水房洗漱完再回到房间门口时，被一阵不可理喻的指挥声愣住了。“把这些玩意儿给我端到厕所里去。”三期士官班长的右手食指像路标指着弟弟的棉垫、床单、被子，以及那只没有塞进壁柜的枕头，声音严厉，“这整得也太窝囊了，放在这儿不是影响咱们屋的内务吗？给我端出去!”弟弟脑子变成了一团糨糊，目光下意识在屋内睃巡，七张高低床上的其他被褥看起来都是标准的直线加方块，他床铺的凌乱的确拖了这屋子内务卫生的后腿，可不对啊，他现在是这屋子里的最高指挥者，怎么随便就成了被制裁的人？更何况他作为一名新军人，没把被褥整好实属情有可原。十二名新兵噤若寒蝉地定立着，目光游动在三期士官与弟弟的脸之间，他们每个人的脸上都是审时度势的表情，只有那位二期士官副班长一副绞尽脑汁试图去改变眼下情势的思考状。“没听见我说话吗?”三期士官完全不看门口的弟弟，怒视新兵中的某一位。被目光点到的新兵快步走向弟弟的床，蹲下来急促地去整理被褥。三期士官立即用更尖厉的呵斥制止了他：“我叫你端走！扔到厕所里去。”那新兵仓皇、无奈地望了望远处的弟弟，一咬牙，抱起被褥站起来穿过门口一溜烟向厕所跑去。弟弟到这个时候还没理出个头绪，怒火已呈排水倒海之势涌入心房，它们使他连日失眠的后果顿现：他眼前一黑，就要摔倒在地，但他扶住了门框。弟弟端着脸盆走向自己的床，只听三期士官刺耳的笑声传来：“不好意思！新排长，我没别的意思。你是排长，内务上也得以身作则不是？”弟弟从这人阴阳怪气的声音中窥见了这事的线索：这人在挑衅、给他下马威，作为这屋子原先的最高指挥者，他要让那地位持续。怎么办？弟弟显然正面临着在这高原的首场战斗，这是他人生的又一关键时刻，文斗还是武斗？他盯住三期士官壮硕的身体、有备而来的眼神和肢体语言，洞察到当此时分无论采取任何方式他都无法一招制胜。这一犹豫他就错失了反攻的良机，只见三期士官已大步流星走了出去。

弟弟惶然扭头，看到的是那些新兵迅速避开的观望的目光。尖锐的轰鸣声一时充斥于他的脑海，他惊惧地觉察到自己就要崩溃了。远山傲立于窗外，不怒自威。弟弟眼前出现了那女孩在尘烟四起的土路上猝然倒地的惨烈画面，对这高原的畏惧感已激增到极限。完全是不由自主地，他飞跑了起来，一直跑，不停地跑，跑出狭小的营院，跑向广阔的荒野。早晨的高原一派肃杀的寂静，冷风穿空而过，直钻进他的心尖。对未来的恐慌令弟弟失去理智，他明知对他来说奔跑有多危险，但还是抑制不住奔跑的狂念。他一直跑，营房被他甩得越来越远。渐渐他感觉脑袋像被水泥封住了似的，五脏六腑都在翻腾。他终于警觉地停了下来，两手撑在膝盖上呕吐不止。过了一阵子，他抬起头来，仰望苍天。恐惧感仍愈演愈烈，他痛苦不迭。忽然，他的脑中出现了那些朝圣者匍匐在地的情形，紧接着令他无法理解的一件事发生在了他身上：他感觉自己双膝软软地向大地跪去，如同那些朝圣者一样，接下来他展开双臂，让自己的整个身体倾覆在冷硬的荒原上。他长久地埋身于这荒原，谛听着天音的同时检省自己的内心。他终于明白他与朝圣者如出一辙的动作是一个无助者最后的挣扎。然而他并非真正属于这荒原之人，向虚无的祈福并不能使他获得抚慰，不能从根本上驱散他的恐惧，他不是他们。弟弟最终只得站起来，更绝望地眺望前方。

“排长！你……还好吧？……回去吧。”身后传来人声。弟弟猛回头，看到的是他的副班长——那位二级士官脸上关切的表情。弟弟意识到自己刚才很出位的行为早已被这位看起来与他年龄相仿的人尽收眼底，庆幸的是，对方并不因此沾沾自喜。“他年底三期就满了，完全没希望续签四期了……”副班长在为清晨发生在宿舍里的那场莫名其妙的攻击寻找理由，“他签三期的时候花了点钱，就觉得谁都欠了他的……请排长理解一下……”弟弟警觉地打量近旁这个人的脸。这是一张至少现在看来能够将弟弟从绝望中挽救出来的脸，它正在明确地向弟弟惠赠友谊。“他情绪上来了爱胡闹，时间长了你会发现他人不坏……”这张给予弟弟一线希望的脸在微笑，使弟弟略感温暖，并产生了一丝为未来的日子做筹划的兴致。风真大啊，荒原一望无垠，弟弟想，也许他该忘却清晨的不快，把眼下的情形当成他高原生活的真正序幕：他得到了一个朋友。他还会有更多的朋友对不对？只要他心力足够强盛，就能争取到更多的朋友，也许还能将敌人变成朋友。弟弟终究还是转过身，与他的副班长一前一后往营房方向走去，慢步走向他悠长的高原生活。

（原载《山花》2009 年第 7 期）

营门望

一

翠萍在营门左侧那棵梧桐树下摆了个鞋摊。修皮鞋，擦皮鞋。修，她并不会；擦，最初也只是将就着干。她是从最穷的乡下来的，之前连皮鞋都没怎么见过。做皮鞋的职业保姆，难为她了。不过，能不能驾驭皮鞋，无关紧要。梧桐树下常年蹲守着七到十个人，有四个人是摆鞋摊的，却唯有金水是合格的鞋匠，其他人，都只是拿鞋摊做样子。这些人什么活儿都可以做，只要营门里面的人说得到，他们就敢应，而且没有搞不定的。遇到自己不会的活儿，就转手找别人，做中介更有赚头。营门里的人，只要愿意找他们，通常不会失望，“愿意”终究变为习惯。既然这堆人长年在此蹲守为业，就说明这是块能养活人的地儿。

金水是这堆人的中流砥柱。权威的确立，主要是因为他们中的多半是跟着他过来的；也有一个原因，是金水的一专多能。他不光会修鞋，还是个精通开锁撬锁的家伙。翠萍的鞋摊开张后第二天，金水带她进了一次营门。一个军官的钥匙掉了，进不了家门。遇到这种事，他们都习惯找金水。金水骑着自行车慢悠悠跟在军官一侧，翠萍跟在金水身后，七拐八拐就进了一幢楼。三两分钟，金水就让军官进了门。完事后军官给了金水两块钱，威严地关上了门。金水站在门外，转过身来，一边抹汗一边冲翠萍笑。他里面有颗牙掉了半截，让翠萍觉得这人有点滑稽。你带我进来做什么呀？翠萍抛出一个问题。金水说，熟悉情况嚏！多进来转转，有助于掌握市场动向，军分区院子就是我们的市场，当兵的就是我们的主要客户群，多跑，多接触，往后你生意才好做嘛！翠萍有点敬佩地看了金水一眼，先自往楼下走。走到另一单元，金水突然示意翠萍跟过来，他两级楼梯一步地上了三楼。翠萍还没搞明白怎么回事，金水已经弄开门，把她拽了进去。

怎么？你……

翠萍理所当然地意识到这是擅自闯入，害怕地大声诘问，又迅速警觉地把嗓门压低。你……你在干什么？

金水猛地把手按在翠萍胸上，笼统地搓了一下。干什么？你说呢？

翠萍虽然已经二十六岁了，但别说给男人碰那个地方，连手都没被摸过。她气得浑身发抖，情急间去拉门把，要逃出去。金水却嬉笑着扯着她的手，将她推到离门更远的沙发边，比猴子还敏捷地反锁住了门。翠萍这才意识到上了金水的套。回想昨天上午，她刚走到梧桐树下金水便主动过来跟她攀谈的情形，他现在的行为是蓄谋已久了。

翠萍是昨天才从乡下来到市里的。家里人觉得她是个老姑娘了，萝卜白菜不分地瞎请媒人给她找婆家，正好她早就想去城里闯一闯见见世面，就索性来了个离家出走。金水没费几滴口水就使她相信营门口是块宝地，于是她当天就在此安营扎寨。现在看来，她太轻率了。

你别出声哦。让外面人听到，就是大事情了噻！金水弯下腰来，抑制地咳嗽了两声，摇头晃脑地吓唬她。

翠萍这才进一步意识到自己给逼到了绝路上。眼下她这不是在违法犯罪吗？万一给人发现她未经允许就进了人家的门，这可如何收场？真是！她确实不能叫。可是，不对啊，这人怎么知道这家主人不在？太奇怪了。翠萍脑子突然就乱了，什么也不能想，任凭金水大摇大摆凑到她身边来。

妹儿，跟你讲哦，昨天一看到你，哥就爱上你啦。就从了哥吧。快点！咱得快点！不然主人回来了给撞见，就坏事啦。我看看，十一点三十五了，他们十二点下班，快来！

翠萍眼泪一下子流了下来，觉得今生就要在此刻毁掉，千悔万怨涌成一脸的可怜相。她抽泣着，哀声道，饶了我吧，求你了。

形势竟发生了变化。金水忽然正经起来，急声说，别哭妹儿，快别哭了，哥逗你玩儿的。咱不是那种人。哥就觉着你讨喜，吓你一下的。

翠萍把眼珠子瞪大，搞不清金水是在使诈还是真心话。那你快把门打开，让我出去。快点！

金水还真依了她。不多久他们双双退出门。刚走到楼下，金水就埋怨起她来。

你看这家里面装修得多好啊，你住过这样的房子吗？在里面多待一会儿又怎么了？你个妹儿也真是的，杠头杠脑。我经常去里面看电视的，有时候晚上还睡觉呢。

翠萍站住了，瞪了金水一眼。又深吸气，抬头打量周遭。这是一九八三年六月十二号。这一天被戏弄的翠萍相当讨厌金水。他却还在她身后喋喋不休，对她的厌烦置之不理。

我跟你讲吧，这家没人住的。听说主人是一个首长的女儿，可她一家子全不在这儿，都在北京。不然我敢在里面睡觉？

翠萍想到，她之所以今天被戏耍成功，是因为金水对这个院子有透彻的了解，而她对它完全是雾里看花。她产生了一个念头，要进入这个院了，成为它真正的主人。

当然，她有此企望，还因为她喜欢它。昨天第一次站到那营门口，只向里望了几眼，她的心就给勾去了。要不然她也不会马上决定在此营生。她远不是个傻瓜蛋。

二

当时，翠萍这个“逃婚”出来的姑娘，迎着军分区的二号营门，站在烈日下的马路边的树荫里。她的背后几十米处，与这马路交错着另一条更大的马路，车来人往，喧闹不断。翠萍有种错觉，自己正站在两个世界的交界处。身后是闹哄哄的一片；前方，那高耸的营门之后，是安宁，更是……其实就只是安宁，别无其他。但这安宁，太令她折服了。它像一汪深不可测的湖，濡湿着她心里那些并不明晰的念想，使她胸口发胀。

后来她会经常像第一次那样与这院子对视，每一次的感觉都使她看到安宁。为什么会这样呢？有几次，她试着为那感受找寻缘由。一下子就找到了。或许就只是视觉的震撼造成的吧，这营门委实雄伟、高大、宽阔、坚实。越过营门看过去，是深幽和辽远。长而开阔的水泥路缓缓扎入这院子的中部，在一座汉白玉质地的毛主席像下戛然止步。路的两侧，是间隔有序的榉树。

原本在翠萍看来，营门两侧荷枪站立的年轻男孩已经够英武了，可当某天下午一长溜男人奔涌出营门时，她才觉得见识了真正的男子气。他们是出来越野跑的。正当一年中最热的时节，他们的上身全光着，下面，也就穿着条军绿色大裤衩。那股气，男子气，像阵雨突降时泥土里冒出的炙气，浓烈，丰盛，呛得翠萍惊慌失措。就是在那天下午，她卑怯地想，要是能嫁给一个军人，该有多好。随便从他们中拎一个出来，她都愿意嫁。真的，她当时就是这么想的。这可不是什么都够不着的梦，有可行性。无数次，她移步离开鞋摊，远远站到营门旁边那面整容镜的对面，她发觉自己长得不错。来这儿的第三天，就是金水带她进院子的次日，她轻而易举就独自进了院子。原则上进去可是要经过严格审定的。军事禁地，外人莫入。真要进，不但里面要有人邀请，还得在传达室详细登记。梧桐树下的这堆人，除了金水，其他人一般都进不去。金水能进，全因了他在这儿待了好几年，跟里面几乎每个人都熟。可翠萍只是在门卫拦住她时突然手足无措地羞红了脸，仰起脸的同时眼睫毛扑闪了两下，门卫就笑笑放行了。

进出自如的翠萍一有空闲就会去军分区院子里面溜达。她假装目不斜视，眼睛的余光却在耳朵的配合下看得到身后。一旦有个男军人走到她身后，她甚至能依据他们的脚步声看到他们的心理活动。

可是，都两三个月过去了，她始终没能碰到一个突然在她身后放慢脚步的男军人。可能她的穿着太土，乡下人的身份太明显了。那个时候，城镇户口与农村户口间巨大的差异，使得找对象极其讲究户籍对应。男军官根本不会找农村姑娘，男志愿兵，不到万不得已，也不做这种选择。翠萍又不可能嫁义务兵，一来他们太小，二来部队根本不让他们在驻地谈恋爱。可道理上这样讲，凡事就没有个例外吗？翠萍还是不甘心罢了那个念头。她还在等。等啊等，都快急死了。有一次，她竟趁着月黑风高跑到主席像下面去烧香。刚点上，身后就传来急促的脚步声。把火灭了！干什么？不许动！

翠萍给吓得　蹦老高。地那么平坦，她却给自己绊倒了。一个大趴，俯卧在地。却正好压灭了香火。

我什么也没干，没干！就是没干！翠萍爬将起来，望了望在她身边站定的瘦高个纠察，又望望地面，见那炷香早压成了碎末，更加放心了。我崇拜毛主席，过来磕头的。

纠察是个新兵，特敬业，明明见着火光的，这姑娘还抵赖，保不准她就是敌特分子，不可大意。你跟我走！快点！他抖动电棍，指挥翠萍。

给带到纠察队，翠萍早就吓木了。盘问过几句，见问不出眉目，小纠察出去把他们的队长喊了过来。真是神奇，待那队长一出现，机灵劲就回到了翠萍身上。这是个长相远远超过院中人平均水准的军官，看着比翠萍大六七岁，高鼻子，阔嘴，长身，厚背，腿把裤管子撑得紧绷绷的，叫置身险境的翠萍身体细胞全活了。都不用刻意，她身体深处鲜有的那点儿媚气全迸发出来了，从眼睛到唇齿间，尽是灵动，当然还有羞涩、怯懦和无助。我真的什么也没做。翠萍望着那队长，像猫咪望着主人。她念过初中，看过几本小说，因此能意识到自己刹那间对这青年军官产生了爱情。可经验告诉她，这爱情也太错误了，倏忽之间，她强令自己把它杀死在了襁褓里。

门口擦鞋的吧？

这个英武的军官，认出了翠萍。

翠萍说，嗯。

好。没事了，你走吧！

翠萍突然羞愤难当，冲出门去。挨枪子儿去吧！她一边在路上走，一边在心里骂，同时意识到竟然在骂这个好心释放她的军官，这让她觉得自己哪根弦出了问题，于是她再把这话骂了一次，这回她是骂自己。

这年秋收时节，翠萍带着赚到的几百块钱回老家去“农忙”，那些钱使她受到了家人的尊重，不再像从前那样逼她去相亲，但是翠萍却主动去相了一次亲。她主动，是因为男方在外省当志愿兵。这人比翠萍大三岁。不知怎的，她觉得他长得不对劲。她甚至怀疑他是个假军人。无奈翠萍的心早给军人收服了，这人再不符合她意愿，她也愿意。这人倒不嫌弃翠萍的农村户口，也想跟她谈，真叫她感激。他探亲假不长，二十来天吧，翠萍很配合地和他处着。临走前一天，他把她带到他家，睡了她。等翠萍回到营门口一个来月后，他来了信，决绝地说：咱俩不合适。翠萍病了五天。

这桩令翠萍受辱的短促恋爱史，让她对军人的爱慕里突然渗进了恨。再坐到自己的鞋摊上，她心情不好的时候就用最劣质的鞋油给院子里的男人们擦鞋。一次补鞋，她故意把针眼缝得里面大外面小。有近乎一个月里，她一次都不进入这院子。就只有一天，金水请她协助他去院里给人家打扫卫生，她跟着去了。

给那家打扫完出来，他们又经过那个单元门。金水故技重演，问翠萍要不要去那屋子里待上那么一小会儿。翠萍猛地站住了，由浅入深地打量金水。突然她就冷笑了一声。去就去！怕你？

金水夸张地咳了一声，向她做鬼脸。

翠萍就是在那一刻拿定主意的，她要接受金水。那么些天过去后，她看出来了，金水是真心喜欢她的。他又未婚，脾气虽然怪了点，但好在是个挺逗的人。嫁他，还真是行得通。再说了，无论如何她是没法不喜欢与这院子朝夕相处的感觉的。看起来金水是决定在营门口干一辈子了，嫁金水就意味着她能永远得到那种感觉。要是他们结了婚，每年在这院门口挣比一个军官还多的钱，然后拿回去让村子里的人眼红，想来这日子挺有奔头。

这样零零落落地想着，翠萍已经和金水睡完了。对于她已经不是处女，金水倒不深究。这更证明金水骨子里是个善良而大度的男人。他们两个人，躺在这别人家的房子里，后来又睡了一次，倒是彼此越来越体恤、珍惜。后来金水很郑重地求婚。翠萍没犹豫就答应了。一九八四年春节，他们领了结婚证。

就是回老家结婚那几天，翠萍无意间听说，先前那个志愿兵，果真是假的。按派出所掌握的资料看，这混蛋的劣迹里，像翠萍这样被玩弄的姑娘，竟然高达九人。这消息，使翠萍郁闷了几日。金水果然是个好男人，他这人表面滑头，暗里却是个情种，还是个调情的高手。聪明能干这方面更是不在话下。翠萍觉得自己命真好。只是，有些时候，再望向那营门，视野落在某个进出的男军人身上时，她心里有种莫须有的愧意，这愧意使她自卑，对这营门里的一切比初来时加倍地心怀敬意。

有天早上，翠萍刚把鞋摊在原地支好，忽然看到一辆吉普穿出营门，快速向外驶去。车窗敞着，纠察队队长笔挺挺坐在里面。翠萍竟然一阵愣怔。她愣怔，是因为她心里有愧。在对军人心怀恨意的那一年半载里，她竟然是把这队长置于怨恨旋涡的中心。可这男人却从来不到门口来擦鞋，使她后来从未得到机会安抚心里的那股愧意。往后好几年，翠萍再没见过这人。后来她隐约听说，他被选派去执行一项任务。翠萍看见他的那天早上，就是军分区派车送他去报到。再后来翠萍又听里面的人偶尔说起从前这里的某个纠察队长，在执行任务中受了伤，却无大碍，回来后提前晋级去了军分区下面的一个旅当上了军务科科长。他们说的显然就是他。翠萍不懂部队里面的事，只是惋惜她的那股愧疚也许此生再无法释放掉，只能任其沉滞在心。她唯有在心里让自己对军人的敬意变得更加广泛，去爱护每一个需要她服务的军人。她像一个军分区的编外职工，在内心里那些幽寂思绪的陪伴下，生活在营门口。她与这座军营大院相依为命，亲密但又疏离，就是这样，一年又一年过去了。

三

在上个世纪八十年代后来的那些年，以及整个九十年代，军分区二号营门口梧桐树下的人换了又换，这个女人和她的男人却始终在那里。那棵法国梧桐树的树冠阔大了一轮，但日日端坐在它下方的她看不出来，沧海桑田，而一个人内心的某些感觉却从不更改，比如翠萍日日与营门对视之后获得的安宁感，永远就和第一次一样。

翠萍的面相老了许多，不再是最初那个一脸纯洁的姑娘。她身后的那个喧闹的世界，那些马路、楼群，却一天比一天新异、年轻。它们就像一群打了激素的小伙子，叫翠萍时而心慌时而烦躁。翠萍越来越弄不懂它们。很多次，她把身子转过去，打开视野，慌乱就会迅猛地逼入她的内心。她就赶紧转回身，眺望那高大营门，以及营门后深幽、辽阔的院落，马上就心定了。这大大的院子，就像她的老情人，忠实于她，予以她慰藉，而她，亦坚定地挚爱着它。门口站岗的卫兵年年换，但永远都是同样年轻的面容、挺拔的身姿。军人们还换过军装的样式，衣服虽换，人还是先前的精神气。据说这个院子里还有过几次整编，但翠萍丝毫没有感觉出来。翠萍认定，这院子，就是永恒的一种。她选择生活在这里，是福。

翠萍和金水的儿子叫向军。从一开始他们就把他寄放在乡下，长大，上学，再长大。他们的户籍不在这里，不方便让向军在此就学。遇到寒暑假，他们才把向军接过来玩几天。向军是个沉默的孩子，对他们一直不亲。唯有翠萍带他去院子里玩耍的时候，这孩子的嘴巴才会甜那么一时半刻。那些时候，向军像院子里的军人子弟一样，在操场上奔跑，去树林里逗蝴蝶，欢笑，歌唱，孩子的天性显露无遗。

就有一次，向军看到三个军人家的半大孩子在篮球场上蹦跳，他雀跃着跑上去跟他们抢球。那天也不知道怎么回事，三个孩子把向军揍了一顿。此后，向军再也不愿到这院里去了。我不喜欢这里！这个越来越大的孩子不断向父母表达这个意思，语气决绝。那场孩子间的纷争，在即将结束的时候，翠萍也到了场。她不觉得那三个孩子的行为有什么别的意思，他们肯定不知道向军不属于这个院子，所以他们的行为并不是因了鄙薄的驱使。翠萍想，自己这个孩子，可能遗传了她的自卑吧。可是，孩子嘛，不长性的，翠萍揣度，向军终究会像她一样爱上这里的。其实，是她自己需要儿子心里建立这种爱。打从向军出生的一九八五年，翠萍就暗自给他定了他唯一的人生方案：当兵。必须的！

翠萍打了很大的提前量，为了儿子最终能当上兵。早在九十年代初，她就开始有步骤地运作此事。她看准了一个渠道。这条道儿的中心点上，站立着早前的那个纠察队队长。他果然是男人中的男人、军人中的军人。调离军分区十来年后，他又以全新身份回到了这院子。先是军务部部长，几年后是军分区副司令，到了新世纪，他已经是这个院子的最高军事长官了：军分区司令。他姓厉，厉司令。翠萍从他干军务部部长的时候，就有意去接触他。她机会很少，几年才有一次。最初的一次，是他家卧室里一个木质窗子需要换成铝合金的，他派通信员出来找接活的人。翠萍自告奋勇，那次，她获得了他家的军线电话。此后，她每次回老家都会带些粗粮上来，去营门口传达室打他家的电话，接着专程把这些东西送到他家去。东西不值钱，但饱含真情和诚意。前纠察队长为人处世方面是个简单而且有点反世俗的人，这个朴实的妇人挺让他感动。慢慢他把她和金水当成了朋友，每次家里换电话号码都会告诉他们。他始终是同龄男人中长得最像样的那种男人：威武，壮实，走起路来虎虎生风，说话干脆、果决，办事光明磊落。翠萍敬重他。早先那点朦胧的爱意，早就化为敬重，这敬重在岁月中愈见坚实。有时候，翠萍觉得，他就是她的偶像，她心里的神。

向军学习方面很争气，一向成绩很好。高考预考，他的成绩进入全县前十名。老师们都认为这个六岁就上小学、中途还跳过一次级的孩子有实力报考清华，但翠萍把自己的意志强加给向军，逼他考军校。向军起先不愿意，最终还是妥协了。军校有什么不好呢？一切费用全免。向军如翠萍之愿考上了一所指挥类军事院校。那真是再好不过了，翠萍经常想，这样，她就可以只求她的偶像一次：就是在向军毕业后，请他帮忙分到这个院子里来。

翠萍与这院子的关系，就这样一步步地更加紧密了。再在院子里溜达时，她更感笃定。她觉得自己天生就属于这里。不是吗？就算眼下住在这院子里的人，都是频繁调动，铁打的营盘流水的兵，只有她是立地生根的桩子，这么多年了始终蹲守在此，她的“院龄”比很多人都长。这种笃定，让她每次跟这院子里的人照面时，都心情淡定。有些时候，她去某户人家的房子里做事，遇到那些军嫂，一点都不会自卑。她跟她们随意交谈。她的淡定，倒也让军嫂们更加喜欢她。大约在向军快从军校毕业的某一天，翠萍去了那套先前她和金水定下终身的房子。现在这房子换主人了。新司令上任后大力整肃住房问题，很多闲置的房子被收回，这回住在里面的是一个三十来岁的机关干部一家子。

一走进这家的屋子，翠萍脑子有点跟不上来。恍惚间她忆起和金水私入此地的种种情形。金水和她，眼见着都老了。并且，金水时常咳嗽，身体愈见虚弱，似乎得了某种病。翠萍把一声叹息咽进肚里，就跟在房子的女主人后面做事去了。那天翠萍是去给这家做饭的，她菜做得极可口。女主人来了几位朋友，要在家吃一次，自己又不会做，翠萍就充当了钟点工。女主人及她的朋友都是重礼节的人，见翠萍讨喜，等她搞定一桌菜便请她一起吃。翠萍倒不扭捏，便吃了。让翠萍心生不快的事，是在饭后发生的。当时，朋友们陆续告辞，翠萍也跟着往外走。临到出门，女主人突然唤她：哎！你好！请等一下！麻烦你帮我把这几袋垃圾拎到下面去。

翠萍蓦地心中一凛。也许是她到更年期了，容易神经过敏，但这种过敏一上来就无法遣散。翠萍想，为什么偏叫她拎，那么多朋友，女主人却不叫。她这次是给请来做饭的，可不包含倒垃圾的任务。她把头转过来，却见女主人表情正常得很。显然，女主人觉得这个使唤是再正常不过了。那么，是什么样的心理，促使女主人把一件不够正常的事视作正常呢？翠萍脑中忽然闪过一个念想，紧接着她的心抽了两下，冷到极点。

她跟她们不是一样的人。就是的，翠萍明白，这就是内中隐意。

翠萍拎着垃圾走下去。这一天，竟然心情极度恶劣。她一定，一定要让向军名正言顺地成为这院子里的一员，同时，她也成为真正属于它的人。这个念头，在那一天，比任何时候都要清晰地盘踞在她脑海里。

就是在这一天后不久，金水被查出晚期肺癌，只一个月后就撒手归西。翠萍伤心地回顾金水种种的好，却也只能听从命运安排。临终前，金水抓住翠萍的手，虚弱地摇，似有重要的话要讲。翠萍把耳朵支过去，听到金水游弋在两个世界边缘的絮语：

……乖萍……好妹儿……听哥说，别太……了……别太……

“别太”什么，只能成为一个秘密。但翠萍却相信自己知道金水想提示她什么。这个好男人，聪明了一世，她心里是什么光景，他怎能不清楚呢？翠萍不能向他承诺什么，只是流泪，点头。却又知道，自己什么都没听进去。

四

说话间向军就要毕业了，翠萍兴冲冲往厉司令家去了一趟。二十几年了，她持之以恒地臣服于他，今天终于要让他回报一次了。翠萍脚步飞快，心如脱兔，好似第一次去见他。见了面，她弯都不拐一个，一口气把准备了很多年的请求说了出来。得到的却是最坏的结果。

怎么可以？我怎么可以帮你这个忙？厉司令突然就把眼睛瞪了起来，勃然大怒。一点都不去想他与她之间悬殊的地位，需要他保持威严。他一个刚毕业的学员，你让我给弄进军分区机关，这到底是害他，还是帮他？你搞清楚没有？年轻人，你不让他摸爬滚打几年，一出道就进机关，他会成为一个正常孩子吗？基层锻炼人，他得先去基层。至于以后能不能进机关，全看他表现。

这不是废话吗？要靠表现还找你干吗？翠萍没听他讲完就甩袖走了。人家这么大的首长，她一点面子都不给他。为什么要给？她苦苦规划了二十几年，到头来等到的却是这个，还叫她给他面子？她翠萍虽是个底层妇人，但也是有脾气、有尊严的。去死吧！翠萍走出厉司令家就开声骂，还把追上前来的勤务兵塞给她的一袋水果稀里哗啦扔到地上。她永远不要再见到他。

回到租住的小屋子，翠萍脑子清醒了点。她想到，这人不帮她，并不是把她区别对待了。他要真是个爱区别的人，她这样地位的人哪进得了他家的门。他只是坚持自己的准则而已。翠萍早就听说过了，院子里的这位现任司令，是个铁面无私的人。但她不相信。现在看来，传言都是真的。这么一想，翠萍竟迅速理解和原谅了他。他今天的表现，其实很符合她对他的一贯认识，一个高大、笔直、干净、有力的人。夜里，她躺在床上，对他的敬畏，竟深了一层。只是她觉得愧对自己的儿子。她要向他道歉。

隔日她打通了儿子的手机。一五一十说完，她哭了起来。孩子！就靠你自己了。

岂料向军似乎早已料定今日，还火上浇油。你以为你是谁？别说我怪你。你把我害了。

翠萍抽泣。你这孩子，怎么说话的？

向军冷笑。虽然是你给我选的这条路，但我认了，就不信我凭本事进不了军分区。妈，你别管我了，分哪儿是哪儿，一步一步来。

翠萍破涕为笑。这孩子，性子随她，脑子随父亲。她相信他。

向军果然好样儿的。他毕业后分配到一个岛上的海防连，在那儿才干了一年，就调到了团部，仅过了半年，他又给选调进了这个军分区机关。正式调来的这天，是二〇〇九年八月四日。厉司令在上一年提前退休。就在那天，翠萍平生第一次喝了一杯酒。一下子把自己弄醉了，她糊里糊涂地跟亡夫金水表白。她说，金水，我熬到头了。

虽则说了一些怨尤的话，翠萍还是那个喜欢站在营门口与这大院对视的人。现在，再站在营门口，那种举目皆是的安宁感，不但能叫翠萍立刻静下来，还令她感到幸福。就是幸福哦。这种暖而充盈的平静感，不就是幸福吗？她丁翠萍，活到五十二岁，才真正感受到幸福。这并不迟。她从此要在这院子里好好活，用力地活，安宁地度过余生，嗯！安宁。

翠萍撤掉了摊子，把出租屋退掉，搬到院子里住了。作为院子里一个军官的体面的母亲，她再不便于蹲守在营门外。向军运气不错，刚调进来，就赶上军分区一轮经济适用房分配，很多中高级军官搬去了院外的经济适用房，院子里一时空下许多旧公房。那套给过翠萍隆重记忆的公房，也空了下来。翠萍敦促向军把这套房子协调到手，母子俩在这年的深冬，搬了进去。

现在，翠萍能够以女主人的身份，站在这套房子里，站在窗户里面，撩开窗帘，长时间地眺望这院子里的景致了，她想站多久就多久，想看多久都行，再用不着为此不安。只是，她很快发觉，有什么东西不见了。原本那东西始终在她心里，很多年来都是，如今，它像一只被母鸡下掉的蛋，没影儿了。

向军每次回到家里，都会跟翠萍讲些单位里的事。谁要升迁，谁是靠关系调上来的，哪个人是特别爱背后捣鼓事的人。翠萍听得瞳孔发光，耳根发紧。她不爱听这些，真的，压根儿不想听。可是，到她家来做客的向军的同事，都爱讲这些。这表明不是向军独好这些话题。这里面的人，跟外面的人一样，同样喜欢关注那些无聊的事。

一日，向军和她谈到，厉司令去世了。竟然和金水一样，这个强壮的男人，也是说没就没了，同样是癌。翠萍真是惆怅。她深更半夜的，穿着睡衣站到窗口，望着寂寒的夜空，心里难受。更让她难受的，是向军又一日带回的一个传闻。据说，这位前任司令，在人们看来太过刚愎自用，他的癌，说不定是个意外。说是他太廉洁，退休了一身空空，轮到分给他的新房要装修，却拿不出几个钱来。组织上派人给他装修，被委派者恰是个曾被他“制裁”过的人，用最劣质的材料装他的房子。他住进去，就得了骨癌。

翠萍深信，这只是一个传闻。金水从来没住过用劣质材料装修的房子，他怎么也得了肺癌呢？她想，只是命吧，命该如此。这么一想，她就觉得这传言太恶毒了。而这恶毒，却被人们添油加醋传来传去，这让她心里难受。再一天，向军重复这个话题时，翠萍怒了。她像个泼妇一样，举着扫把，在房子里追打向军。末了，她用一种严肃的语气警告向军：你以后什么都别跟我说了。

向军撇嘴。说说又怎么了？你在怕什么？说说，也不代表什么。哪里都免不了那什么什么的。要真什么都没有，人就不是人，日子就不是日子。就说你，挺和善一个老太太，可偶尔不也冒鬼火吗？人无完人，物无完物。既然有瑕疵，还不兴咱说一下、分析一下？说了，也不代表什么嘛。你这么大岁数，连这道理都不懂，真是的。

翠萍一屁股坐到旁边的凳子上，浑身直抖。她气急败坏，语无伦次，自己也不知道想表达什么。是……我不懂……我老太太怎么了？嫌弃我？赶我走啊……就你懂……

向军说，看，看，你还真生气了。

五

翠萍又在原地恢复了她的鞋摊，她让自己重新变成了一个蹲守在营门口的人。这是接着到来的新一年的一天。她其实并没有想太多，主要是觉得，在家里闲得慌。那些闲，使她怀念从前的日子。她早就想出来重操旧业了，住进去不到一个月就开始想。只是怕向军恼，不让，就没敢提。那天向军“教训”她，正好给了她“离家出走”的理由。

一坐到梧桐树下，翠萍竟然有种失而复得的激动感。那是早上八九点钟的样子，她把鞋摊摆好后，站了起来，围着它转了一圈，接着四顾望去。这天没有风，天气好，天空比平日要高，要亮。翠萍顾盼了一阵子，目光就定在了那营门上。营门高高，水泥路宽广沉静，榉树苍翠，地久天长。她长时间地与这营门对视，末了深知那种熟得不能再熟的感觉还在。这让她大为放心、幸福。对的，幸福，幸福还在。她回身坐下来，低下头，享受被那种感觉裹卷的此时此刻，眼泪止不住就掉了下来。有个军官走过来，坐到她面前，把鞋亮给她，同时认出她是向参谋的母亲，笑着调侃她。她不作声，只顾擦鞋。仔细地清洁、上油、抛光……

当晚回去，向军就向她提出警告，不许她再出去做这件事。翠萍振振有词。不行！这是我的事业。事业？这个词让翠萍心里一抖。她从未想过，这么上得了台面的词，竟被她理直气壮地拿来用了。

他们为这事吵了不下五回，终于，在这年春节即将到来的一天，向军忍无可忍了。他找了两个兵，自己在前头领着，连走带跑地扑向翠萍的鞋摊。不容翠萍反应过来，他们已经拎起她的杂物包、修鞋机，向营门相反的方向走去。翠萍站起来，大呼小叫地追。给我站住！放下！放下我的东西。见他们跟她拉的距离越来越大，她急中生智，冲着马路上川流不息的人，高喊：抢劫！抢劫啊！抓住他们！

向军和两个兵不得已停了步。行人立即拥过来看热闹。翠萍追到跟前，就抢她的那些工具。向军突然冲她来了一声大吼。你不要脸，我还要脸呢！

这天的翠萍简直给这个专断的儿子气晕了，她什么也不管不顾了，就只想拿回她的东西，坐回到她想坐的地方。人一晕，说话就没谱。我不要脸，对！我就不要脸，有种别喊我妈。

向军警觉地向营门那里张望，有一队出来越野跑的官兵，正拥出营门，他突然就软了下来，嗓门压得极低。妈，你别这样。还要不要我在这儿干了？快别闹了……别让我变成军分区的笑话……

翠萍正欲反驳，发现那队人已经奔到跟前，呼啦啦穿过她身边，很多人都扭过头回望她和向军。她突然意识到此刻真的在犯蠢，整个人就呆住了，大气都不敢出。

（原载《人民文学》2010 年第 6 期）

长　　音

一

酒已经喝得很到位了，不怀怀旧、抒抒情，恐怕不足以向“二十年后来相会”这样的聚会主题交差。舌头如卡碟的播放机一样不利索，但只要情绪在、嗓门儿大，就能占住话题。

他们抢着回顾过去时候里的某件趣事、糗事，说者眉飞色舞，听者耳聪目明。当然，能够让他们集体共鸣的过去时候，是特指二十年前他们在同一个新兵连的那三个月——

那时候，他们是同一辆罩着绿色毡布的大卡车拉到部队来的巩县籍战士。现在呢，他们坐在巩县最有档次的酒楼里把酒话重逢。

有个人说到了每日清晨破空而起的起床号。那时他们都十七八、十八九，个个都是瞌睡机，所以现在一谈到起床号，座中人都免不了心有余悸。但回忆是属牛的，吃进去的是草，挤出来的是奶，曾经的曾经再不堪回首，如今捻到嘴里嚼一嚼，给感觉到的，也只剩下芬芳和养分。

“我怀念起床号!”有人迫不及待地感慨。

“比啥音乐听着都来感觉。”有人附和。

“真想再听一次。”有人做男黛玉状。

有个笑面脸的胖子站了起来，“噗”地亮出手机，发出一声断喝：“停!”

然后，他嘴角挂着一丝诡秘的笑，指挥最靠近他的那个人：“打我手机。”

那个人就拨这胖子的手机号。

霎时，一个此刻正让众人魂牵梦绕的乐音从胖子的手机里奔出，艳惊四座。

原来高人在此，此胖君才是真正的军号控。可看仔细了，胖君乃巩县商界名流，手里管着上万号人，日理万机的，那么，他这一天到晚的，得接受起床号的洗礼多少回啊?

“我手机里有这个铃声的备份，谁要?——都要是不是?那我群发了。”

胖子却故意把群发的动作弄得很拖拉，搞得几个性子急的人大声笑叱他，有个人还隔着广阔如沙盘的餐桌站起来向胖子展示了一个疑似军体拳的动作以示威胁。这位爱笑的胖子更来劲了，偏把拖拉进行得更彻底。大家就都亮开嗓门有节制地奚落起胖子来。包间一时间宛如相声大赛现场。

标强同志这时候出声儿了。此前，最爱说话的他一直没吭声。

别人都说话他偏装哑巴的人最可怕了，因为他在酝酿情绪。别人都不正经他正经说话的人更可怕，因为那叫大煞风景。

“我建议，我们一起去听一次军号。”标强同志铿锵有力。

多么离奇加离谱的建议。不过，离奇好啊，离谱更好，因为众人可以立即把它当成一个玩笑。玩笑嘛，当不得真，让胡扯继续：

“对！去听军号！一起去！”

“一起去！一起去！”

“光一起去就行了吗？不但要一起去，还要去我们当时的新兵连听！哈！”

“这可是你们说的。”标强激动了，“那好，咱当过兵的人要雷厉风行，说打就要打，说干就要干，赶紧的，咱来敲定时间和行程。行，先来协商时间，说，都说说，哪天去合适？”

这伙计，亮完鸡毛就拔令箭啊。玩笑开不下去了。众人都哑巴了。标强同志却早就入戏了，不管不顾地抒发和感慨起来了：

“我也总忘不了第一次听到起床号的那个早上。首先，那天早上真好，空气好，安静，不对，是宁静。那种静，现在到哪里去找？重要的是那号声，嘹亮，敞亮，那力度，一听我就来精神了。这么多年了，我常常会想起第一次在军营里被起床号叫醒的那个早上。我想它，都快想出病来了。我不是今天才有这想法，早有了，去从前咱战斗过的部队，再去感受一下被起床号叫醒的感觉。每次这个念头一上来，我就，我就……”

不得了，快看——这伙计入戏太深，无语凝噎了。

效果是有的，有两个人开始附和标强的感慨。可惜成效也就是那么一点点而已，因为多数人都被生活灌输了足够的理智，只一心想着赶紧找到一句既不会驳标强面子却狠且准的话把这个矫情的话题收住。七嘴和八舌纷纷登场，但“标强”这个绰号往前追溯则来源于“彪子”，彪子在他们当时新兵连附近老百姓的嘴里就是愣、笨、蠢的统称，我们的标强同志怎可辜负多年前战友们授予他的这等绝世贱名，他必须将彪劲儿发扬光大。于是，标强舌战群友的局面开演。辩论中，战友 A 怒叱了声“神经病”拂袖而去，B 反应最快，说“我送送他”，跟着走了，随后 C 人假称突感头晕必须回去小憩亦先自走了，D 君是带了老婆来的，声称老婆逛街瘾犯了他要马上加以安抚也走了，更有 EFG 等人胡乱交付了一个借口一走了之，却有先前那位姓廖名冠军的胖子加军号控不知何时起不幸与标强以握手倾谈之势连为一体，加之标强出于警觉和珍视牢牢持有猎物，因而这位同志没能顺利离去。标强后来抠紧冠军圆腻的五指，扫视突然变得空旷的包间，差不多是哀求了：

“一起去吧！就去听一次吧。”

冠军一直在寻找脱身之策，这时略微有点心急，脸上的笑纹全耷拉下来了。

“听什么听？有什么好听的嘛？”

“不好听？那你没事儿在手机里设那么个叫床的声音干吗？”标强怒。

冠军不出声地干笑。

标强突然大彪特彪了：“你不去咱俩就绝交！”

瞧这阵仗，不答应也得答应了。冠军拍拍标强的手，顺便把自己的手抽出来。

“好吧！我去！”又赶紧补充，“可别真去新兵连那地儿听，那可是云南哪，一两千里的。这么着吧，就当咱去郊游了。我来安排。咱就在巩县范围里找个会吹起床号的地方，对！不是有个海防连吗？咱就去那地方听，成不？”

说到这里，忽然就觉得，当成一次郊游的话，这事儿还真可以接受。所以，咦！标强坚持的这个节目其实也不赖啊——冠军突然也来了点儿真正的精神：

“就明天——明天下午出发？”

“行！”

标强这才发现自己早已醉了似的，“咕咚”扑掉些杯盘碗碟眯眼趴倒在了饭桌上。蒙眬中他依稀看到一个人推开门蔫了吧唧地走进来。标强二目陡然迸开，瞪住这一新生猎物，旋又“腾”地将身体支将起来。

“不许走！白随！”他吼。

叫白随的这位，落下了外衣，这就是他返回包间的原因。

他脑子似乎有点慢，标强这一吼弄得他愣在了墙角的挂衣架旁边。

标强猛地来了个醉步大挪移，一眨眼的工夫就猎到了墙角的白随。

二

去往海防连的路径有两种，正常人会选择走四十公里国道然后直接插入海防连所在村子的三公里柏油路，这样子的话全程耗时仅需个把小时，但是如果人不正常了呢？如果，正常人忽然不正常了呢？这就不好说了。这世上岔路远比正道多，人要不想好好走路的话，短短一条道绕一辈子都有得绕。他们这次选择绕，从一群度假村里面走。冠军执意如此。标强不从也得从。理由很简单：别人大方向上都从了你，你得允许别人在小方向上来点创新。更何况，论头面，标强只是县委宣传部门一个所谓掌管喉舌的科员级干部而已，这时代什么多都多不过干部，干部中最多者科员级干部是也，与常有机会跟省市以上领导人寒暄的冠军比，标强充其量不过是赛道边上的啦啦队员而已，连参赛资格都没有，更遑论与一个冠军级的选手比肩。至于白随为何从了标强，原因则更简单。因为他看上去似乎是属柿子的，你想怎么捏他，他都无所谓。逆来顺受这个成语算是专为他发明的了。这个人，白长了一副清新朗逸的样子。这种反差，就好比老虎长了满口的蛀牙、奶牛乳头上生了疮，叫人怎么惋惜都不为过。

当然，对于自己在路径上的小创新，冠军是很有话把它说圆的。不会圆话的人想当冠军是不可能的。冠军同志的圆是这么画的：

“咱要是太单刀直入了，一个猛子往海防连扎去，单为听一声起床号，这说给谁听都会觉得我们脑子坏了。要是咱在度假村那地儿绕一圈，来一顿烤全羊晚餐，泡两把温泉浴，再往海防连那儿奔呢？这就像吃完大餐消遣完毕后再来一组附属节目：散儿里步、叫军乐来伴声奏——说出去不就挺对路了吗？”

“哪个才是附属节目你要先搞清楚！”标强抗议。

“行行！吃饭附属。”冠军笑了，“你这人，谁附属谁不附属，说白了还不是一样吗？”

“一样个屁！”标强说，“你要再这样分不清主次，咱必须不绕道。”

“你强！就依你的说法：咱这一去，主攻起床号，顺便吃吃烤全羊。”

“听着没那么讨厌了。”

车早已上道。冠军一心二用：开着车，跟副驾驶座上的标强斗着嘴。坐在后面的白随一心扮演听众。自西偏南方向而来的日光像从淋浴喷头里撒出的玫瑰精油。有色玻璃的车窗中清晰现出白随的投影。他一脸空茫和凝滞。

标强终究是眼里容不得沙子的人，这么与气氛格格不入的人他当然得说上两句。

“哎！我说，后面那位，你吭个声不行吗？喘两口让我们听见也行，不然我们冷不丁转头瞅一眼还以为后面坐了个魂儿。我说你新兵那会儿就不爱吭声，怎么二十年了还是没长进。我可提醒你啊，冠军同志可是为了你绕这道的。我们都知道，数你最爱吃羊肉。有一回，部队过小年，你帮厨，你在厨房里头先把我们的一顿羊肉报销了一半。”

“我记得这事儿。”冠军又笑了。

他肯定记得。标强没抬举他，他多半真的是因为白随而选择烤全羊，因为他自己作为一个血脂、尿酸、血压都很不合指标的“三高”之人几乎已经戒了牛羊肉。有一种人某些方面还不错，发迹了之后愿意把潜伏在体内的一点慈悲的秧苗培育成林，并转化成自己的一个常规动作，并且，他还能从中得到高级的乐趣。这正是冠军的可爱之处。

白随同志真是绝了，标强那番话快说完了才意识到是冲着他来的。等他要有所回答的时候，标强已经没兴趣跟他说话了。

说话间车子前方就出现了去往度假村的转向路牌。比路牌更打眼的是一个又妙龄又撩人的女郎。标强忙调低窗玻璃上沿，把拇指和食指撑到唇边准备打口哨。车子却迅速减速。女郎伶俐异常，在车子停住车门打开的瞬间跳进了车里。标强把流产的口哨硬生生咽了下去，用向丈二和尚致敬的表情回望后座上的女郎。女郎快嘴利舌跟标强“嗨”了一声以示“招呼”，旋即前倾身体胸部挟着以卵击石的勇气和气势顶到驾驶椅背上，说：

“廖总，都准备好了。羊已经支到烤架上了，就等着您和您的战友们去检阅呢。温泉浴呢，我选了靠荷花池的那家，就是上星期你刚带那组南非商户去过的那家。我订的是八点到十点钟的，泡两小时够了吧。”

“够！十点以后干什么？”冠军问。

女郎换了种只适合在卧室里拿捏的腔调。“哎呀廖总啦，十点后还要安排公共节目呀？人家想陪你的嘛！”

冠军说给标强和白随听：“我陪你？那我战友谁陪？”

“大不了我一起陪。”女郎假嗔。

冠军脸上的笑绽得老大。

“你这丫头！”他转脸望标强，“就照小余说的？十点后自由活动，怎么样？”

标强人未怒声先炸：“什么怎么样？”

他算是弄明白了，这位角儿整了半天还是主次不分，敢情听起床号还是被他挤到了附属位置，他真在撺促一日游呢？还整得挺全乎，给自己配了这么个妖不妖精不精的不知是不是秘书之一的女人，那怎么行？他把刚才打算让它兼职当乐器的那个食指举起来，对准女郎。

“下去！下去下去！”

女郎一愣，脸红了。这应该是个主攻上流社会的交际花，不太能够接受粗俗。她一下子自尊心受辱，脸由红转白，举手拍窗。

“让我下!”

冠军愠怒：“行了！都别闹了!”

女郎缩了手，冷眼睃了一下：“我没闹，是他闹。”

冠军恢复笑面，看了看标强。

“兄弟，我舍了多少事跟你出来这一趟，你可别整得太小年轻了，花十来二十个小时出来，就为听一把起床号？至于搞那么单纯吗？咱把出来这些时间安排得丰富点，不是更好啊？泡了温泉，我也给你俩各配发一个姑娘，痛快儿睡一宿，明天起个大早，往海防连一奔，一听，这不全有了吗?”

标强一愣，如同刚给骗跑全部家产，词儿全都给冻结了，说不出话来。

白随这个时候倒清醒了，轻声质疑：“不是说好被起床号喊醒的吗?”

他在“被”字上加重语气。

他一开腔，冠军、标强仿佛才想起他也一起来似的，同时转头打量他。白随有一种能力，他在那里，跟不在那里一个样。他的存在约等于不存在。

标强把目光从白随脸上移回来，捅了冠军一下：“听见了没？是被——起床号叫醒，不是在女人窝里爬起来再去听。我说冠军，你有心不好好听这一回，就别来。”

冠军讪笑：“我有想来吗？这不明摆着是被你逼上梁山吗？兄弟，你得理解我，这听号，说起来有点儿意思，但我接不上那感觉。

有个可心的姑娘在，没准儿可以把那感觉调动起来。你们也是啊，待会儿弄个姑娘在身边一挤，那感觉，哗啦啦地往外涌。”

标强脸上像敷了冰末。“我到底看出来了，原来咱俩不是一条道儿上的。那，我和白随去，你下去！”

冠军大笑：“对不起！这车是我的。”

“你把车送我不就行了？你还差这辆车？”

“我啥球事都不会求你办，凭啥要向你行贿？”冠军说，“告诉你，我可抠门儿了。”

有一两分钟没人说话。后来冠军缓缓发动车子。

“行了吧标强，你别再彪了！咱先去吃饭，吃了饭再议。”

标强转过脸，才发现那女郎似的，瞪了她一眼。

“不是叫你下去的吗？”

三

泛着虚光的水泥路面上扭动着那个身穿初夏装的女郎，这天的春风始终不太怡人，让那女郎浑身不舒服，她快速跑起来，香奈儿小包不时从她瑟缩的肩膀上滑脱。前面来了一辆有空车标志的出租车，她招下钻了进去。

三个大男人直等到出租车拐过弯才把头从窗口扭回来。标强心里有了点歉意，却不知如何跟冠军表达。冠军盯着他看了一眼，下车歪靠到了黄昏路边的一棵野枞树上。标强跟了出来。白随见他俩一左一右在路边站定了，也只好跟了出来。冠军取出精致的烟斗装了根烟抽，想想又把烟盒扔给标强。标强就也抽了。白随不抽，他离他俩远远的，影子一样虚虚地站到了一边去。满目是疏朗的麦地，其间或单独或成群地站着些树，以榉树和枫树为主。标强这个人容易触景生情，他必须说点什么了。才要开口，冠军的手机响了。在那个已经成为他们此行主题的旋律结束后，冠军大声讲起电话来了。标强觉得无趣，就蹲到路边发呆。不一会儿，接完电话的冠军走过来拍他的肩膀。

“兄弟，我去不成了。有个谈判，非我出席不可，最关键的是总公司 CEO 刚从英国飞过来，今晚上又连夜要赶往深圳去，我得见见他。不见不妥。”

标强乜斜着眼看冠军，能把他肚子里的蛔虫看得主动自杀。出口的话酸不溜秋：“人长嘴干什么？就是用来找借口的。”

冠军待要辩解，那个旋律又响了起来。冠军接，挂，它又响，再接，再挂。他无法不是个日理万机的人，只不过起先前那阵子，他把手机关了——

如果事情一如他的规划，他愿意把手机关到明天。谁叫现在情况变了？

于是冠军的手机一时间变成了被按了循环键的音频播放器。标强有生以来第一次发觉那个可以时常在记忆深处涌动、既散发芬芳又滋生养料的乐音原来也可以是噪音。后来标强趁着冠军和手机同时有空的间歇问冠军手机里有没有别的军号铃声，冠军得意地立刻把铃声换成熄灯号。新铃声响起，此时的标强觉得说它是哀乐也不为过。他责令冠军铃复原声。再后来标强气冲冲地跑进车里独自坐下来。等冠军也跑进来，并要把想好的一句话说出来时，标强抢先把他的话说了出来：

“还去个球！不去了！”

他的声音前所未有的虚弱，跟遭了天打雷劈似的。也难怪，早年标强写过诗，诗人内心的灵敏度总是超过常人，在冠军打电话接电话的那阵子，不知道标强灵敏的触角接通了多少种情感微粒，以至于使他在短时间里便改变了那么强烈的初衷。

冠军凝视标强，他拿出在商场上使过的最大的劲去探测标强茂盛的内心，并集合各种生存哲学用以运筹出当此时分他最合适的行动方案。活到他这份儿上，他最懂得什么重要什么不重要，什么重要到什么程度，到什么程度说什么样的话。有的时候，朋友比什么都重要。他需要标强这个人做朋友。因为标强够有意思，这种人是冠军朋友中的稀有品种。稀有的东西不一定是钱就能买得到的，得珍视一下。冠军的即时行动纲领很快被他的智慧生产出来了。他脸上的笑纹比什么时候都模式化，却又比什么时候都有化干戈为玉帛的效果。

“我关机。咱现在，就按你的原计划不变？”

标强郁郁看了冠军一眼。显然是默认。冠军把车启动。标强伸出手来，拍了拍方向盘，就当是跟冠军的手过电了。

“算你识趣。你还是有救的！”

冠军笑着摇头，不理会他。

标强看他这样，又急了。

“你们这种有钱人，俗。越有钱越俗。没一丁点儿精神追求。完全不懂得去找精神乐趣。我们平时都很忙很累不是吗？偶尔让自己天真一次、莽撞一次、冲动一次，务一次虚，给生活来一次诗意，日后你们心里突然感觉空落落的时候，有比较高级的回忆来安抚你们，那样不好吗？”

这位前诗人暂停，眼睛像探测器，盯牢冠军。

“你有那样的时候吗？肯定有，不是吗？”

这些话还是能触到人心坎儿的。冠军点点头，把笑纹收住，严肃了。标强这家伙新兵时就爱说教，在心里不爽的时候还特别喜欢针砭时弊，愤世和嫉俗双管齐下，仿佛时代迫切需要他充当一枚道德标枪似的，往这里扣一下扳机，往那里射一注弹，人心就没那么不古了，高尚就不那么稀缺了。如果哪儿有救世主的岗位，首个应聘者非他莫属，就算要竞争上岗，他也有实力拔得头筹。标强之名，乃是取了标枪的谐音。有一阵子，战友圈里的大伙儿领悟到，此人身上的彪，只是他的外在表现，所以彪子二字撑不起场子，够不着他的内核，需要撤换，终于人们发现了标枪与他的神似，于是新绰号尘埃落定，沿用至今。但这枚标枪醒世济人的功效到底如何？不容乐观哦。至少，通常标强同志说教和指斥的时候一般人只有一个感觉：心烦。不过呢，刚才标强之所言，还是能叫人有所共鸣的。

冠军打开音响，小声播放莫扎特的《安魂曲》。视野中已有度假村入口处形状媚雅的巨大愣笨门楣，冠军索性减速到二十码，好给予标强足够时间让他过足嘴瘾。标强却言简意赅地做总结陈词了。

“所以说，这么高端的节目，要纯粹而为，不能带有杂质。你想趁机安抚二奶三奶四奶，选别的时候吧。我还告诉你，吃完饭直接去海防连，找地方住下来。什么温泉冷泉的，也靠边站。”

四

全羊还在烧烤区烤制，他们坐在这边的空桌子旁扯着闲，忽然冠军和标强同时注意到独坐邻桌的那个女郎不似俗类。冠军识货，女郎戴着的柳叶造型耳坠也许是蒂凡尼牌子的，今年初他为了给老婆买新年礼物，专门在北京东方新天地的蒂凡尼专柜考察过一次，其中有款耳坠跟这个一模一样；那一身低调的烟灰色——小礼服搭蓬蓬裙，阿玛尼牌子的吧；脚下是一双藕荷色高跟鞋，这色儿一般女人轻易不敢上脚。冠军留神向那边瞥了好几眼，竟然总是与女郎的目光不期而遇。最后一次，冠军往那边瞥过去时，发现女郎早把目光支在那儿，等着他来碰。那眼神儿，说是警告是比较合理，但不像，倒有点像挑逗。只是冠军暂时找不到被挑逗的理由。

羊肉烤好切过分类置于五个盘子里端上来了。“三高”者寥冠军同志不喝酒，昨天因为是“二十年”，他破例喝了两杯，今天是万万不能喝了。他用保温杯里泡着的养生茶代酒。标强肯定是要喝的。按喝酒的境界分，他一定属酒鬼等级：有酒必喝，没酒也得找酒喝，只要喝一定要喝得超量，超多超少全看他临场情绪。今天他是一定要喝的了。白随呢，当然是你叫他喝他就喝点，不叫他喝他也不要，今天他得喝，不喝没人陪标强，但他只喝半瓶。

喝的是啤酒。其实冠军车子后备厢里有白酒的，一整箱的茅台，红酒也有两瓶，进口的，都是特优年份酿的，价格不菲。他想拿出来的，但标强拒了。标强同志的理由是啤酒进了肚里更感扎实。这样的择酒理由，显然只能出自高段位酒徒之口。

才喝两口标强就言行出位了，也许是借酒装疯，他擅长这个。冠军正跟他说着话呢，标强突然就视身边无物了。他腾地站起身，提起一瓶啤酒咬掉瓶盖揣上杯子踢翻自己的座椅迈着很像样的醉步走出去了。接着下来，在冠军和白随的注视中，标强变成了一只求偶的公孔雀。他围着女郎的桌子做各种开屏表演。酒和瓶子都成了他的道具。在冠军和白随可以预料到的正常表演之外，标强还下巴朝天顶了几分钟瓶子，顶得还不错。显然，这杂技他练过。自始至终，女郎笃定待之。后来标强以英伦风范的绅士礼伸手邀请她，女郎应邀起身。在标强的引导下，她款款来到了这一桌。

“你不喝酒？等我一下下！”

到得桌边，女郎对冠军说了这么一句后，转身走了。

他们看到她走进了停车区。不多久她提着一瓶红酒过来了，径直把酒放到冠军面前。

“拉菲！”女郎说，“猜猜是哪一年的？”

“我不懂酒。”冠军有点儿戒备。

女郎先冲远处冠军的车那儿抬了抬下颌。“保时捷——”又得体地指了指冠军的腕表，“卡迪亚的镶钻表——不会是限量版的吧？——手上这支烟斗，我看不懂，应该也是名品！”边说边走到冠军正对面坐了下来，正好坐在标强的左侧。“名品配名士，大哥您，会不懂酒？”

“我真的不懂。”冠军抬眼间看到夜色比平时旖旎，一下子放松了些，他笑了笑，“可别告诉我是八二年的。”

女郎抿嘴一乐。

“八二年的拉菲！您这么大谱儿的主，自然是可以当水喝。小雅我呢，也只有偶尔喝一杯。我这瓶是去年产的。也不掉价是不是？要不要尝尝？”

“我不喝！”

冠军开始怀疑这位是小姐。他常来巩县的这一片区，对这儿的情况了如指掌。自从几年前政府投资几个亿把该片区改造为集休闲、娱乐为一体的大型度假村，这儿就成了小姐们的狩猎场。小姐们会用哪些方式叼食，他太懂了。为什么面前这位女郎极可能是干那一行的呢？因为她的谈吐配不上她那身名牌。再有，论模样，白随比他俊，标强比他酷，论到谈吐，这方面一般人都没标强爱现，为什么她专门咬住他不松口？显然她看出来三个男人中只有他是条大鱼。说不准，她这些名牌有诈。有些高仿品看着跟正品是一个模子刻出来的。女郎已经喝令服务员启开瓶塞，要了四只高脚杯都斟上酒，而后她端了两杯游到冠军身畔。

冠军假装没注意到她，侧过身来给白随夹羊肉。

“这羊肉烤得不错吧？来！白随，多吃点！”

女郎移步站到冠军视野里。

“大哥，小雅举酸了，麻烦接一下！”

冠军支起头往远处喊：“服务员，卫生间在哪儿？”又用那种上流人物专对陌生人采用的仪态向女郎致歉：“我去一下卫生间！”

没等他站起来，标强蹿过来挡住了他的去路。这伙计，女郎使出浑身解数跟冠军套近乎的这些时候，他时而跃跃欲试，时而沮丧地快速自斟自饮，就这么一会儿的工夫，他已经喝掉三瓶了。酒鬼酒鬼，受此封号通常不是对酒量的肯定，标强酒量真的一般般。就这么三瓶啤酒，他已经喝到五六分醉了。

“别装了！你要是不好色，那小余今天唱的是哪出？眼前这美女主动投怀送抱来，你上什么卫生间？你有尿吗？有也得憋，憋死也得坐着。把酒喝了！”

这个情感泛滥的家伙，很可能对这女郎一见倾心了。如果冠军告诉他自己的判断，不知道他会不会当场吐酒。当然，冠军永远不打算告诉他这一点，这会让标强多没面子啊。标强这种自恃有文化、有思想却又从来没能力把他那点儿文化或思想兑换成货币的人在这个有钱人才会被当成老大的时代最容易心理失衡，愤怒变成了他抬举自己的拿手绝招，谁要胆敢当着他的面去揭穿某个会让他扫兴的事实，他一定变成炸药包。怎么办呢？显然，标强现在正倾力扮演一个救美英雄的角色，因而冠军成了他的对立面，怎么办？

“我喝！”

冠军一饮而尽。

味道还不错，但是不是拉菲他就不知道了。对红酒，冠军只是略知道些常识，论到品酒，他还真的是外行。不过，酒味儿不错并不等于这女郎可以摆脱小姐的嫌疑。有一种小姐专钓大户，敢下本钱。

不等他们来得及反应，冠军快步走开，真找卫生间去了。一路上他开始思考一个问题：以后还有没有必要在各种各样的旧时朋友面前委屈自己。凭什么他要为了那些明显不如他有能力的人开心而压抑自己，就为了表明他不是那种一有钱就忘本的人吗？这多无聊。在一个喜欢照顾别人情绪的富人面前，有时候，穷的人反而容易变得强势和霸道。而当这个富有的人样样情绪都来真的，穷的人立马是两派表现，一者，怎么都摆脱不了受辱之感，二者，立马老实。快走回到餐桌时，冠军已经想好做回自己了。

“咱这回的主题不是听号吗？别在这儿瞎耽误工夫了，撤！”

标强正感觉到已经有点儿攻破女郎的防线了呢，这一声让他有点蒙。女郎在冠军离开的那阵子兴许是抱着打不着大枣捡一粒小枣混混的心态，跟标强逢场作戏了。冠军那句话出场的时候，二人似是而非的嬉闹正进行到互留电话的步骤。于是，回答冠军的是女郎故意放高声、放缓语速的自报手机号的声音——她不死心，期望冠军去记。冠军才没那心思。他提起保温杯买单去了。女郎望着冠军的背影陡然就变了脸色。

“他刚才说什么‘听号’？听什么号？他家有人死了吗？还是你家有人死？不是死人才吹号吗？”

标强好不容易才把那手机号在自己手机上存好了，意气风发得很，他扳着女郎的肩膀让她坐下来，叱令白随为她的空杯子里掺酒，然后他把她的杯子塞到自己鼻子底下嗅嗅，交给她。

“乱说！不死人就不能吹号啦？我们以前都是当兵的，特怀念当初听起床号的感觉，我们去听起床号哩。想一起去吗？很浪漫的哦！”

女郎高一声低一声笑得停不下来。笑声中间艰难吐出来的几个字组成一句特别没创意的话。

“你——们——有——病！”

笑罢她匆忙离去。标强愣了半晌后赶紧取出手机拨打今晚刚刚收获的那串数字。

五

九点来钟，他们就在海防连门外周家村唯一的那家旅社住下。三间房，一人一间。最终选择住这里，自然是冠军昨天让小余调查摸底后决定的。他有心找人请海防连通融一下让他们直接住进连队的临时招待所，但海防连反馈过来说，最近一段时间军区从上到下搞作风纪律整顿，上头盯得紧，这样的接待让他们犯难。幸好还有这家旅社在，不然还真不知道如何帮助标强实现他的“诗意”。细节才真正决定成事与否，别的都不行，这一点，冠军最懂，他认为标强不懂，或者是懂装不懂。

把略潮的被褥掀开嗅了嗅，开窗散了散房间里的浊气，检查了一下热水器是否好使后，冠军便脱了外衣提起枕头垫到颈后躺下闭目长舒了一口气，突然想起什么来，他翻身坐起打开手机。跳出好几条短信，一小半是移动的未接来电提醒，一大半是小余发的。冠军赶紧拨小余手机。

“现在过来吧。小心点开车！直接走国道，认识道儿吧？”

“不认识你来接我？”小余撒娇。

“别闹了。”冠军说，“进来的时候别让他俩看见。”

“看见又怎么了？有本事他们也养个小蜜看看！”

“当小蜜还挺得意！”

“那可不！装别的不行，装不在乎我在行。”

“我就喜欢你这性格，不拧巴，什么话都说得开。”

约莫十一点，小余进来的时候，还是没秘密住。白随正好出门，与小余在走廊里照了面。这么晚了，白随还要出去走走，说明这人其实挺神秘的。既然看到了，小余想跟白随打招呼的，白随却装作没看见转个身从另一个楼梯下去了。进得冠军房间，小余先把这事跟冠军说了，冠军留心听着，但终究还是不以为意了。他一把将小余拉进了淋浴间。春天在这样一个靠海的地方跟个可心的人儿住一晚，虽说房间差了点，但感觉还是挺特别的。冠军好久没这么轻松愉悦过了，他兴奋起来。通常在小余面前，他还是要摆点威严的，这回他不管这一套了，频率比小余快了许多地进入了情况。

标强一进房间就闩了门打电话。就那么一会儿的工夫，那号码就倒背如流了。在车时上，他碍于那二位压抑着直接拨通电话的冲动，只是发短信。发了不知道多少条了，每一条都切合他即时的情绪，而在那些时候他时而陶醉、激动、多情，时而因对方不回短信而愤怒、暴躁，所以他那些短信汇集在一起便是一封竭尽展示主人公跌宕内心的情书。他的梦中女神却一个字儿都没回。

电话是通的。如果是关机，标强还好受一点。发现是通的，他的炸药包就自燃了。可惜烧不到女郎那边去。任他打了一遍又一遍她就是不接。引着了的火只好烧着自己喽。真是太难受了。标强无法克制那么难受劲，又开始发短信，其间他恐吓过她两次，一次是，如果她不过来一趟，他今晚就跳海，另一次，如果她不过来的话，他挖地三尺也要把她找出来。都零点了，标强同志还对着手机键执迷于他的指尖操。而就在这一时刻，他的房门给打开了，两个大汉快步冲进来动作娴熟地架空了他，等他对这次奇怪的突袭产生疑惑的时候，他的脑袋已经被摁到抽水马桶里了。

白随回到旅馆的时候，那两个大汉刚刚完成别人交代给他们的任务，正给旅馆老板娘递一百块的配合费。在这个靠近海边的地方走了那么一个来小时，白随精神有点儿好，有心去冠军或标强那儿坐坐，又想到时间已晚，他只是分别在冠军和标强房门口站了站，就直接回自己房间睡下了。其实他想去看看他们的目的还有一个，就是告诉他们，明天海防连的起床号要提前一个小时吹。因为明天上面可能要来突击检查，因此连里决定提前起床搞内务、打扫卫生。

那一个来小时里，白随去过海防连的门口，跟那两个十七八岁的哨兵聊了会儿天，哨兵告诉他的。

不过他们知不知道这个信息也无所谓吧，反正就算按常规作息时间拉号，他们那时也没有自然醒。都是被号叫醒，早一个小时效果还不是一个样。

白随把房间里的所有灯都打开，在靠窗的那张椅子上坐了下来。坐了许久他去了洗漱间。投印在洗浴镜上的这张脸一如任何时候那样平静。他好好地凝视了自己一番，末了一抬手撕下了头上的累赘。真奇怪竟然很少有人能注意到他戴着假发，他真的是太不能引起别人注意了。他把假发小心折叠好放到一边，而后冲着自己那个被化疗折磨得寸草不生的大白脑壳发愣，最后他看着自己此刻不伦不类的样子自嘲地笑了。

六

回去他们走国道。标强和冠军都起晚了，上路的时候已经小半个上午过去了。标强额头、脸上浅浅深深有三四道伤，他主动解释说是那号把他吹惊着了。要知道一个沉睡中被惊醒的人是很脆弱的。也得怪床太小，床头柜又过大，要不然他也不至于给撞得这么惨。往来的车不多，使道路显得宽大，冠军不断提速，无扯闲之意，似想赶紧从这桩远足事件中脱身。白随想安慰标强两句，想想又觉得能对标强真正起到安慰作用的话要费神想，也就算了。最重要的是，他确信：标强根本没听到那号声。

那号吹完之后，白随一时间心情复杂得厉害。正如标强设想的那样，起床号沉着中有激越、坚定亦高亢的声音勾起往日回忆，时空在那短暂的一刻来回穿越，谈不上好或不好的各种感觉纷至沓来。这样的事情的确在白随这里发生了。但是那种百感交集的滋味让人胸腔里胀鼓鼓的。他想找标强或冠军把它们排遣一下。不见得要跟他们倾诉什么，他也不愿意。只要在他们面前坐一坐就会好许多。总是这样，自从一年前他在肿瘤医院拿到确诊报告之后，他特别喜欢默默地往人堆里扎。看到那些生动丰富的表现，感觉着他们无所不在的各种欲望、一个接一个的小心思，慢慢他的注意力不再专注于自己的病，他会忘记自己是个得了绝症的人。一个终于得了绝症的人。他家族里的男丁得恶性肿瘤的先例很多，他打小就生活在这样的恐惧中。

白随去敲标强的门了，就在号响不几分钟后。找冠军多不合适，只能找标强。他敲了好多下，敲得不可谓不响，但是回应他的只有寂静。寂静使他更加心慌。他垂下手，慢慢把头贴到房门上倚靠着站在那儿发呆。后来，他隐约听到了从房间里传出的呼噜声。

此刻标强的声音源源不断。

“……跟我想的一样，那号声一响，我眼泪都快掉下来了……”

他没完没了的。只能说他的口才和文才都不错。

白随不会去拆他的台，不会去和他探讨：所谓的坚持、所谓的虔诚，跟音量大小的关系。

去激发一个炸药桶的辩论欲，除了给自己惹来不快还能带来什么。

但是，千真万确，白随喜欢听到标强富有激情的声音，从昨天到现在，一直都是。既然这样，白随就专心享受一个生机勃勃的生命所散发出来的激情，偷偷借助这激情吸取些能量吧。他把身子滑落下去一些，取了个舒服的姿势静静享受来自前方的人声，在这澎湃的音浪中怀想刚刚过去的清晨那声呼唤起床的号音长调。这真的是世间最棒的一种声音。他揣测过一阵子自己还会来听，有人陪他来最好，没人陪他就自己来。以后隔一段时间就过来听一次吧，就当是对自己的奖赏。他琢磨着如果自己的病情像这阵子一样稳定并且他能坚持经常过来的话，说不定哪天就在这里遇到了标强或冠军，那对彼此来说，都是双重惊喜。

（原载《芒种》2012 年第 15 期）

图书在版编目(CIP)数据

队列图 / 王棵著. －－北京：中国文史出版社，2021.3

(中国专业作家作品典藏文库. 王棵卷)

ISBN 978－7－5205－2587－9

Ⅰ. ①队… Ⅱ. ①王… Ⅲ. ①短篇小说－小说集－中国－当代 Ⅳ. ①I247.7

中国版本图书馆 CIP 数据核字(2020)第 232322 号

责任编辑：牟国煜　薛未未

出版发行：**中国文史出版社**

社　　址：北京市海淀区西八里庄路 69 号院　邮编：100142

电　　话：010－81136606　81136602　81136603（发行部）

传　　真：010－81136655

印　　装：北京新华印刷有限公司

经　　销：全国新华书店

开　　本：720×1020　1/16

印　　张：16　　　　字数：178 千字

版　　次：2021 年 3 月第 1 版

印　　次：2021 年 3 月第 1 次印刷

定　　价：56.00 元